新 潮 文 庫

リカーシブル

米澤穂信著

新 潮 社 版

10266

リカーシブル

リカーシブ【recursive】（形容詞）再帰的な。自分自身に戻って来るような。プログラミング言語においては、処理中に自らを呼び出すような処理をいう。

序章

　この町に入ったときのことは、あまり憶えていない。

　夜明け前に出発したので、車の中ではずっと眠っていた。眠りはずいぶん浅くて、ママが「ああ、着いてしまった」と呟いただけで目が覚めた。ママは、わたしが聞いているとは思っていなかったはずだから、あれは独り言だったのだろう。わたしは、ぼんやりした意識で「そうなの」と言ったと思う。ママはやっぱり独り言のように、「帰ってきたのね」と言っていた。いつものように優しい声だった。

　道は細く曲がりくねってどこまでも登り続け、どこかに続いている気がしなかった。

ママは着いたというけれど、わたしたちがどこかに着いたのだとは思えなかった。けれど車が坂を越えたとき、わたしはようやく、そこに町を見た。

薄目で見た坂牧《さかまき》市は、朝もやに沈んでいた。峠道のふもとに広がる町はちっぽけで、灰色で、ぼやけていた。自分がこれからそこで暮らすのだということは、あまりぴんと来なかった。

新しい家に着けば、やることはいくらでもある。眠っておいた方がいい。そう思って目を閉じて、それからは車が停まってママに揺り起こされるまで何も憶えていない。だからこの奇妙な町に着いたとき、サトルが何かを思い出したのか、それとも何も思い出さなかったのか、わたしは知らない。

第一章

1

何をしようとしていたのか思い出せなくて、自分の動きをなぞってみた。

踵を潰したスニーカーをつっかけて家を出る。さっき外から駆け込む時、なにかに気づいたのだ。もう一度同じように駆け込めば、思い出せそうな気がする。

そうして見上げた家は、やっぱりどこか気にいらない感じがした。二階建てで、トタン屋根にはタールが塗られて黒光りしている。板張りの壁や道路に張り出した庇《ひさし》、玄関の上に据えられた大きく丸い電灯のどれもが、どこが汚れているというわけでもないのにひどく古びている。こんなのはわたしの家じゃない、と思う。わたしの家は三階建てのアパートで、白い壁に囲まれた2DKだ。もちろん、いまはもう違うとわかっているけれど。

わたしの持ち物はまだ何も荷ほどきしていない。だから実際、わたしの家と呼ぶにはまだ早すぎるのだろう。アパートで使っていた矢絣《やがすり》柄のカーテンを窓にかけたら、少しは馴染んでくるだろうか。

そこまで考えて、ようやく記憶が甦る。そうだ、窓だ。さっき玄関に入るとき、「二階の窓際に段ボールを高く積み上げすぎたから、サトルが崩してしまわないうちに下ろしておこう」と思ったのだ。どうせサトルは遅かれ早かれ、何かをひっくり返す。被害は小さい方がいい。

コンクリートを流し込んだだけの三和土《たたき》にスニーカーを脱ぎ捨てて、転げ落ちたら首の骨が折れそうなほど急な階段を駆け上る。わたしに割り当てられた六畳間の、醬油が染みついたような色の襖を開けると、やっぱり入り込んでいたサトルが怯えた目でこちらを見た。

「ハルカ!」

四段積み上げた段ボール箱を階段状にずらし、サトルはなぜだか一番上の箱に手をかけている。慌てて引っ込めようとした手が、箱のへりにひっかかる。ぐらぐら揺れる段ボール箱の塔が崩れていくのを、わたしはほとんど冷淡な気持ちで見ていた。どうせこうなると思っていた通りのことが目の前で起きると、言うに言われない馬鹿馬鹿しい気持ちになる。

「ハルカの文房具」と書かれた段ボール箱がサトルにのしかかる。それほど重くもないはずなのに、サトルは支えきれずにどすんと尻もちをついた。

サトルは背が低く、痩せていて力が弱く、足も遅くて、泣き虫だ。この春から小学校三年生というとまだ誰でもそういうものかもしれないけれど、声も顔も男の子なのか女の子なのかわからない。いまも段ボール箱を抱えて、情けない声で「ハルカ……」とわたしを呼んでいる。

みしりみしりと軋《きし》む音が近づいてくるのに気づく。わたしは少しだけうんざりする。こんなことでママが駆けつけてきたからじゃない。せっかく自分の部屋が持てたのに、こんなに階段が軋むのでは出入りが丸わかりだと思ったからだ。

襖は開けっ放しだった。上がってきたママの姿を見て、サトルは抱えていた段ボール箱が漬け物石に変わりでもしたかのように、それの下敷きになった。呻《うめ》き声もわざとらしい。ママはサトルをちらりと見ると、わたしに訊いた。

「どうしたの？」

「何でもないわ、ママ。箱が崩れたの」

「そう」

ママはサトルに、いたずらをたしなめるように怒ってみせた。

「さ、立ちなさい。ハルカに笑われるわよ」

味方がいないとわかると、サトルは口をつぐんで段ボール箱をはねのける。やっぱり、そんなに重くなかったのだ。立ち上がると俯いて、

「前のアパートがよかった」

と呟いた。

さっきママは、ハルカに笑われると言った。けれどわたしはサトルを笑ったりはしない。笑ってやれば、きっとサトルは喜ぶからだ。

ママはいつでも優しい。サトルにもわたしにも、分け隔てなく優しい。いまはまず、泣き出しそうなサトルに優しくすると決めたらしい。膝をつき、目の高さをサトルに合わせる。

「そう、そうね、ママもよ。ごめんねサトル。仕方がないの」

そしてわたしのことも放ってはおかない。振り返って、肩越しに微笑んでくれる。

「ハルカはちょっと散歩でもしてきたら。引っ越しなんて、一日で済ませなきゃいけないわけじゃないんだから」

小さく頷いて、わたしは部屋を出る。階段に足をかけると、みしっと軋む。その音

に混じって、ママがサトルに甘い声をかけるのが聞こえてくる。

「大丈夫よ。すぐに何もかも良くなるんだから。すぐよ、すぐにね」

それが本当かどうかはわからない。わたしの知る限り、わたしたちの何かが良くなっていく理由は何もなかったから。

でも、だからといって他に方法はない。友達もなく道も知らないこの町で、気にいらない古い家に住みながら、わたしもサトルも何とか生きていくしかないのだ。

この家はずっと空き家だったそうだ。社宅になっていたアパートを追い出されると決まった後、ママは昔のつてを辿り、故郷であるこの町に借家を見つけてもらった。家賃はだいぶ安くしてもらったらしいけれど、ママは優しいので、わたしにその金額を教えてはくれなかった。

引っ越す前、ママは「人の住まない家はすぐに傷むから、お化け屋敷かもしれないわね」なんて言っていた。実際、埃や蜘蛛の巣はすごかった。床も、ところどころ足が沈むような感じがする。外に出れば、板張りの壁にひどく古びた自転車が立てかけてあった。前の住人が置いていったものらしい。

でも、悪いことばかりじゃない。前に住んでいたアパートよりはずっと広い。いくら階段が軋むとしても、自分の部屋がもらえたのは幸せなことだ。

ママの言葉通り、散歩に出ることにした。新学期が始まるまであと三日しかなくて、たとえサトルが泣き叫んでも急いで荷物を片づけるべきだとは思うけれど、散歩に行けばとママが言うのだから仕方がなかった。わたしは、ママの言葉は全て聞くことにしている。

家の前の道路は狭い。この家と同じように古い家が、でこぼこと建ち並んでいる。舗装はひび割れ、カーブミラーはいつか車がぶつかったらしく変に曲がっている。近所の人が姿を見せたら、挨拶するつもりだった。前は知らない人に挨拶するなんて考えなくてもよかったけれど、小さな家がみっしり建ったこのあたりを見ていると、たぶん「我関せず」だといろいろ損するだろうと思ったから。でも幸い、誰の姿も見なかった。

新しい家は川のすぐそばにある。佐《さ》井《い》川というその川はかなり大きくて、両岸を幅の広い堤防で守られている。堤防が大きすぎるからか、その上は道路になっている。ガードレールもないのに、車がびゅんびゅん走っているのが見える。川沿いの道はどこまでもまっすぐだから、ついスピードを出してしまうのだろう。

堤防を登っていける階段を見つけた。黒ずんだコンクリートで出来ていて、かなり急な階段だ。手すりもない。それを登っていく。車道のすぐ下に歩行者用の道が作られているけれど、見晴らしがほしくて階段を登り切る。

堤防の上に上がると、とんでもなく速いトラックが目と鼻の先をかすめていく。風圧で髪がなびくのがわかる。ほんの数十センチの差でわたしは軽々と跳ね飛ばされ、全部おしまいになるだろう。そうなったら運転手がかわいそうなので、ちょっと左右に気をつける。

眼下を佐井川が流れていく。絶え間ないエンジン音に混じって、ごうごうと響く水音が耳に届く。川は茶色く濁っていた。

「川が濁っているときはね」

と、お父さんが教えてくれたことがある。

「上流で雨が降ったんだよ」

わたしはぼんやり、濁った川面を眺めていた。見知らぬ町の見知らぬ川の、そのまた上流なんて想像もできない。掃除と荷物運びに動きまわって気づかなかったけれど、もう日が暮れかけている。これからは、この景色の中で過ごすのだ。

川向こうには町が広がっている。ママの生まれ故郷、これからわたしが暮らす場所、坂牧市。張り巡らされた電線に、色あせたトタン屋根。ところどころに突き立った煙突の下にあるのが、何かの町工場なのかそれともお風呂屋さんなのか、わたしはまだ知らない。

どれだけ眺めていても、夕暮れに沈む町はどこもかしこも一片の情けもなくよそよそしくて、とてもわたしを受け入れてなどくれそうもない。でももちろん、それは気のせい。にっこり愛想笑いしてお腹に力を入れていれば、どんなことでも、きっとなんとかなるに決まっている。

そう信じていないと、気持ちが保ちそうもない。

夕飯はかけそばだった。

「昔の知り合いのお店がまだあったのよ。出前なんて贅沢だけど、引っ越しそばだから、今日だけね」

引っ越しそばって、手伝ってくれた人に振る舞うものだった気がするけれど、もちろん喜んで食べる。出前に時間がかかったのか、とてもぬるい。おいしいとかおいしくないとか言える状態ではなかった。

家にはまだ照明がない。さっき冷蔵庫は動いたから、電気は来ているはずだけど、電球を買ってきていないのだ。日が沈みきってしまえば真っ暗になる。その前に布団を敷いておかないと、寝ることも出来ない。さっさと食べてしまおうと箸を動かしていたら、ママに訊かれた。

「どう、この町は。気に入りそう？」

「気に入るかどうかはわかんないけど……」

わたしは素直に言った。

「なんとなくさみしい気がする」

怒るかと思ったけれど、ママは少し寂しそうに微笑むだけ。

「そうかもね。でも」

隙間風が吹き込んでくる。窓の建て付けが悪くなっている。外はどんどん暗くなる。早く布団を敷かなくちゃ。そればかり考えている。

だから、ママの言うことはほとんど聞いていなかった。

「そのうち、全部良くなるのよ」

2

入学式の日に、わたしがよそものだとばれることはなかった。

引っ越しが四月で、わたしがこの四月から中学一年生だというのが幸運だった。この町の小学校から進学した百何十人かの新中学生に、すんなりと紛れ込むことができたのだ。もし別の時期だったら、教壇の上に引き出されて「転校生の越野《こしの》です。よろしくお願いします」と言わなければいけなかっただろう。

市内のA小学校から来たグループには、わたしはB小学校から来たのだと思われていた。B小学校の出身者は、わたしのことをC小学校の出だと思っているらしい。C小学校の連中は、A小学校出身らしいわたしのことを、見慣れない子だと思っていた。そんな感じだ。おかげでわたしは、自然にクラスに馴染むことができた。みんな、中学校という新しい環境と新しい制服に早く慣れようと懸命なのだ。誰もわたしに特別な注意は払っていない。そう思っていた。

だけどそんなごまかしは、たった一日しか保たなかった。

入学式の翌日、授業は午前中だけだった。授業というか、ほとんど中学生としての心得の訓辞と先生の自己紹介で半日が終わってしまった。ホームルームが終わると、わたしは早々に帰り支度を始める。家に帰りたいわけではないけれど、つまらない用事があるのだ。まだ真新しい教科書を鞄に詰めていると、後ろから不意に声を掛けられた。

「ねえ。越野さん……だよね。あなた転校生でしょ」

振り返ると、とても痩せていて目がくりくりした子が、得意げにこっちを見ている。クラスではあまり目立たない子だけれど、名前はもう憶えていた。在原《ありわら》リンカといったはずだ。

在原さんの言い方には悪意がなかったし、わたしもいつまでも黙ってはいられないかなと思っていた矢先だった。うろたえることなく笑顔になる。

「うん。転校はしてないけど」

「最近引っ越してきたってこと？」

「今月ね」

この教室にこんなに生徒が残っていたかなと驚くぐらい、わっとばかりにクラスの女の子たちが集まってくる。

「えっ？　越野さんってこの町の人じゃないの？」

「どこに住んでるの。っていうか、どこから来たの」

「ひどいなあ。言ってくれればよかったのに」

わたしは適度な茶目っ気を作った。

「ごめん。なんか、キンチョウして言いそびれちゃった」

在原さんが高い声で笑う。

「嘘だぁ。ぜんぜん、そんなふうには見えなかったよ！」

また歓声が上がる。教室のあちこちで輪に加われない男子がこちらを窺い、それぞれに事情を把握して納得顔をしている。

わたしは、自分がこの町の人間ではないと知られる一番危うい場面を、問題なく乗り越えたことを知った。わたしの味方は一人もいないのだと知られる瞬間がこわかったけれど、在原さんの明るさに救われた。

ささやかな感謝の気持ちを込めて、在原さんに笑顔を向ける。その意味が伝わったとは思わないけれど、彼女は笑い返してくれた。

誰かに、

「ねえ、家はどこなの」

と訊かれたので、まだ言い慣れない住所を教える。すると、在原さんが嬉しそうな声をあげた。

「ほんとに？　あたしの家の方じゃない。ねえ、いっしょに帰ろうよ」

願ってもないことだ。友達が一人でもいれば、これから始まるクラス内のヒエラルキー構築でずっと有利になる。

「そうしよっか。在原さん、よね」

「そうだけど、リンカでいいよ」

「うん、じゃあ、わたしはハルカね」

クラスの女子たちに囲まれた中、こうしてわたしはリンカと知り合った。これからの長い中学校生活、滑り出しは上々だと思った。

特別美人だったりかわいかったりはしないけれど、リンカは笑顔に華があった。声に張りがあって元気がよくて、それでいて無理にキャラを作っている感じもしない。ただ、ちょっと痩せすぎなのが変な気がした。雑誌とかを真剣に受け止めすぎて、無茶なダイエットをする子は前の学校にもいた。リンカもそういう子なのだろうか。あるいはもしかしたら、体がちょっと弱いのかもしれない。

リンカが最初に訊いてきたのは、

「ハルカって部活とか考えてる?」

ということだった。

「興味はあるんだけどね。なかなか決められなくて」

それは嘘ではなかったけれど、本当のことでもなかった。部活には興味がある。どんなスポーツでもいいから、思い切り体を動かしたいと思っている。ただ、どんな部活に入るにしても用具に少なからずお金がかかるだろう。ママにそれをねだることはできない。折を見て、何も買わずに済みそうな文化系の部活を選ぶしかないだろう。

「リンカはどうなの？」

訊くと、リンカはくちびるを尖《とが》らせる。

「家とかの手伝いが忙しいの。いつでもサボれる部活がないかなって思ってるんだけど。文化系かなあ」

「そうなんだ」

経緯は違うけれど、同じことを思っているらしい。もしかしたらいっしょの部活に入る、なんてことがあるかもしれない。

ふと思いつくことがあった。

「あのさ。社会の先生。三浦先生だっけ」

「ああ。うらっち」

今日の三時間目に顔合わせした先生なのに、もうそんな渾名ができているのか。やっぱりクラス内情報には遅れを取っていたらしい。

「そう、そのうらっち、歴史部の顧問だって言ってたじゃない。あの先生なら、いつでもサボれそうじゃない？」

なにしろ三浦先生は、自己紹介の時にすらわたしたちが目に入っていないようだった。「えー、社会の三浦です。入学おめでとう。みなさんよろしく」と言ったかと思うと、「先生は社会全般を教えるんだけど、好きなのは日本史です。世界史も悪くない。地理はあんまり好きじゃないけど、頑張って教えます。まあ、慣れてるから安心してください。で、日本が最初に文字として登場するのは三世紀、魏志倭人伝っていう本の中なんだよね。邪馬台国って名前でね」と話しはじめる。これは雑談なのか授業なのかと戸惑っていると、立て板に水を流すように「うん。魏志倭人伝。いいよね。いい名前だよね。これはね、魏志の中のね、倭人伝ってことなんだよね。ところで先生は、邪馬台国は九州にあったと思うんだよね。どうしてかっていうとね。うん、まあいいや」などと自分の世界に入りはじめた。背は高いけれどひょろっと痩せていて、たぶん二十代だと思うのだけど、どうして学校の先生を職業に選んだのかわからない。けれどリンカは眉をひそめた。彼女は笑顔だけでなく、どんな表情をしても不思議に惹かれるものがある。

「かもしれないけど、逆になんか『ボクの仲間たち』にされそうな気もする」

言われてみるとそんな気もした。

「……ありそう」

「ね」

わたしたちは顔を見合わせ、くすくすと笑い合った。

家から学校までの道は、地図で見憶えた。わかりやすいように一番大きな道路を使っていたけれど、歩道が狭くて昨日も今朝も怖い思いをした。ところが、リンカはさすがに地元の子だ。

「あ、こっちから行こうよ」

と裏道を教えてくれた。

猫とわたしたちしか通らないような隙間道を、二人で歩く。リンカが前で、わたしが後ろ。今日はずっと晴れていたのに、路地は何だか湿っているようだ。

リンカが肩越しに振り返って、当然のことを訊いてきた。

「どうして引っ越してきたの？　親の仕事？」

確かに、親の仕事の都合には違いない。その一言で済ますといろいろと足りないのだけれど、無言で頷く。リンカは、何だかわざとらしいぐらいに真面目な顔で言った。

「たいへんね。あたしたち子供はいつでも、大人の都合に振りまわされるのよ」

一言あたり百円で安売りされていそうな言葉のあとで、リンカが一瞬「冗談よ」というようににやりとした。つられて、つい吹き出してしまう。

「その通りね。だけどわたしたちはそれでも、それぞれ強く生きていかなくちゃいけないのよ」

八十八円ぐらいの台詞をお返しすると、耐えきれないというようにリンカも笑う。笑い声は路地に響いていった。

笑顔を残したまま、わたしは訊いた。

「あのさ。わたしがこの町の子じゃないってよくわかったね。別に隠す気はなかったんだけど、もしかして、わたし浮いてた？」

新品の通学鞄を肩に担いで、リンカは首を傾げる。

「浮いてた、っていうか」

「浮いてなかったのかな。どの小学校の子とも普通に話してたから、ひょっとしてどの子とも知り合いじゃないのかもって思ったの」

「それだけで？」

「それだけってわけでもないけどさ……」

リンカはまた、人の悪い笑い方をする。

「割と鋭いんだ、あたし」

やたら得意げな顔だった。

路地を抜けると、見覚えのある場所に出た。ここからなら一人で帰れる。危ない道を歩かずに済んだだけでなく、近道にもなっていたようだ。

ただ、わたしには一つ用事があった。交差点に近づくと、ほんの少しだけ歩くのが遅くなる。自分では気づかないけれど、ちょっとだけ暗い顔にもなったのかもしれない。でも、そんなあからさまに嫌がったわけではない。それなのにリンカにはすぐに気づかれた。

「どうしたの？　なんかトラウマ？」

「なんでトラウマが出てくるのよ」

そう笑い飛ばしはしたけれど、勘の良さに舌を巻く。自分で鋭いと言うだけのことはある。

帰り道、サトルとここで待ち合わせることになっているのだ。ママが「新しい町だから、サトルが道を憶えるまで手伝ってあげてね」と言ったから。新しい通学路を憶えなくてはいけないのはわたしも一緒なのに。でも、ママの言葉はぜんぶ聞くことにしている。すぐに帰り支度をしたのもそのためだ。

とはいえ、まずいことになった。クラス内ヒエラルキーを考えれば、リンカとは確実に友達になっておく必要がある。だからできれば、サトルを見せたくはない。小学三年の弟の下校に付き添う姉なんて、あまり聞こえがいい話ではないから。サトルはまだ来ていない。学校が終わったタイミングはだいたい同じだったはずだから、どこかで寄り道しているか、学校でぐずぐずしているのだろう。リンカにサトルを見せないためには、このまま何もないような顔をして行き過ぎるしかない。

……そして、別にそうしても構わないのだ。

朝はちゃんと登校したのだから、サトルだって道はわかっている。いくら新しい町だからって、八歳にもなって一人で帰れないなんてありえない。放っておいても、捨て犬みたいにちゃんと家まで戻って来られるはずだ。そしてサトルは顔中を涙と鼻水でぐしゃぐしゃにして、「ハルカが先に帰った！　約束したのに、ぼくを置いていった！」と抗議するだろう。ママはそれを聞いてもわたしを責めず、「でも帰ってこられたでしょう。がんばったね。ほら、ハルカに笑われるわよ」とでも言うだろう。

ママにそんな負担をかけたくはない。

だけど今後の学校生活にとって、このままリンカと二人で帰ることはとても重要だ。この町で最初の味方を作れるかどうかの瀬戸際なのだから。ママに申し訳ないとは思うけれど、わたしはサトルの味方ではない。このまま帰ろう。

「何でもないよ」

にこやかに言った、その途端。無遠慮な声が響いてくる。

「ハルカ！」

誰の声かはすぐにわかった。そいつがどんな顔をしているのかも。自称「鋭い」リンカがいなければ、天を仰いで溜め息つきたかった。いま、このまま帰るって決めたのに！

ランドセルを背負ったサトルが、横断歩道の向こうでこっちを見ていた。顔いっぱいに悲しみを塗りたくって。

サトルはいつだって不満で不幸なのだ。どうせ今日も、嫌いなオカラが給食で大盛りにされたとか、二回も先生に指名されたとか、体育の跳び箱を片づけさせられたとか、サトルにとっては許せないような不公平を胸一杯にため込んでいるに違いない。わたしに駆け寄ってくれれば、怒濤のようにそれを語りはじめるだろう。

しかしサトルは、青信号の交差点に飛び出そうとして、ぴたりと足を止めた。リンカに気づいたからだろう。本人は隠そうとしているらしいけれど、サトルはとうてい隠しきれないほど臆病で、人見知りだ。本当は逃げたいのだろうけど、そうするには近づきすぎている。おっかなびっくり横断歩道を渡ってきて、目を逸らしながらぺこりと頭を下げた。

「こんにちは」

リンカは「こんにちは」と応じると、もちろん、すぐに察した。

「弟ね」

なぜか嬉しそうに訊いてくる。しぶしぶだけど、頷くしかない。

「まあね」

「ふうん。かわいい！」

泣いている顔や拗《す》ねている顔ばかり見せられているので、わたしはサトルをかわいいとは思わない。客観的に考えても、サトルは別にかわいくないと思う。ふつうだ。だからリンカが言ったのはただの挨拶、外交辞令に過ぎない。それぐらいはわかっていい学年だと思うけど、サトルはうつむいて顔を赤くして、もじもじしている。見ていると気持ちがささくれ立つので、目を背けたくなる。

リンカは少し膝をかがめて、サトルに笑いかける。

「君も引っ越してきたばっかなんでしょ。どう、この町には慣れた？」

「……うん」

「あたしはお姉ちゃんの友達で、在原リンカ」

サトルは口の中で何かもごもご言っているけれど、聞こえない。不意に顔を上げたかと思うと、いつものサトルらしくもなくリンカをじっと見て、

「リンカ？」

と鸚鵡《おうむ》返しに言う。それが何だかひどくいやらしく感じられて、わたしは横から口を出した。

「サトル」

「え？」

「サトルっていうの。そいつの名前」

そして、もうどちらの言葉も待たずに言う。

「ねえ。あんた本当は、ひとりでも帰れるんでしょ」

いつもなら、サトルの被害者ごっこが始まるところだ。だけどいま、サトルはなんだかほっとした顔をした。

「うん」

と頷いて、そのまま駆けだしていく。リンカが不思議そうな顔をした。

「なんで？　一緒に帰ればいいじゃない」

自称どおりにリンカが鋭いのなら、隠してもすぐにばれてしまうだろう。そう思い、

言う。

「ちょっとね。苦手なんだ、あいつ」

サトルは曲がり角で立ち止まって振り返り、甲高い声をあげた。

「さようなら！」

リンカが小さく吹き出す。

「かわいいじゃない。あんまりいじめちゃだめだよ。弟なんだから」

訂正するならいましかない。「弟じゃないよ」と喉まで出かける。

だけどなんとか呑み込んだ。リンカを味方にするためには、個人的な事情を話すのはまだ早いと思ったからだ。

3

もう少し前段階があるかと思っていたけれど、リンカは思ったより手早かった。

逃げるようにサトルが帰った後、リンカはいいことを思いついたというように手を打って、

「引っ越してきたばっかりなら、町のこともわかんないでしょ。このへんのこと、教

えてあげる」

と言ってくれたのだ。リンカとの仲を確実にしておきたいという下心はもちろんあるけれど、実際わたしはまだこの町のことをほとんど知らないので、教えてもらえるならとても助かる。

「ほんとに？　嬉しいな」

「ハルカ、これからなにか用事ある？」

用事と言われて、引っ越しの後始末を思い出す。まだいくつか荷ほどきしていない段ボール箱がある。でも、別に今日のうちに片づける必要はない。

「ないよ」

「よかった。ご飯食べてから集合でどうかな」

授業が午前中で終わったので、わたしたちは昼ご飯を食べていなかった。一度家に帰って、家にあるものを適当に食べて、戻って来る必要がある。一時間で間に合うと思ったけれど、帰り道にかかる時間がまだはっきりとは読めないから、

「じゃあ、二時間経ったら、またここで」

と言った。わたしはたぶん、嬉しそうに笑っていたのだと思う。リンカがつられたように微笑んだから。

「いいよ。ええと、でもどうしようかな。ケータイで連絡取り合った方がよくない？」

それは自然な提案だけど、ちょっと恥ずかしいことになった。リンカは無邪気に訊いてくる。

「番号教えて」

これはもう、嘘のつきようがなかった。できるだけ普通に返事をしたつもりだけれど、やっぱり少し、声は小さくなった。

「ごめん。ケータイ持ってないんだ」

リンカは目を丸くした。頬が熱くなるのを感じる。

だけどリンカはすぐ、

「そうなの？　じゃ、遅刻できないなあ」

と笑ってくれた。慰めるのでも庇《かば》うのでもない、屈託のない笑顔で。

前の学校では、ケータイを持っていないことは大きな問題だった。持っていない子はクラス内のヒエラルキーに参加できなかった。その頃はわたしもケータイを持っていたので疎外される子を気の毒に見ていただけだけれど、いまは自分の番かもしれないと内心で覚悟はしていた。

リンカの笑顔に、どれほど救われたか。でも、わたしはそんなことを言葉にすることもできないで、小さく頷くだけだった。

帰り道を急ぐ。心配する程のこともなく、見覚えのある鉄橋に出られた。新しい家から中学校へは、この鉄橋を渡って通っている。他にもルートはあるのだろうけれど、広い道ばかりを通って行けるのでわかりやすいのだ。ここまで来れば、タールが塗られた屋根が見えてくる。

家の玄関では、サトルのスニーカーが脱ぎ捨てられ、片方がひっくり返っていた。ママの靴はない。引っ越しの始末も終わらないうちから仕事に出ているのだ。ビジネスホテルで掃除をする仕事で、昔の知り合いが紹介してくれたそうだ。「働きに出るのは久しぶり」と、不安そうに呟いていた。掃除だったらわたしも学校でやっているけれど、仕事でやるのはまた違うのだろうか。

居間からテレビの音が聞こえてくる。テレビタレントが笑う声が底抜けに明るくて、うとましい。いつも通りサトルがテレビに張りついているのだろう。

リンカは「ご飯食べてから集合」と言っていたけれど、わたしは昼抜きでも平気だ。お父さんがいたら「三食きちんと食べない子は駄目だ」と叱られたかもしれないけれど、お腹が空かないのだから無理に食べることもないと思う。鞄だけ置いて飛び出したいけれど、邪魔になるのはやっぱりサトルだ。一人前のことは何一つ出来ないあいつが、自分で昼ご飯を作るなんてことがあるだろうか。二階に上がる前に、居間に向けて言う。

「サトル、あんたご飯は？」

居間からは慌てたような声が返ってきた。

「ただいまが先！」

「うるさいわね。昼ご飯は食べたのかって訊いてるの」

「食べてるわけないだろ」

思った通りだ。なぜサトルが誇らしげなのかはわからないけれど。

鞄は取りあえず廊下に放り出し、セーラー服のまま着替えもせず台所に入る。朝の残りの味噌汁を温め、ご飯を茶碗によそう。流し台の下の戸棚からフライパンを出して、目玉焼きを作る。これぐらいのことはサトルにもこなして欲しいと思うけれど、八歳児に火を扱えと言うのは、さすがに無理な注文かもしれない。

適当に作った昼ご飯を、お盆に乗せて居間に持っていく。両手がふさがっているので引き戸が開けられない。サトルに開けてもらうのも嫌だったので、足の指で開けていく。

「ご飯よ」

サトルは案の定、ぽかんと口を開けてテレビを見ていた。けれどわたしがご飯を並べると、リモコンに手を伸ばしてテレビを消した。ご飯の時にはテレビを消すというのは、お父さんが絶対に守らせた習慣だ。いまでも、我が家では堅く守られている。話すこともないので、無言で食べる。途中、サトルが「味噌汁、ぬるい」と文句を言ったけれど、無視した。本当は、わたしもぬるいと思っていたのだけど。

わたしの方が先に食べ終わる。自分の分の食器だけ下げて、フライパンと一緒に洗ってしまう。サトルはまだ食べているけれど、洗い物の始末まで待ってあげる気はない。軋む階段を駆け上がり、この町で初めての友達に会うのにふさわしい服を、乏しい選択肢から選んだ。

地味だけどお気に入りの、黒いTシャツに決める。ラメの縫い取りがあるから味気なさ過ぎることはないし、黒なら派手過ぎて引かれることもないだろう。何か難しい英語が書いてあるけれど、中学一年生では読めないのが残念だ。下は無地のスカートを穿く。

鏡は洗面所にしかないので、一階に下りて着こなしをチェックする。全体的に黒っぽいけれど、あまり服を持ってないから仕方がない。少なくとも、変な子には見えないと思う。

靴も一足しかない。ありきたりのスニーカーで靴底もすり減っているけれど、いちおう汚れは拭いておく。それを履いたところで、サトルが居間から顔を出した。

「ハルカ、どこ行くの？」

「外」

とだけ答え、スニーカーの踵を踏んだまま家を離れる。

家を出たのは、たぶん一時ぐらいだった。約束の場所までは十五分か、遅くても二十分ぐらいで着く。たっぷり待つことになるけれど、それは平気だ。

ただ、何度も信号が赤と青を繰り返す交差点にじっと立っているのは、少し気まずかった。わたしが横断歩道を渡ると思ったのか、何度か車がブレーキを踏んでくれたのだ。それが申し訳なくて、道路に背を向ける。

交差点の一角に小さな祠《ほこら》があった。赤いノボリには「正一位稲荷大明神」と書かれている。祠の前には、子供の貯金箱のように小さい賽銭箱と、六角形の鉄の筒が置かれている。おみくじだろう。ポケットの中で財布を握りしめていた手を、そっとゆるめる。

　リンカを待つ間、少しだけ緊張していた。

　小学生の頃は、みんな私服で学校に来ていた。それが中学校になると制服になる。わたしはリンカの私服姿を知らないのだ。教室ではそんなに目立つ子じゃないリンカだけど、休みの日はどんな子になるんだろう。前の町で、学校では灰色の服しか着ないのに、休みになるとピンクでフリルがついた服を着る子がいた。リンカはどうだろうか。

　リンカは、約束の時間の十分前に来た。

　ふつうのパーカーとデニムだった。意外なアクセサリーを着けているわけでもない。さっきと変わらない笑顔で「あれ、もう来てたの？」と声をかけられて、ほっとしたような肩すかしのような、変な気がした。それでわたしは、自分がリンカのことを「少し変わった子かもしれない」と考えていたことに気づく。リンカが何か変なことをしたわけじゃないけれど、そう、ちょっとだけ、特別な感じがする。「鋭い」というのも、もちろん理由のひとつだろうけど。

　わたしのそんな勝手な思い込みにはさすがに気づかず、リンカはわたしが向いていた方を見て、笑った。

「お稲荷さんなんて見てたんだ。おみくじ引いた？」

「ん、引いてない」

「結構当たるよ。どう？」

首を横に振る。おみくじは、人前では、いやだ。リンカは「そう？」と、気にもしないようだった。

「じゃ、行こうか」

リンカが先に立って歩き出す。その先には、歩道の上にだけ屋根があるアーケード街が続いている。

背の低いビルが通りの両側に並び、歩道も三人ぐらいは横並びできそうに広い。リンカは手を広げて、明るく言った。

「簡単に紹介するね。ここが坂牧市の目抜き通りがある、常井《とこい》です」

常井というのは町内の名前なのだろうけど、

「目抜き？」

何だか怖そう。

「なに、それ」

リンカはきょとんとする。

「……知らない。お父さんが言ってた」

あんたも知らんのか。

ステップを踏むように歩くリンカについて行く。四月らしい、暖かい日だった。リンカは不意に振り返り、教えてくれた。

「あんまりお洒落じゃないけど、たいていの店なら揃ってるから。ここを知っておけば不自由しないと思うよ」

そうは言うけれど。

つま先立ちして「目抜き通り」を先まで見通して、ちょっと皮肉に言ってみる。

「それにしては、がらんとしてるね」

妙にうら寂しくて人の姿が少ない。見かけるのはおじいさんおばあさんばかりで、同じぐらいの年代の子はひとりもいない。今日は小学校も中学校も半日で終わっているのに、こんな人出でやっていけるのか他人事ながら心配になる。

こうして歩いてみても、靴屋さんに鞄屋さん、床屋さんに帽子屋さん、ひととおりのお店はあるように見えて、どのお店も陰気に沈み込んでいる。そもそも売っているものが見るからに味気ない。たとえば靴屋さんだったら、店頭から店の奥まで、ずらりと黒い革靴しか置いてない。リンカには悪いけれど、正直なところどこにも入る気がしない。それに加えて二軒に一軒はシャッターを下ろしているのだ。そのシャッターはどれも判で押したように鼠色で、くすんでいる。

町が生きている感じがしない、とでも言えばいいのだろうか。

「ん……。まあね」

リンカは、何かを誤魔化すように変な顔をした。

「やっぱり、他の町の人から見るとすぐにわかるのね。もともと年寄りくさかったんだけど、隣町にでっかいモールができてからどんどん駄目になっていくの」

「そうなんだ」

「車を持ってる人はみんなそっちに行っちゃうからね。あたしも、かわいいグッズとか探すときはそっちかな。でもまあ、参考書とか文房具とか、そういうのだったらここで大丈夫だから。あとは、そう、ご飯を食べたりとか」

と、いきなり立ち止まる。ぶつかりそうになって、わたしはちょっとつんのめった。

リンカが見ているのは、わたしの人生よりも長い年季を感じさせる古い暖簾《のれん》。ぐねぐねとねじ曲がった字で、たぶん「そば」と書いてある。お店の引き戸も醤油みたいな色で、ちょっと新中学生には無理な感じがする。

「こんなとこ入れないよ」

「でもおいしいよ。天ぷらそばとか」

「そうかもしれないけどさ……。リンカ、渋いのが好きなの？」

「好きって言うか」

いたずらっぽく暖簾の端を指さす。そこには、教科書にいやいや書いた自分の名前みたいに小さな字で、「ありわら」と書かれていた。引っかけられた。頬が熱くなる。このおそば屋さん、リンカの家なのだ。

「……渋いのって最高だよね！　わたし大好き！」

「無理しなくていいよ。大人になったら来てよ」

どれぐらいで大人なんだろう。それ以前に、

「やっぱり、大人じゃないと入りづらい？」

リンカはにっこり笑った。

「中も渋いよ」

そしてまた歩きはじめる。もしかしたら自宅に招かれるのかと心構えしたけれど、それはまだ先のことらしい。

肩越しに振り返り、冗談めかしてリンカが言う。

「別に、あたしの家を宣伝しようと思って誘ったんじゃないからね」

「あ……。やっぱり、そう？」

「これでも流行ってるんだから。昼だって二、三人は来てくれるのよ」

それは流行ってないと思う。

でも、宣伝じゃないとしても。

「思い入れはあるんでしょ」

「え？」

「この町に。だってリンカ、ここで生まれたんだよね」

「そうだけど」

軽い気持ちで言ったのに、リンカは思いがけず、じっと考え込む。

「どうかな。考えたことなかった」

「好きだから、わたしに教えてくれようとしたんじゃないの？」

「あ、それは違う」

あんまりあっさり言うものだから、聞き違いかと思った。続くリンカの言葉はこう聞こえた。

「嫌いよ」

嫌いという言葉は、とても強い力を持っている。自分のことかと思い、一瞬びくっとする。だけど違う。リンカが嫌いだと言ったのはわたしのことではない。話の先を促すべきだろうか。「いま、なんて言ったの？」と訊いていいのだろうか。

だけど結局、確かめることは出来なかった。視界の隅で突然起こったことに言葉を失ったから。

活気のない商店街で、そのお店には何人かお客さんがいた。八百屋だ。わたしは生まれて初めて八百屋を見た。前の町では、野菜はスーパーマーケットで買うものだった。お店のひとは白髪交じりの太ったおじさんで、顔見知りらしい女の人に冗談を言いながら、お釣りを渡していた。そのすぐ横、おじさんの顔が向いていない方向に、にょっきり手が伸びるのが見えた。

ごつごつと節くれ立った手だ。

手の持ち主は、無精髭を生やした、背の低い男の人。身なりが悪いわけではないし、髪や皮膚が汚れているわけでもない。でも、その人を一目見てぞっとした。落ち窪んだ目はどこまでも無表情で、頰はげっそりとこけている。ほんの少し腰が曲がっているけれど、ただの猫背かもしれない。何歳ぐらいなのかは、ぜんぜんわからない。三十歳ぐらいから七十歳ぐらいまで、何歳だと言われても納得できそうな気がする。

その手が、店先に並んでいたトマトをつかむと、無造作にポケットにねじ込む。房で売られていたバナナに手を伸ばすと、一本もいで袖に隠す。わたしはそれをはっきり見ていた。

万引きだ。

体がじんと痺れる。

万引きそのものが怖いんじゃない。いかにも当たり前のように、人目も憚らず平然と盗んだのが気持ち悪い。思わずリンカの腕にしがみつく。

「ねえ、あれ！」

「え、ああ……」

「いま盗んだよ！　見たでしょ？」

その男とわたしたちは、ほんの数メートルしか離れていなかった。それなのにわたしは昂奮《こうふん》してしまい、つい声が大きくなってしまった。向こうにも聞こえたに違いない。そう思うと、足がすくみそうになる。

ぎりっ、と歯を食いしばる。怖がるのは嫌いだ。怖くても、怯えたくない。男の人が何か言ってきたら立ち向かうつもりで、お腹に力を入れる。いまは昼間で、ここは町の中だ。大丈夫、よし、来い！

だけどリンカは、ひどくつまらなさそうにぽつりと言った。

「うん。そうね」

「そうねって」

「あれはいいの。マルさんは、いいの」

マルさんというのは、あの男の人のことなんだろう。名前なんかどうでもいい。あの人は、いま八百屋さんからトマトとバナナを盗んだ。それなのに、「いいの」って。

リンカの言うことが呑み込めず、どうしたらいいかわからない。その間にも男は、わたしにもリンカにも目もくれず、とぼとぼとその場を離れていく。そしてわたしは気づいた。

わたしの声は万引きした男だけでなく、八百屋の人にも聞こえていたはずだ。他のお客さんにも。それなのに誰も何も言わない。男を追いかけるどころか何もなかったような顔で、いまは葱を売り買いしている。

騒いでいるのはわたしだけなのだ。

呆然とするわたしの手を、リンカが道の端まで引いていく。小さく溜め息をついて、

「間が悪かったなあ」と呟く。わたしに顔を近づけて、クラブの先輩が後輩に教えるように、言った。

「もうちょっと後で教えるつもりだったんだけど。この通りで、ていうかこの町では、

マルさんは見逃し。それがルールだからね」

「え……。あの人、何かあるの?」

手がつけられないぐらい乱暴だとか、百年分ぐらい前払いしてるとか。

「何かあるって言われれば、あるんだろうけど」

「教えて」

「いつか詳しい人が教えてくれるよ。まずはルールだってこと、しっかり憶えてね。これからこの町で暮らしていくんだったら」

そんなルール、あるわけない。第一、

「お巡りさんが来たら? 警察の人も見逃すの?」

リンカは少し眉を寄せた。

「警察はこの町の人じゃないからね。ルールをわかってくれない。だけど大丈夫よ、もし見られてて騒ぎになりそうだったら、店の人が言うもの。『あれはあげたんです』って」

背中がぞわっとした。

その場所にはその場所のルールがある。それはわかる。だけどこれは、いいのかな。

「坂牧市にはお店の物を盗んでもいい人がいる」っていうのは、ルールとしてありなのかな。

ないよ。それはない。

それにリンカは「マルさんは盗んでもいい」とは言わなかった。ただ、「見逃し」だと言っただけで。トマトを盗んだのは見逃されるかもしれない。じゃあ、お金を盗んだら？　人に怪我をさせたら？　もっとひどいことをしても？

それでもマルさんは見逃しなんだろうか？　頭の中で、疑問と気味悪さが際限なく膨れあがる。どこかヘンだ。どう考えてもヘンだ。

そう思った途端に。

「……なんてね」

リンカが吹き出した。さっきまでの冷たい表情が剝がれ落ちた。

「え？　嘘？」

「嘘じゃないけど、マルさんはあのお店の人よ。自分のお店のものを持って行くんだから、別にいいんじゃない？」

ああ。なるほど。

そうか。そうよね。深く息を吐く。だから、お店の人もお客さんも、騒いだりしなかったんだ。それを大声出したりして、急に恥ずかしくなってきた。わたしは手を振り上げる。

「もう、信じるところだったじゃない」

「信じるかなって思ったけど、ほんとに信じたね」

茶目っ気いっぱいに笑うリンカは、いまにも舌を出しそうだ。よくも、知らない町に来て、ちょっとナーバスになっている乙女心をもてあそんでくれた。

「これからはリンカの言うこと、半分は嘘だと思うからね！」

リンカはわざとらしく頭を下げる。

「ごめんごめん。つい、ね」

4

その夜、サトルがいつも以上に鬱陶《うっとう》しかった。

夕飯のときから何だかこそこそして、様子がおかしかった。食べたあとはいつもならテレビに釘付けになって、別に面白いとも思っていなさそうな番組を延々と見続けるのに、今日はすぐに部屋に引っ込んだ。それだけなら、とても平和なことだったのだけど。

この引っ越しで良かったことがあるとすれば、やっぱり、自分の部屋を持てたということだ。リンカと友達になれたことは、まだ良かったことの内には入らない。前の町にはずっと付き合いの長い友達が沢山いた。十を引いてから一を足したって、プラスとは言えない。

二階建ての廃屋には部屋が多く、わたしは一つの部屋をカーテンで区切ってサトルと使う生活から解放された。これだけは本当に嬉しかった。

だけどこの日、自分の部屋で荷物の整理をしていたら、微妙な風の流れに気づいた。わたしはそのとき、キャンディボックスの蓋に手をかけていた。平たくて四角く、きらびやかな宝石が描かれた缶に。だけど空気の動きに気がついて手を止めた。襖は閉めたはずだ。確かに建て付けが悪くて、隙間風は入るけど……。振り返ると、わずかに開いた襖の向こう、廊下の暗がりにサトルがいた。

「なに覗いてるの」

そう脅せば、それだけでサトルは怯えて逃げてしまう。いつもはそうだった。だけど今夜、サトルは逃げなかった。わたしが気づくのを待っていたというように、自分から襖を開けた。

「ハルカ」

消え入りそうな声だった。

サトルは臆病者だ。自分の身に起こるすべてのことが悲しいと思っているくせに、反抗したりしない。愚痴をこぼしはじめると止まらないけれど、わたしがうんざりを通り越して怒る素振りをちょっとでも見せると、野生動物みたいに危険を察知して素早くいなくなる。

そのサトルが、こわごわではあるけれど、わたしの部屋に入ってくる。

生意気だ。

「入らないで。ここはわたしの部屋」

「でも」

「言いたいことがあるんなら聞いてやるから、廊下で言って」

サトルは言われるままにすごすごと、後ずさりする。敷居の向こうまで下がると、襖の隙間を細くした。目は自分の手元ばかりを見て、わたしの方なんかちらりとも見ていない。

「あの……。ハルカ、今日遊びに行ったよね?」

「行ったよ」

「あの、昼に会った人、と」

「うん」

そう答えはしたけれど、わたしはたしか、誰に会うかは言っていなかったはず。それなのにサトルが知ってるってことは、

「あんた、ついてきてたの？」

だとしたら、最悪だ。

わたしの眉間に寄った皺を見たのか、サトルは慌ててかぶりを振った。

「ち、違うよ。ぼくは、たまたま、ほんとにたままたま……。ハルカがいるなんて、ぜんぜん……」

「あっそ」

どうだか疑わしい。何のあてもなくひとりで常井まで行ったなんて、あやしい話だ。でも、まあ、どうでもいいか。

「それで？」

サトルは息を吐く。

「あの、さ。スーパーでトマト盗んだ人、いたよね」

「スーパーじゃないよ。あれは八百屋」

「うん。八百屋」

始めからそう言っていた、というような顔をする。知ったかぶりめ、と思ったら、サトルは本当に知ったかぶりをして言った。

「ぼく、あの人が盗むって知ってた」

「は？」

「ほんと。あの人がお店のもの持って行くって、わかった」

「なんで」

なんで、と訊きたいことは三つあった。なんでそんなことがわかったのか。なんでそんな嘘をつくのか。なんでそれをわたしに言うのか。作り話だったら、ママに聞かせればいいのに。

しかしサトルは、作り話の披露にしては変な顔をしている。下ばかり向いて、まるでなんだか、怖がっているみたいに。

そしてぽつりと、

「わかんない」

と言った。

「わかんない。だけど、ああなるって思った。……前に見たことがあるもん。あの人が、お店のもの盗むところ」

そんなわけない、と言いかけて、わたしは言葉を呑み込んだ。考えてみれば、サトルは知っていても不思議ではない。だってこの町は、サトルの母親の故郷なのだから。

「見たのかもね。前にママと来たことあるんでしょ?」

そのときにマルさんが今日のようにお店のものに手を出して、それを見ていたのだろう。

サトルは地団駄を踏んだ。もどかしいとき本当に足を踏みならす人間を、わたしは初めて見た。

「違うよ!」

「憶えてないだけよ。あんたバカだから」

「バカって言うな、バカのくせに」

なんだと。

「ママ、ぼくはこの町に来たことないって言ってたよ。初めて来たって。なのにおかしいよ。これからきっと、怖いことが起きる!」

うん。なるほど。

よくわかった。

ママに同じ話をして、気のせいだと片づけられたのだろう。サトルはこの町に来たことがないとママが言ったなら、こんなに確実なことはない。要するにサトルは、自分に注目してもらう方法を、ちょっと工夫してみただけなのだ。

馬鹿馬鹿しい。

「じゃああんた、これから何が起きるかわかる？」

「え……」

サトルは面白いぐらいにたじろいだ。

「わ、わかんない」

「じゃあ教えてあげる」

枕に手を伸ばす。

「こうなる」

目にもとまらぬ早業でサトルの顔面めがけて投げつける。狙い通りに大当たり。鼻を押さえて泣きそうな顔になるサトルに、親切に教えてあげる。

「つまんないことで邪魔しないで」

わたしがもう話を聞かないことを察したのだろう。サトルは反論するでもなく、襖を閉めていく。「どうなっても」とか何とか呟いていたようだけど、その声はあまりに弱々しくて、よく聞こえなかった。

第二章

1

サトルが学校に行きたくないと言いはじめた。

朝ごはんを食べた後のことだ。自分の茶碗を台所に下げて、居間に戻ったらサトルがぐずついていた。

「行きたくない。怖い」

蚊の鳴くような声で、首が折れるのではと思うほど下を向きながら、エプロン姿のママに訴えかけている。そんなサトルを横目でちらりと見て、洗面台に向かう。

鏡の中のわたしは、まだちょっと眠たそうな顔をしている。夜更かしが祟ったようだ。歯を磨きながら、ふと思う。サトルはどんなことでも自分の身に降りかかった不幸だと受け止めるので、学校で起きたことは全て理不尽と不公平の表われだと思っている。でもその割に、登校自体を嫌がったことは、いままで一度もなかったのでは？

ちょっと嫌な感じがする。

全ては、サトルが変なことを言うからだ。不安を怒りにすり替えて、がしゅがしゅと歯を磨く。口をゆすぐと、少しだけ鉄っぽい味がした。

後は二階に上がってセーラー服に着替えるだけで、夕方まで自分のことだけを考えていられる。だけど居間の前を通るとき、「そんなこと言ってるとハルカに笑われるわよ」というママの言葉が聞こえてきて、立ち止まった。自分の名前が出ているのに聞こえなかったふりで通りすぎるのは、もしかしたら感じ悪く見えるかもしれないと思ったからだ。

襖は開けっ放しになっていた。ママはわたしを見ると、救われたような目を向けてきた。

「ああ、ハルカ。悪いんだけど、ちょっとお願いできる？」

「え？　うん。なあに」

立ち上がり、ママも廊下に出てくる。わたしに向けて声をひそめるけれど、サトルに聞こえないほど小さくはなかったと思う。

「あの子、学校に行きたくないって言うのよ」

「うん。聞いてた」

困ったことよね、と皮肉に付け加えそうになるのを堪えて、代わりに訊く。

「どうしたの、いきなり。学校で何かあったの」

「それが……」

ママは首を傾げた。

「そうじゃないらしいの。あの子、橋が怖いんだって」

「橋？」

わたしの家は堤防のすぐそばにある。そして、小学校も中学校も川向こうにある。わたしもサトルも、橋を渡って学校に通っていた。

ただし、使っている橋は違う。わたしは家に一番近い鉄橋を、サトルはもう一つ上流側に架けられた橋を渡る。深い事情はない。それぞれ、学校に近いルートを選んでいるだけだ。

「橋が古くて、車が通ると揺れるらしいの。それで、誰かと一緒なら大丈夫かもしれないって言うから……。本当はママが付き添ってあげられればいいんだけど」

それはできない。ママは仕事をしながら、家事もこなしている。朝は忙しいのだ。最後まで言わなくてもわかる。要するに、わたしに付き添えと言っているのだ。

頭の中に地図を思い浮かべる。といっても、ひどく精度の低いぼやけた地図だ。たぶん、サトルが使っている橋を渡っても中学校までの距離はたいして変わらない。気がかりなのは、小学生に混じって登校するところをクラスメートに目撃されないかということ。でも考えてみれば、同じ家に住んでいるんだから、一緒に登校するのは一緒に下校するよりずっと自然かもしれない。

だけど、こんなことは考えるだけ時間の無駄だ。わたしがママの頼みを断るなんてことはあり得ないから。でも笑顔になってはあまりにわざとらしい。嫌々ながらというようにふくれっ面で、わたしは言う。

「わかった。橋を渡るまででいいんでしょう」

「ありがとう。お願いね。……もしどうしても無理なら、サトルは帰していいから」

出来ればそうなって欲しい。

ママはほっと息をつき、微笑んだ。そして、頼み事を聞いたお礼のように、エプロンのポケットからチケットのようなものを二枚取り出す。

「これ、商店街の福引き券よ。職場でもらったの。よかったら、放課後に行ってきてちょうだい」

券には『常井互助会　春の大福引き』と書かれている。大・福引きを大福・引きと読んでしまい、大福をひっぱる自分の姿が頭に浮かぶ。一等商品は温泉旅行で、これはいらない。二等の商品券三万円分や三等のお米三十キロは、確かに魅力的だ。とはいえ、

「もし当たったら、ハルカの好きにしていいからね」

と言われても困る。でも、福引きは何だか楽しそう。ガラガラまわす器械を見たことはあるけれど、実際にまわしたことはない。いやな朝だけれど、ちょっぴり楽しみが出来た。

けれどママは、さりげなくこう付け足した。

「サトルといっしょに行ってね。二人なら、当たる確率も二倍でしょ」

そんなわけはない。わたしが二回引けばいいだけの話だ。一人で行くと言おうと思ったけど、小さな注意書きが目に入った。「おひとりさま一回までとさせていただきます」。それならまあ、仕方がない。

矢絣柄のカーテンを開け、朝日を部屋に入れる。

セーラー服をかけたハンガーは、鴨居に引っかけることにしていた。ところがどうも不安定で、二日に一度は落ちてくる。今日こそはハンガーをかける釘を打とうと、

毎日思いつづけている。いまのところ毎日忘れているけれど。

今日も制服は畳の上に落ちていた。イグサのくずを平手で叩き落とし、一分で着替えて一分でスカーフを結ぶ。昨日は夜更かししたけれど、寝る前に鞄の準備は済ませておいた。

これで朝の準備はできた。いつでも出られる。

そしてわたしが制服姿で二階から下りたとき、サトルはまだ居間にいて、しかもまだパジャマのままだった。ぐずっているわけではない。けろりとした顔で、うっすら口を開けてテレビを見ているのだ。映っているのは朝のニュース。日本のどこかで何かが旬で、食べるとおいしいということを報じている。

「サトル」

呼びかけると、サトルはいきなり夢から引き戻されたように、体をびくんとふるわせた。ぎこちなく首をめぐらせてわたしを見ると、

「あ、ハルカ……」

と寝ぼけた声で言う。

居間にママはいない。洗い物か、出勤の準備をしているのか。わたしはサトルに、優しく話しかける。

「ねえサトル。あんた、橋が怖いんだって？」

「怖くないよ！」

いきなり声を上げ、一丁前に意地を張る。ここで「へえ、そう。怖くないんだったら一人で行きなさいよ」と言ってやりこめるのは簡単だけど、サトルはまたぐずりだすだろう。朝は時間がないのだ。聞き流すに限る。

「どうでもいいけど、その恰好で学校に行く気？」

「えっ」

サトルは自分のパジャマを見下ろした。橋のことで頭がいっぱいだったのか、それとも単に脳みそが寝ていたのか知らないけれど、着替えることさえ忘れていたらしい。鳥が鳴くような甲高い叫び声を上げて立ち上がり、二階へと駆け上がっていく。この家の階段は、恐ろしいほどに急だ。サトルの後ろ姿に向けて怒鳴る。

「階段は走るな、バカ！」

「バカって言うなバカハルカ！」

涙声になるほど慌てているくせに、言い返すことだけは忘れない。ママの頼みでなかったら、その揺れる橋とやらのど真ん中に縛りつけてやるのに。

することもないので、ぼんやりテレビを見ていた。どこか遠くの国で誰かと誰かが殺し合っているらしい。ふうん。次のニュースは国の赤字のことだった。たいへんだ。アナウンサーがようやく明るい顔になり、次は地域の話題です、と言ったところで二階から足音が下りてくる。今度はゆっくりとした足音だったので、わたしは少なくともその点には満足した。

よれよれのポロシャツと、ジャージのような柔らかいパンツ。ランドセルを背負ったサトルは、顔いっぱいに不服を浮かべていた。着替えている間に何かが気に入らなくなったらしい。まあ、わたしには関係ない。それに、そろそろ遅刻が心配な時刻だ。台所から洗い物の水音がしはじめた。そちらに向かって声を掛ける。

「じゃあ、行ってきます」

返事はなかった。水音に掻き消されたのだろう。それはそれで気が楽だと思ったら、サトルがランドセルのベルトに手をかけたまま、わたしの耳元で大声を出した。

「行ってきます!」

水音が止まる。ママの優しい声が送り出してくれる。

「はい、行ってらっしゃい。気をつけてね」

耳がキンキンする。わたしはいずれサトルを力いっぱい殴るに違いない、と確信しながら、いまは代わりに睨みつける。

「うるさいよ」

サトルは時々、まるで気まぐれのように素直になる。

「……ごめんなさい」

スニーカーを履いて外に出ると、空は黒く曇っていた。天気が下り坂なのだろうか。

「降るかな」

空を仰いでそう呟いたのは、別にサトルに話しかけたわけではない。ただの独り言だ。なのにサトルは耳聡く聞きつけ、やけに得意そうにこう言った。

「降らないよ」

「なによ」

「晴れるよ。ぼく、知ってるもん」

途端、サトルの昨夜の言葉を思い出し、かっと頭に血が昇った。ママにお世話になっている以上は自重しなきゃいけないとわかっているのに、気づくと、わたしはサトルに怒鳴っていた。

「なによ！　なんでそんなことわかるのよ、うそつき！」

サトルが体を引く。酷く裏切られたというように、顔色がさっと白くなる。

「う、うそなんかついてない」

「じゃあなんでわかるのよ。うそじゃなかったらなんなのよ」

「だって……」

消えてしまいそうに小さな声で、サトルはかろうじて言う。

「テレビで言ってた」

ああ。

そうか。

サトルは着替えもせずに、ずっとテレビを見ていた。天気予報だって流れただろう。ふうっと息を吐く。平気なつもりでいたけれど、環境が変わったせいで、わたしも少し神経質になっているのかもしれない。そう、それにもしサトルが予報を見ていなくて当てずっぽうを言ったのだとしても、怒鳴るほどのことじゃなかった。怯えているサトルには、言わなければいけないことがある。

「そっか。……ごめん」

サトルは哀れなほど単純なので、それだけでみるみる笑顔になって、調子よく勝ち誇る。

「あのね、十パーセント晴れるって」

「ぜんぜんだめじゃん」

「なんとかかくりつ十パーセントだって」

「晴れるじゃない」

「だから晴れるって言ったのに」

ともあれどうやら、傘はいらないようだ。


サトルと朝歩くのは、引っ越し前を通じても初めてかもしれない。

ふたりで歩くと、サトルはいつもよく喋る。その話題は「その日、サトルを襲った理不尽」「今日もかわいそうだったサトル」に限られていた。控えめに言っても、うんざりだ。ところがこの朝、サトルは愚痴らしいことは言わなかった。昨日のことはすっかり忘れてしまっていて、嘆くべき理不尽に思い至らないのだろう。バカである。

佐井川に沿って川上に向かう。堤防道路に併設された歩行者通路を、横並びになって歩いて行く。登校中らしい人の姿は、前後に大きく間隔を開けてまばらに見られる。一方、堤防道路の方は大いに混み合っている。スクーターから軽自動車、大型トラックまで、ぎゅうぎゅう詰めになってぴくりとも動かない。この先の信号で詰まっているのだ。これから毎朝の光景になるのだろうけれど、排気ガスのにおいには慣れる気がしない。

なぜか、サトルがぼんやりと車列を見ている。ぽかんと開けた口には何か虫でも入りそうだ。入らないかなと思っていたら、サトルがいきなりこちらを向いた。

「ニュースで、車がぶつかったって言ってた」

「ふうん」

「四人死んだって」

「よくあることね」

たぶんだけれど、サトルはまだ、死ぬとはどういうことかよくわかっていない。いつか誰かが教えるのだろう。

サトルは首をめぐらせ、わたしの顔を下から覗きこむように見た。

「ねえハルカ。ぼく、いいこと考えた」

「ろくでもないことをね」

「ろくでもない、って？」

「聞かせてほしいなって意味よ」

途端にサトルはにやついて、大きく首を傾ける。

「えーっ。どうしようかな。聞きたい？」

「ぜんぜん」

「あのね」

普通に話を続ける。「別に聞きたくないんだけど」と黙らせることも考えたけれど、まあ別に害になるわけじゃないし、好きに喋らせることにする。

「車に磁石をつけるの」

「へえ」

「SとNを順番につけると、車もぶつからないんだよ」

自信満々である。

「……S極とN極を順番につけたら、全力で衝突するじゃん」

「え？」

「それを言うならSとS。じゃなかったらNとN」

「そう言ったよ」

負け惜しみなのか、自分の発言を記憶の中で書き換えてしまったのか、このバカっぽい得意げな顔からは判断できない。

「いい考えでしょ。ぼく、特許取ってお金持ちになるんだよ」

特許なんて概念、いったいどこで憶えてくるんだろう。いやまあ、じゃあわたしはどこで憶えたのかと言われたら、想像もつかないのだけれど。

「特許なんて取れるわけないじゃん」

「なんでだよ！」

「だって」

わたしも、堤防道路の車列を見る。もしあの車に全部、S極の磁石がついているとしたら……。

ものすごい勢いでお互いに弾《はじ》かれて、かえって危ない。ええと、そうじゃないか。そこはコンピューターみたいなので磁石の強さを変えればいいんだから。

「ねえ、なんでだよ」

サトルがセーラー服の裾をひっぱる。

「ちょっと、やめてよ」

振り払って、わたしはそっぽを向く。

「なんでって、それは、あんたがバカだからよ」

「バカハルカ！」

「うるさいな、外で大声出すな」

それで話は終わったことにして、以降のサトルの抗議を無視する。ぜったい、どこかが間違っている。サトルの発明は何かおかしい。そんなことできるはずがない。でも、どこがおかしいんだろう？

「外で大声出すなって、家の中で大声出したらもっと怒るくせに。やっぱりバカハルカだ」

サトルにこんなに馬鹿にされて、しかも屁理屈ながら一理なくもないので言い返せないなんて。ひどい朝だ。

道は、わたしが使う鉄橋に差しかかる。鉄骨で組まれた橋はずいぶん長いけれど、それは河原が広いからだ。実際に川を跨《また》いでいる部分は短い。銀色の塗装に光る鉄橋を見て、サトルが言う。

「ハルカはここから行くんだよね」

「そうよ」

「揺れる？」

「少しはね」

実は、坂牧市に来るまで、わたしは徒歩で橋を渡ったことがなかった。いまから橋を渡るのだという意識もないまま初めて歩いて渡ったとき、足元からごんごんと振動が伝わってくるのには多少驚いた。ふるえる程度ならともかく、鉄か鉄みたいに硬い金属でできた橋が「揺れる」だなんて、思いもしなかったのだ。まるっきり、ちっとも怖くなかったと言ったら嘘になる。

でも、

「ハルカも怖かった？」

と訊いてくるサトルに「うん」と答えるなんて論外で、わたしは黙って首を横に振る。もし「ハルカも」の一言がなければ、でなければ、すがりつくような情けない顔をもっと引き締めて訊いてきたなら、少しは素直に答えてあげてもよかったのだけど。

カンだけは侮れないサトルに嘘がばれないうちに、話を変える。

「で、あんたはどう」

「どうってなに？」

「転校してから、学校で上手くやれてるの」

サトルは人を小馬鹿にするように言った。

「橋が揺れるから、行きたくない。知ってるだろ？　知らなかった？」

生意気だ。

「だからそれは、一緒に行ってやってるでしょ。そうじゃなくて、それ以外に。友達とか」

わたしは中学進学のタイミングでこの町に来たので、転校してきたという感じはほとんどしなかった。だけどサトルは違う。見知らぬ小学三年生たちの群れに放り込まれた形になる。なにぶん、サトルは臆病で人見知りをするタイプだ。クラスに軟着陸できていない可能性は高い。

本人は平気な顔をしている。

「友達ぐらい、いるよ。あったり前だろ。ひとりぼっちのわけないもん」

わたしが観察する限り、サトルは何もしなくても人に好かれるというタイプではない。いずれ、いまの自分の言葉がいかに贅沢だったかを知る日が来るだろう。

「あ、そ。勉強はわかりそう?」

「んー。まあまあ」

「嘘でしょ」

声の調子で、まるわかりである。小学三年生って、こんなに嘘が下手な生き物だったろうか。サトルは誤魔化し笑いで、

「ただのスランプ」

と言った。たぶん意味はわかっていない。まだろくに授業も始まってないのに、スランプもなにもない。

「あのね。今日、テストがあるんだ」

「へえ。一昨日始業式で、早いのね」

「国語なんだ。算数ならよかったのに」

「あんた算数だってだめじゃない」

「そんなことないよ。こないだ百点だったもん」

「二年生の時の話でしょ。三年生になって、きっとぼろぼろよ」

「そんなことないってば！」

むきになって食ってかかってくる。このあたりは、まあ、扱いやすい。適当にからかっていれば、気が紛れて排気ガスのにおいもあまり気にならない。気づけば前方の子供の数が増えている。学校に近づいているのだ。

わたしは、どうせ会話をするならもうちょっと中身がある方が好きだ。けれど小学三年生に、とりわけサトルにそれを求めるのは、さすがに酷だとわかっている。


橋の名は、「報橋《むくいばし》」といった。

通り過ぎた銀色の鉄橋は、橋の上にアーチ状の鉄骨がかかっていた。それに比べると報橋はただ橋桁と橋脚、欄干があるだけで、いたって簡素な作りだ。欄干の塗装は深緑、塗り直されてからそれほど経っていないらしく、遠目には塗装の剝がれは見られない。通勤の車がひっきりなしに行き交う道路も、アスファルトにひびが入っているわけではない。それなのにわたしは報橋を一目見て、なぜだか「ひどく古い橋だなあ」と直感した。どこかが、他の橋とは違うような気がするのだ。

この橋を渡れば小学校はすぐなので、歩道は小学生でいっぱいだ。蹴ったらボールみたいに飛んでいくのではと思うほど小さな下級生から、わたしよりもよほど中学生らしく見える上級生まで、誰一人不安そうな様子もなく報橋を渡っていく。これだけたくさんの子供が平気で通っているのだから、何であれみんなでやれば怖くなるあの不思議な心理に基づけば、サトルだって知らん顔で渡れそうなものだ。

ところがいま、サトルは報橋の手前で足を止めたまま動こうとしない。

「ハルカ……」

と弱々しい声を出し、いますぐにでも泣き真似を始められそうに顔を情けなく歪め、わたしを見ている。さっきまでの馬鹿馬鹿しい元気は、きれいさっぱり洗い流したように消え去っていた。

なんだか、胸から苦いものが込み上げてくる。本当に、サトルはこの橋が怖いのだろうか？　わたしに見えるのは、サトルが橋を渡らず、渡ろうと前を向くことすらしない姿だけ。ママなら優しく甘えさせただろう。でもわたしはママではない。遅刻は嫌だ。

「行くよ」

とだけ言うと、さっさと歩き出す。「あ、待ってよ」と慌てた声が聞こえるけれど、わたしは振り返りもしない。さっきまでの、サトルをからかって遊ぶ気持ちはなくなった。あの、わたしを見上げる潤んだ目を見た瞬間に。

橋板に足を乗せた瞬間から振動は感じていた。橋を通る車の量は、特に多くはないけれど少なくもない。軽自動車も多く、どの車も割とスピードを出している。橋はずっと小さく揺れ続けている。

橋の半ばまで来た。揺れのせいで、確かになんだか車酔いのような、ふわふわとした嫌な感じはする。揺れはわたしが通学に使っていた鉄橋よりもずっと大きい。……でも、怖いというほどじゃない。やっぱりサトルの言うことは大袈裟だ。

と思ったのだけれど。

橋の先の方から、悲鳴というかどよめきというか、何か異様な気配が伝わってきた。見れば、車道を大きなトレーラーが走ってくる。これは揺れると思い、立ち止まって足を踏ん張る。

そう準備していてさえ、

「……うわっ」

と声が出た。一瞬、体が浮いた気がした。轟音を上げてトレーラーが走り過ぎるとき、橋がそれに合わせて波打った。意地もなにもない。橋が折れる、とさえ思った。

ひときわ甲高い悲鳴が聞こえたのは、そのすぐ後のこと。サトルの声だ。振り返る。

サトルは、歩道と車道を分ける柵にしがみついていた。思ったよりも近くにいた。

そしてわたしは、この橋が古く見えた理由の一つを知った。サトルは小学校三年生、わたしよりも頭一つか一つ半は小さい。そのサトルがだいたい腹の位置で柵をつかんでいる。誰かが横から一押しすれば簡単に向こうへ落ちてしまうだろう。……報橋はどちらも低いのだ。歩道の両側の、柵も欄干も。

揺れる橋の上をサトルへと駆け寄る。顔をこわばらせたサトルは、わたしを見ても柵から手を離せないでいる。わたしは何も言わず、おんぼろな橋の揺れが収まるのを待つ。

時間にすれば十秒もなかったと思うのだけど、とにかく長く感じた。ようやく落ち着くと、サトルは手ひどく傷つけられたというように泣き出しそうな顔になった。

「ね。揺れるでしょ？」

「そうね」

確かに、想像以上だった。慣れの問題だという気はするが、慣れないというのも無理はない。タイヤがアスファルトを踏む音に、佐井川が流れていくどうどうという水音が混じっているのに気づく。低い欄干越しに見ると川面からはずいぶん高く、川はまた茶色く濁っていた。

わたしは言った。

「でも、こんなとこで立ち止まってても仕方ないでしょ。行くよ、ほら」

「うん」

「手を離して！」

一年生か二年生か、とにかく身長一メートルそこその子供ですら小走りしていく。サトルは案外あっさりと手を離すと、

「ここから落ちた人がいるんだ。ぼく、知ってる」

と言った。

わたしは無言で、サトルの背中をぽんと叩く。びくりとふるえるサトルが睨みつけてくるのを受け流し、踵《きびす》を返して歩き出す。ただし、ゆっくりと。

サトルが追いついてきて、わたしの横に並ぶ。怒りなのか恥ずかしさなのか、俯いて物も言わない。

仕方がないなあ。

「ほら。手」

手を出してやる。サトルは何か不思議なものを見るようにわたしの手を見て、それからおずおずと、わたしの手を握る。

冷たい手だ。怖がりすぎて血も冷えたのだろう。

引っ張るように歩き出す。サトルはまた俯いている。

「あのさ」

そう切り出す。

「あのさ。あんた、もうちょっと何とかならないの?」

「何とか、って?」

サトルが訊き返すのも無理はない。そうは思うけれど、わたしはそれ以上何も言わなかった。わたしはサトルの姉ではない。こいつを叱ってやる義理はないのだ。

報橋の上、大きな車が通って橋がふるえるたびサトルはわたしの手を強く握る。サトルの歩みが遅いので、わたしは急ぐことができない。天気予報通りに晴れはじめた空を見ながら、遅刻するかもしれないな、と思った。

2

朝はそうでもなかったけれど、午前の授業が終わるあたりから急に風が強くなってきた。午後に入ると、グラウンドに土煙が立つぐらいになった。春の嵐だ。

授業は本格的な内容に入っていく。いまのところ小学校の授業より格段に難しいという感じはしない。でも、やっぱりなんだか新鮮ではある。新しいことは好きだ。これは誰にも内緒だけれど、実は勉強もそんなに嫌いじゃない。

そして今日から、昼には給食が出る。

内心すこし緊張していた。もし給食のとき、自由に席を移動しても構わないというルールだったら、この食事はこれまでの人生でいちばん大事なものになるからだ。もし誰とも席を一緒にできなくて、ひとりで食べる羽目になったら、たちまちクラス中の噂になってしまう。あの子は友達がいないんだと認識されて、たぶんリンカも離れていってしまうだろう。

わたしたちの担任は、村井という女の先生だ。若いけれど、目が死んでいる。これから一年間保つのかなと心配したくなる。その村井先生が給食の始めに、恨み言のように言った。

「給食は、自分の机で食べてください。机を動かしてもいけません」

教室のあちこちから、「えーっ」という声が上がる。やはり期待していた子が多かったのだ。だが村井先生は、

「この学校では、そういう決まりなんです」

と言って、後は取り合おうとしない。前の学校だったら、わたしも友達とお昼が食べられないのを残念に思ったかもしれない。もしかしたら過去に、一緒に食べる相手がいない子のことが問題になったのかもしれない。それとも中学校ってこういうものなのだろうか。とにかく、ほっとした。

続く昼休み、リンカに福引きの話をした。ママが福引き券をもらってきて、今日の帰りに商店街に行くつもりだ、と。するとリンカは大袈裟に顔をしかめた。

「あ、そうなんだ。あれってやる方は楽しいかもしれないけど、準備する側は面倒なのよね」

「リンカも手伝ったの？」

「手伝ったっていうか、手伝うよ。揃いの法被《はっぴ》でメガホン持って、当たりが出たら『おめでとぉうござぁいます』って言うの。嫌なんだよね、あれ」

それを聞いて、行くのがちょっとだけ楽しみになった。

そして放課後。

サトルとは昨日と同じ交差点で待ち合わせた。上手く落ち合えないんじゃないかと思っていたけれど、サトルは約束通りの時間にきちんと現われた。当たり前のことなのだけど、こいつが相手だと珍しいことが起きたような気になる。

顔を合わせるが早いか、サトルは、

「学校で待ってた」

と言った。小学校の方が授業は早く終わるだろうから、確かにそうでもないと時間が潰せなかっただろう。よく考えたら、二人とも家に帰ってから出直せばよかった。だけどわたしは「そう」とだけ答え、あとは何も言わなかった。

目当ての商店街に向かう間、サトルは何度も、わたしのセーラー服の裾を摑もうとする。もちろんそのたびに、手を払ったけれど。福引きとなれば少しは楽しそうな顔をしてもいいようなものなのに、サトルはきょろきょろとまわりを見まわして落ち着きがなく、途中で一度だけ「帰ろうよ」と言い出した。

「ねえ、帰ろうよ」

「いいよ、あんただけ帰れば」

「でもママが……」

「それが怖いんだったら、最初から帰るって言わないで」

サトルは口をとがらせ、「怖いなんて言ってない」と強がった。

「でも、ぼく見たことある。こういうの。ぜったい、見たことあるもん」

常井に入ると、通りの左右には『大売り出し』と書かれたノボリが立てられ、店々のウインドウや潰れた店のシャッターには黄色いチラシが貼られている。そういえば少し、昨日より人の姿も多いようだ。どこかにスピーカーが据えられているようで、明るい音楽が聞こえているのに気がついた。それがあんまり寒々しく響いたりしないので、やっぱり昨日に比べてちょっとは町が浮き立っているのかもしれない。

わたしは言った。

「こういうのだったら、わたしだって見たことある」

「えっ、ハルカも？」

「ちょっとクリスマスに似てるでしょ」

自分で言ってから、それほど似てもいないなと思った。

『常井互助会』と書かれた白い仮設テントが、福引き会場らしい。会場はそれなりに盛り上がっている。福引き器が置かれたテーブルからは十人ほどの列が出来ていて、そのまわりを野次馬が取り囲んでいた。誰かががらがらと福引き器をまわすたび、ざわめきが起こっている。わたしが列の後ろについたとき誰かが当たりを引いたらしく、からんからんと鐘が響き渡った。

「おめでとぉうござぁいます、五等、日本茶セットでぇす！」

と可愛らしい声を張り上げているのは、リンカだった。

本人が言った通り、他の大人たちと揃いの法被でメガホンも持っているけれど、一つだけ言葉とは違うところがある。嫌だと言っていたくせに、こうして見るとなかなか楽しそうだ。サイズが合わないのか、リンカの法被はいまにもずり落ちそうにぶかぶかだった。

五等を当てたお客さんに景品が渡される。ふっと息をついて鐘を置いたリンカが、わたしに気づいて小さく手を振る。そしてメガホンを口に当て、大声を張り上げた。

「さあ温泉旅行は誰の手に！　まだ出てないってことは、これから出るってこと！　さぁさ、お次の方、どうぞ！」

さすがにここで生まれ育っただけのことはあって、売り文句もなかなか板についている。がんばるリンカを見ていたら、ちょっと機嫌が良くなった。それでサトルに訊いてやった。

「当たるかな」

サトルは、さっきまでのぐずついた顔もどこへやら、目を輝かせて福引き器を見つめている。やっぱり子供、くじびきの類は大好きなのだ。もちろんわたしも子供なので、大好きだ。サトルは断言した。

「当たるよ。大当たり」

「そりゃ楽しみ」

「うん。当たる」

それから、無邪気にテントの中を覗き込みながら付け足した。

「ぼくがじゃないけど、誰かが大当たりする」

また馬鹿なこと言い出した。ちょっといらっとしかけて、思い直す。サトルが当たりを引く可能性は低い。一方、他の誰かが大当たりを引く。……いずれは。そう考えるとサトルの言うことはまことにもっともで、どこも間違っていない。意味がないだけだ。

列に並んでいる間、手持ち無沙汰にテントの中を見ていた。トイレットペーパーとティッシュペーパーが、まるで飾り物のようにどっさり積まれている。はずれの景品なのだろうけど、トイレットペーパーのピラミッドなんてなかなか見られるものではない。一方、わたしが狙っている三等景品のお米は、半紙に墨で「米　三十キログラム」と書かれているだけで現物は見当たらない。持って帰るには重いから、後で届けてもらえるんだろう。

リンカと同じ法被を着てテーブルの向こう側にいるのは、全員大人の男のひとだった。いちばん若いひとでも、お父さんよりは上に見える。テーブルの端には髪が真っ白いお爺《じい》さんもいて、どうやらやることがないらしくタバコを吸っていた。さっきからタバコの匂いがすると思ったら、あのひとだったのか。

そこで、ふと気づく。福引きは楽しい。おみくじと違って、あのがらがらという音を聞いているだけでもなんだか気持ちが浮き立ってくる。明るく楽しいイベントのはずだ。現に、列に並ぶひとたちも、それを取り囲むひとたちも笑っている。当たりはずれのひとつひとつに声を上げて、歓声を上げたり溜め息をついたりしている。

だけど、テーブルの向こうにいるひとたちは笑っていない。笑っていないし、タバコを吸っているお爺さん以外は、誰も何もしていない。ただ立っているだけ。どんよりとした目で、ぐるぐるまわる福引き器や、風にはためくテントのシートを見ている。テーブルの向こうで、明るく声を上げているのはリンカだけだ。

「たいへんだなあ」

思わず呟く。

サトルは、喧噪の中でも耳聡くわたしの声を聞き分けた。

「なにが？」

薄暗い感じの大人たちの中で、リンカはただ一人の女の子として元気いっぱいに振る舞っている。それはきっと、ひどくたいへんなこと。だけど、そんなことを話してもサトルにはわからないだろう。なにも聞こえなかったふりをして、わたしは福引き器に身を乗り出す。

目の前で一人がはずれを引いて、ティッシュをもらって帰っていく。次の人は桜色のブラウスを着てクリーム色のハンドバッグを持った、若い女の人だ。「よおし」と一声気合いを入れて、バッグをテーブルに置いて福引き器に手をかける。がらんがらんと二周させ、勢いが良すぎてもう一周まわりかけるところを押しとどめる。転がり出た玉が皿に落ちて、乾いた音を立てる。

皿を覗いたリンカが、とたんに相好を崩し、両手を挙げた。

「おめでとぉうございます、一等、温泉旅行が出ました！」

頭の上で、鐘を鳴らしまくる。おめでたい音だけどさすがにうるさい。並んでいた人からも、まわりで見ていた野次馬たちからも、低いどよめきのような声が上がる。当たりを引いた本人は手を口に当てて「きゃあ、うそっ」などと笑っている。

「えっ、ほんと？　ほんとに大当たり？　やったあ、信じられない！」

いいな、と思う裏側で、わたしは二つのことを思っていた。

一つは、これで一等を引く心配はなくなった、ということ。わたしたちが温泉旅行を当てたとしても、とてもじゃないけれど行く余裕はない。金銭的にも、心の余裕的にも。

もう一つ心の片隅で思ったのは、サトルの言葉が当たったということ。わたしたちではない誰かが大当たりした。確かにそうなった。振り返って、サトルを見る。

表情が引きつっていた。

わたしの視線に気づくと、硬く小さい声で「ハルカ」と声をかけてくる。予想が当たったことで、きっと自慢げだろうと思ったのに。

「あんた……」

わたしが言いかけたとき、誰かの叫び声が上がった。

「ちょっとあんた、待てっ」

振り返る。

ヘルメットにマフラーを巻いた人が、スクーターに飛び乗るところだった。エンジンはかけたままだったらしい。スロットルをひねると、スクーターは一気に加速していく。

まわりに人は多かったけれど、動き出したスクーターの前に立ちはだかる人はいなかった。みるみる速度を上げていく。その人の手に、クリーム色のハンドバッグが握られているのが見えた。

ええと、あれって、つまりそういうことだろうか。

ぼけっと見送ったわたしのそばで、リンカが叫ぶ。

「ちょっ……。お、置き引きよ！」

ああ、やっぱりそうか。あれは、大当たりを引いた女の人のバッグだ。福引き器をまわすときテーブルに置いて、大当たりのどさくさに置き引きされたのだ。お客さんたちが動けずにいるのに、法被を着た商店街の人たちはさすがに反応が早かった。

「おい、待てこらっ」

テーブルの向こうから、頭に捻りはちまきをしたおじさんが飛び出していく。ただ、ちょっと慌てすぎた。足が福引き器を置いたテーブルに引っかかって、景品のティッシュがどさっとばらまかれる。

「ああっ」

これも法被を着た太ったおじさんが、また崩れそうなティッシュの山を押さえようと手を伸ばして、お尻でテントのポールを押してしまう。『常井互助会』と書かれたテントがぐらぐら揺れて、お客さんたちの悲鳴が巻き起こり、バッグを盗まれた女の人は「誰か、誰か！」と金切り声を上げ、福引き会場は大騒ぎになる。

赤い法被が宙に舞った。一人、スクーターを追って駆けだした。ぶかぶかで走るのに邪魔だから、法被を脱ぎ捨てたのだ。リンカだ。わたしの横を駆け抜けるとき、ちらっと視線を向けられた気がした。気がつくと、わたしもリンカと一緒に走っていた。

これでも足の速さと体力には自信がある。

スクーターはみるみる遠ざかっていく。

常井商店街に車の姿はほとんどなく、スクーターを邪魔するものはない。初速で捕まえられなかったら走って追いつけるものじゃない。それでも足を緩めず、目はナンバープレートを読み取る。スクーターはおんぼろなのに、ナンバープレートだけはやけに綺麗に磨かれていて読みやすい。「１６０３」だ。ええと、江戸幕府が出来た年。これで忘れない。サトルはバカと言うけれど、わたしはバカじゃない。

そのままっすぐ逃げるかと思ったけど、スクーターは急ブレーキをかけて、細い路地へと飛び込んでいく。十数秒遅れて、わたしたちも後を追う。

曲がり角の先にスクーターは見えなかった。見失った。

路地はすぐ先でT字路に突き当たっている。正面はブロック塀で遮られている。突き当たっている道はわりと広いらしく、車がびゅんびゅん行き交うのが見える。

リンカは肩で息をしている。わたしはまだ大丈夫だけど、準備運動もなしで全力で走ったから肺が痛い。大きく息を吸い込んだら、きつい匂いにむせそうになる。

まわりが見えていなかったけど、この路地はパチンコ屋に面している。タバコの匂いがこぼれてきているのだ。駐輪場があって数台の自転車とスクーターがだらしなく駐められているけれど、四桁のナンバーをつけたスクーターはなかった。

……完全に振り切られてしまった。

「どっちに行ったのかな」

ようやく息を整えて、リンカが呟く。

「わかんない。道はどう繋がってるの？」

「右に行けば市役所とかがある方。左は大きくカーブして、堤防道路に出られるんだけど」

「一本道って事はないよね。とにかく警察を呼んでもらおうよ」

するとリンカは眉を寄せた。

「警察。やっぱり、そうなるのかな」

「わたしはどうでもいいけどさ。どっちにしてもあの女の人が届けるでしょ。だったら早い方がいいよ。早ければ、すぐ捕まるかもしれないし」

わたしはケータイを持っていない。リンカに目で促すけれど、どうもぐずついている。気持ちはわかる。わたしだって「いますぐ警察に電話して」と言われたら、ためらうだろう。

「うん、でも……」

「まあ、大人の人にかけてもらった方が聞いてもらえるかもしれないけど」

「そうだよね。それに……」

ポケットに手を入れたまま、リンカは迷っている。どうするにしても早くしないと、犯人がどこまで逃げてしまうかわからない。気ばかり焦っていると、胴間声《どうまごえ》をかけられた。

「いや、警察は待ちなさい」

振り返ると、捻りはちまきのおじさんが立っていた。さっき飛び出しかけて、テーブルの上の景品をばらまいてしまった人だ。

「会長さん」

とリンカが言ったところを見ると、どうやらこの人が責任者なのだろう。赤い顔は日焼けなのか、それともお酒で焼けたのだろうか。肩幅が広く体つきのがっしりした人だった。

会長さんは膝をかがめ、わたしたちの背丈まで目線を下ろして言った。

「事を大きくしたくない。商店街のイベントで盗難があったなんて、イメージが悪い」

そんなことを言ってる場合じゃない、と、言葉が喉まで出てくる。現に盗まれた人がいるのに、何をいまさらイメージだなんて。

でもそれを言えなかったのは、やっぱり、わたしが余所者だったからだろう。会長さんが「そば屋の娘」のリンカに話していることは明らかだったし、リンカもまた、会長さんの言葉に頷いていた。となれば、わたしの出る幕ではなかった。

「うちで出来ることがないか考えてみて、しばらく様子を見て、それでも駄目なようなら届け出ればいい。お客さんにもそれで納得してもらえるだろう」

「そうですね。それがいいと思います」

「さて、それでだが……」

会長さんが顔を上げる。

「犯人はどっちに行ったかな。君たち、見たかい？」

わたしもリンカも、首を横に振る。会長さんは腰を伸ばして、しかめ面になる。

「そうか。手がかりでいいんだ、どっちに行ったと思うかね」

わたしたちは顔を見合わせる。どっちと言われてもカンでしか答えられない。リンカの目が何となく先に言ってと促しているようだったので、小声で答えた。

「左だと思います」

「なるほど。どうしてかね」

「犯人は、わたしたちが追いかけているのもわかっていたと思います。だから急ブレーキをかけて、この路地に入ったんです。わたしたちを撒くために。そんな犯人が、一時停止して車の列が途切れるのを待って、右に曲がるのはおかしいと思います」

「ふうむ」

会長さんは顎を撫《な》でる。

「一理あるな。リンカちゃんはどう思う」

ちらりとわたしを見てから、リンカは首を傾げた。

「あたしは右だと思ったんだけど……。この時間、左に行く車は少ないでしょ。車の量が多い方が紛れ込みやすいかなって」

この町の子らしい意見なのだろう。わたしにはどうして左に行く車が少ないのかわからなかったけれど、会長さんは頷いた。

「なるほど」

どちらにしてもわたしたちは見ていないんだから、根拠の薄い空論でしかない。会長さんは目の前のT字路をじっと見て、ぽつりと呟いた。

「あんがい、まっすぐ行ったかもしれんな」

思わず訊き返してしまう。

「え？　まっすぐ？」

「ほら、見てみなさい。突き当たりのように見えて、塀の間が通れそうだ」

言われて見てみると、確かに正面のブロック塀は一続きではなく、歩いてなら通れそうな細い道が切れ込んでいる。

でも、あれじゃあ。リンカがすぐに言った。

「あそこ、すっごく狭いよ。スクーターで通れるかな」

「行けないわけじゃないだろう」

それはそうなのだけど、あんな狭い道ではスピードを出せない。急いで逃げようとする犯人がそんな道を選ぶだろうか。第一、あそこに入ったのなら逃げる姿がちらりとでも見えたはずだ。

といって、そんなのありえないと反論する気にもならない。右か左かまっすぐか、どれだと決める根拠もない。時間を潰して置き引き犯を遠くに逃がしているだけだ。もどかしい、だけど考えてみれば他人事なんだからどうでもいいか、と捨て鉢な気分になりかけたところで、セーラー服の袖を引っ張られた。いつの間にかサトルまでが来ていた。

「ねえ、ハルカ」

無視する。

「ねえ。ねえってば。聞いてよ、ハルカ」

まだ袖を引っ張っている。服が伸びてしまう。引き離して、溜め息ひとつ。

「やめてよ。何よ」

「うん」

てっきりぐずぐず泣き言を言うのかと思ったけれど、意外にサトルは真剣そのものだった。

「ぼく、見たことある。知ってるよ、犯人がどこに行ったか」

「またそれ？　あんたに付き合ってる場合じゃないの」

「でも知ってるもん！」

サトルは断言し、そして指を伸ばした。

「ここだよ、この中！」

指さした先は、わたしたちのすぐ横でタバコの匂いを吐き出している、パチンコ屋。

はあ？

バカじゃないの？　いやバカだって知ってたけど。

そんなの最初に確かめたに決まってる。そこに犯人のスクーターがないから、どっちに行ったかって話をしてるのに。

思いつきで適当なこと言わないでくれる？　恥ずかしいのはわたしなんだから。もう帰りなさいよ。

……というようなことを言おうと思った。

なのに、先を越されてしまった。捻りはちまきの会長さんが鼻で笑ったのだ。

「そうならいいな」

リンカも同調して、

「サトルくん、だったっけ。キミは後から来たんだから、いい加減なこと言ったら駄目でしょ」

頭から否定されて、さすがにサトルも言葉を失う。もともと人見知りの臆病者なのだから、なおさらだ。いまにも泣き出しそうに、こぶしを握って下を向く。

これだから、サトルと一緒に町に来たくなんかなかったのだ。

こうなってしまったら、他の誰も言わないんだったら、わたしが言うしかないじゃない。

「こいつはバカだけど」

「バカって言うなバカハルカ」

涙目で俯いていたくせに、打てば響くように言葉を返してくる。こういうのを丁々発止って言うんじゃなかったかな。わたしはバカではないのだ。とりあえずサトルは放っておく。

「……駐輪場もちょっと見ただけだったから。もう一回確認した方がいいっていうのは、あるかも」

馬鹿げていると、自分でもわかっている。リンカがちょっと気の毒そうに、

「でも、ないでしょ。あのスクーターは」

と言ってくるのが正しい。

さっき追いかけているときに見たナンバープレートは、「1603」だった。これは完全に憶えている。

それなのに、パチンコ屋の駐輪場に並ぶスクーターのナンバーは、全部が三桁なのだ。それこそ数秒とかからず確認できる。

ナンバーを付け替えることはできる。でも、スクーターが視界から消えてからわたしたちがこの路地に入るまでのたった十数秒では不可能だ。この時点でサトルの言うことがいい加減な思いつきだということは、完全に証明されている。まあ、相手をしてやったというだけで、サトルにはもったいないぐらいだ。

と思ったら。

「……あ」

駐輪場に並ぶスクーターを見ていた自分の顔が赤くなるのが、はっきりわかる。

「どうしたの。……あ」

わたしが見ているものを、リンカも見た。それでリンカの顔も赤くなった。

事情がわからないなりに、サトルは自分が優位に立ったことを察したようだ。急に勢いを盛り返す。

「ね、でしょ？　そうだったでしょ」

会長さんが訝しげに訊いてくる。

「なんだ、まさか本当に？」

わたしとリンカが見ているのは、「６０８」のナンバープレート。

自称「鋭い」はずのリンカの声が震えている。

「こんな……」

認めたくないものを認めさせられた屈辱に、わたしの手も震えそうだ。よくよく見れば、ナンバープレートには、白いビニールテープが貼ってある。スクーターはおんぼろなのにナンバープレートだけ磨かれたように白かったので、白いテープがわかりづらくなっている。

一番左、四桁目の数字が完全に隠されている。テープを剝がすまでもない。その下の数字は「１」だろう。

置き引きをするとき、一桁目の「８」は左側にテープを貼って「３」に見せかけていたのだろう。確かに十秒もあれば、「１６０３」を「６０８」に変えられる。

いくら慌てていたからって、こんな手に引っかかりそうになったなんて。これはもう、叫ぶしかなかった。

「ああっ、もう、バカっ」

「うるさいバカハルカ！」

今回ばかりはサトルが正しい。わたしはバカだった。リンカはリンカで、消え入りそうな声で呟いている。

「間違いない。うん、間違いない。間違いない……」

それを聞いて、会長さんが動いた。腕まくりして「ようし、そうとわかれば、ふんづかまえてやる」と意気込んでいる。

いますぐにパチンコ屋に乗り込みそうな会長さん。そのとき、またわたしの袖が引っ張られる。

「ちょっと待って」

「え？　わたし？」

「違うよ、その人」

会長さんのことだ。会長さんに話があるなら、会長さんの袖を引っ張ればいいのに。イベント用の法被なんだから、多少は伸びても大丈夫だろう。

サトルには、そんなことを考えている余裕はなさそうだった。

「駄目だよ、一人で行ったら」

「大丈夫でしょ。パチンコ屋の店員さんも手伝ってくれるだろうし」

「でも危ないよ」

これから捕り物なんだから、ちょっとは危なくて当然……と、一蹴する気にはなれなかった。サトルは確かに、当てたのだから。

誰かが福引きの大当たりを引くことも。

犯人がパチンコ屋に逃げ込んだことも。

そもそもサトルは、今日この福引きに来るのを嫌がっていた。帰ろうよ、と言って。

適当に喋ったら当たった、そうかもしれない。でもいま、わたしは敢えて黙らせようとはしなかった。

サトルは言う。

「危ないよ。犯人はナイフを持ってるんだから。ぼく、知ってるもん」

3

会長さんは、サトルの言葉を無視しなかった。

商店街のメンバーを集め、それぞれが棒や縄を持って、パチンコ屋に入っていった。

置き引き犯は実際、ナイフを持っていた……。だけど怪我人は出なかった。まちがいなく用心したおかげだ。

偶然では片づけられない。サトルが「見たことがある」と言った出来事を、わたしもまた見ることになった。サトルが言ったことは、いい加減でも適当でもなかった。そう考えるしかない。

サトルは感謝され、褒められた。商店街からの感謝の証に、福引きを二回まわすことが許されて、ティッシュを二つもらっていた。帰り道、ヒーローはわたしの手を握って離さず、そしていまは部屋に引きこもっている。

さすがにもうわかっている。サトルの脅えようは、わたしやママの注意を引くための演技なんかじゃない。多少はそういう要素もあるかもしれないけど、あいつは本当に、怖がっている。

その晩。自分の部屋の卓袱台《ちゃぶだい》に上半身を預け、わたしはしばらく身じろぎもしなかった。座布団もなく、古い畳がじっとり沈み込むような感覚は気味が悪いけれど、すぐにそんなことも意識しなくなった。

慎重に考える。

犯人がパチンコ屋にいると当てたのはどうしてか。わたしたちは必死に追いかけ、まわりが見えていなかったから、簡単な罠に引っかかってしまった。後から来た人が冷静に周囲を見まわせば、何かがおかしいと気づいたはずだ。サトルに犯人が乗っていたスクーターのナンバーを見て憶える時間があったかどうかはわからないけれど、少なくともじっくり見れば「仕掛けのあるスクーターが駐まっている」ことには気づくことが出来たはずだ。

ナイフを持っていると当てたことも、そんなに難しい偶然ではない。サトルはテレビの見過ぎだ。どこかで、置き引き犯が人質を取って立てこもる話を見ていてもおかしくない。その作中で犯人がナイフを持っていて、サトルは自分が見たテレビドラマの話をそのまま言っただけなのかもしれない。

町に見覚えがあることだって、ママが「サトルは来たことがない」と言っていたのが勘違いかもしれない。ママはこの町にサトルを連れてきたことがあるのに、うっかり忘れている。または、サトルは一人でこっそりこの町に来たことがある。ママが忘れたというのは正直に言って考え難いし、いまより幼いサトルが一人で行動したというのも無理がある。とはいえ絶対ありえない事じゃない。観察力と冷静さと慎重さと憶え違いで、全部説明がつく。

だけどもちろん、わたしにはそんなこと信じられない。

サトルには未来が見えるなんて信じない。だけど、全部が説明のつく偶然だというのも、同じぐらい信じられないのだ。

カーテンの見慣れた矢絣柄を見つめながら、そんなことを思っていた。ふわりと隙間風でカーテンが動いたように思い、襖を振り返ると、パジャマ姿のサトルが暗い廊下に立っていた。

もじもじしながら、上目遣いにサトルが言う。

「ハルカ。あのさ。あの。……今夜、いっしょに寝てもいい？」

わたしは太陽のような包容力のある笑顔で、それに答えた。

「ふざけんなバカ」

第三章

1

木曜は朝から曇っていた。

窓を開けると空気に変なにおいがついていた。嗅いだことのないにおいだけれど、わたしはなぜだか、それが近づいた雨のものだと知っていた。

目の高さに堤防道路が見える。荷台に幌をかけたトラックが、酷く黒いガスを吐きながら走っていく。いつだったか、あまりに白いか黒すぎる排気ガスを出す車は燃料に不純なものが混じっているんだよ、とお父さんが教えてくれた。黒いガスが重苦しい空に昇っていくのを見る。今日が憂鬱な日になることを、雨が降るのと同じぐらい確かに感じていた。

部屋を出る時、サトルと鉢合わせした。いまにも泣き出しそうな、いかにもよく眠

れなかったらしい赤い目がわたしを見上げている。蚊の鳴くような声で、

「おはよ……」

と呟くのを無視し、わたしは予感の一方が早くも当たったことを知る。これも未来視に当たるのだろうか？　ただ、もしも憂鬱をもたらすのがサトルだけなら、こんなやつは蹴っ飛ばしてしまえばいいのだ。そう思うと少し気が晴れて、顔を背けあくびをしながら階段を下りていく。

一方、わたしは心配してもいる。

――未来が見えると言い出したサトルの正気を、ではない。サトルがおかしなことを言い出したとき、そのそばにいたのはわたしだけではなかった。リンカも聞いていたのだ。

いまのところ、この町でただひとり、わたしの友達になるかもしれないリンカ。彼女はサトルの言葉を聞いてどう思っただろう。越野サトルは未来が見えるのだと信じただろうか。それとも、ハルカの弟はふざけた嘘つきだと思っただろうか。もしかして……。さっそく学校で物笑いの種にしようと思ってはいないだろうか。

しょせん、学校がいつまでも居心地のいい空間であるはずがないのだ。いずれは誰かが、いちばん下に落とされる。仲良くしてくれたリンカがいきなり手の平を返すと

思っているわけじゃない。ただ、いまのところ、信用するほど彼女のことを知ってはいない。

こんな心配をしなきゃいけないのも、サトルがおかしなことを言うからだ。もちろんぜんぶサトルが悪い。わたしは朝ごはんもそこそこに、二階に駆け上がる。

とはいえ、あの揺れる報橋を渡るまで、わたしはサトルといっしょに通学しなければならない。ママからのお願いだから仕方がない。制服に袖を通しながら、だんだんむかむかしてきた。

「傘を忘れないでね」

とママが言ってくれなければ、雨の予感さえも忘れるところだった。

通学路ではサトルとあまり話もせず、橋を渡ってからひとりになると、気がつかない間にかなり早足になっていたらしい。昨日は予鈴の直前に学校に着いたのに、同じ時間に出たはずの今日は十分近く早かった。校舎の四階にある教室まで、階段をずんずん上っていく。

開けっ放しのドアから教室に入ると、窓際にいるリンカはすぐ目についた。いつものように友達と楽しげに話している。ところがわたしと目が合うと、リンカはすぐにおしゃべりを打ち切って近づいてきた。

「おはよ」

何気ない挨拶だけれど、ちょっと目が泳いでいる。無理もない。何もなかったようなふりをされても白々しいだけだし、いっそこっちから話を振る。

「おはよう。昨日は大変だったね」

「あ、うん」

「結局、あの犯人はどうなったの？」

パチンコ屋から引っ張り出された置き引き犯は、わたしもちらりと見ている。何となく想像していたような、うらぶれた姿をしてはいなかった。細身で、鋲なんかがたくさんついたジャケットを着ていたけれど、それが全然似合わない、気の弱そうな男の人だった。二十歳ぐらいだったんじゃないだろうか。

リンカは言葉を濁した。

「ああ、それね」

わたしは黙って、続きを待つ。明らかに言いたくなさそうだったけれど、リンカはそれでも教えてくれた。

「あのとき集まった人の中に、犯人の顔見知りがいたの。遠い親戚だったみたい。それでその人が、自分が責任持って反省させるからって言って、会長さんも渋い顔してたけど、最後には折れて……。後はあたしもよくわかんない」

「警察は？」

「やっぱり呼ばなかったみたい」

互助会の会長さんは、ずっと警察沙汰にはしたくないと言い続けていた。どうやら本当に置き引き犯を見逃してしまったらしい。だいたい、いまの話だとバッグを盗られた女の人の意見は聞きもしなかったようだ。それでいいのかな、とは思う。でも、

「そっか。ま、大人が決めたことだもんね」

わたしが文句を言うことじゃない。

「いつもあんなことがあるわけじゃないよ。滅多にないんだよ」

かばうように言うので、わたしは少し笑った。リンカはこの町のことを、はっきり嫌いと言った。だけど、日常的に置き引きが横行する危ない町だと思われたくもないらしい。

「いつもだなんて思ってないよ」

「ならいいけど」

そしてリンカは「じゃ、後でね」と言って元の話の輪に戻っていく。

残されたわたしは、少なからず拍子抜けしていた。リンカはサトルのことを、何も気にしていないのだろうか。

そんなはずはないと思うのだけど、でも触れずにいてくれるのは本当に助かる。


一時間目は数学だった。

二時間目は国語。

三時間目は体育。

そうして続く授業の中で、わたしの意識はなかなか勉強に向いていかなかった。どうしても、サトルの「予言」はなんだったのかと考えてしまう。

リンカが無関心を装ってくれているあいだに、何とか「予言」に納得できる説明をつけないといけない。いつかリンカが「あれはなんだったの？」と聞いてきたとき、きっちり説明できるように準備しておくことは自衛のために必要だ。

それに何よりわたし自身、「予言」なんてまるで気にいらない。

わたしは占いが嫌いだ。星座や血液型で今日の出来事なんてわかるはずがない。何よりおみくじが大嫌い。たとえ大吉を引いても、そこにわたしが切望していることが叶うと書いてあっても、当たったことなんて一度もない。それなのに越野サトルが未来を言い当てるなんてありえない。あっちゃいけない。

天気は意外と持ちこたえたけれど、給食の時間あたりからぱらぱらと降りはじめ、五時間目には本降りになった。五時間目の授業は社会だ。社会の三浦先生は、ときどきメガネを持ち上げながら、「この新しい土器のことを弥生式土器といいます。狩猟採集から農耕牧畜へと生活の基盤が変わっていくんですが、うん、これはねえ。ぼくの個人的な意見なんだけど、正直言って、縄文式土器の方が好きなんだよね。デザインになんというか、思いがこもってるよ。情熱がね。いいよね」と自分の世界に浸っている。わたしはぼんやり、雨に煙《けぶ》るグラウンドを見下ろしている。考え事は断片が頭の中をまわるだけで、何一つまとまってこない。誰かに相談したいけれど、でも誰にすればいいんだろう。リンカにはまだ話せないとして、ママもやめておいた方がいいだろう。前の町なら頼れる友達もいたけれど、前はこうだったと言っていても仕方がない。

そして、授業の終わりを知らせるチャイムが鳴る。先生は名残惜しそうに教科書を見て、

「今日中に卑弥呼までは行っておきたかったけどね。ちょっと脱線が多かったかな。はい、ここまで」

と言った。日直が起立の号令を掛ける。

そこで、三浦先生はふと思いついたように付け加えた。

「そうそう。越野は放課後、職員室に来なさい」

一瞬、自分のことだとわからなかった。けれど三浦先生は教壇の上から間違いなくわたしを見ている。思わず自分を指さしてしまう。

「え？　わたしですか？」

「うん」

呼び出しだ。

心当たりがまったくない。どうしてと抗議したいけれど、したところで「じゃあ来なくていいよ」と言われるはずもないし、クラス中の好奇の視線を浴びながら騒ぎたくもない。しぶしぶ、

「はい。わかりました」

と従順に返事するしかなかった。

ホームルームまでの短いあいだ、主に男子に「越野、お前なにやったんだよ」と冷やかされた。

頭の中では、これはどちらかといえばラッキーだとわかっている。真面目な子だと思われるより、年に数回は先生に呼び出される程度に厄介な子の方が、かえってクラスに馴染みやすいからだ。だけど入学式から四日目で、まさか呼び出し第一号になるなんて。わたしはせいぜい、

「わかんない。誰かと間違えてるんじゃないのかな」

ぐらいのことしか言えなかった。そしてそう口にすると、本当に人違いされたんじゃないかと思えてくる。三浦先生は見るからにいい加減だし、ありそうなことだ。むくれているうちに放課後になった。仕方がない、行くしかない。席を立ったわたしに、リンカがにやにやしながら近づいてきた。

「なんだかわかんないけど、行ってらっしゃい」

「ひとごとだと思って……」

「まあ、ひとごとだよね」

「ひどいな」

後で戻ってくればいいと思って鞄は置いていく。教室を出るとき思いついて、リンカに向けて言った。

「待たなくていいからね」

「ん」

リンカはひらひらと手を振っていた。

校舎の四階から職員室のある一階まで、とんとんとリズムをつけて階段を下りていく。廊下に生徒の姿は少ない。もっとも、全校あわせても生徒の数は四百人ほどだそうだ。教室は一学年八クラスまで用意されているけれど、クラスは四つしかない。

職員室は、わたしが通っていた小学校の職員室とは大きく違っていた。……タバコの匂いがしたのだ。嫌な匂いだけど、懐かしい感じもする。お父さんがタバコを吸うせいで、前のアパートはタバコくさかった。見まわしてもタバコを吸っている先生はいなかったから、これはもうこの部屋に煙が染みこんでしまっているのかもしれない。

放課後もまだ早い時間なのに、残っている先生はほとんどいなかった。

職員室の机は三台ずつ向かい合って、六台がひとつの島を作っている。三浦先生は机に向かって猫背になっていたので、見つけるのに少し手間取った。いやだなあと思いながら近づくと、先生の机にはだらしなくモノが溢れていた。教科書や副読本はもちろん、辞書、バインダー、授業とは関係なさそうな難しい本、文鎮、小さなデジタル時計、黒ペンと赤ペンばかりがぎっしり詰め込まれた空き缶、それに小銭まで。いくらなんでも、もう少し何とかなると思うんだけど。

足音で気づいたのか三浦先生が顔を上げ、

「やあ、来たね」

と言った。わたしは両手をスカートの前で重ねて、先生の前に立つ。

「はい。なんでしょうか」

自分の声が思ったよりもつっけんどんに響いて、ぎょっとする。けれど先生は気にするふうもなかった。片手を机の上に置いたまま、回転椅子をまわしてわたしに向き直る。

「越野、どうして呼び出されたかわからないだろう」

素直に答える。

「はい」

「まあ、そうだろう。教室で呼びたくはなかったんだけどね、そうすると放送で呼ばなきゃいけないから仕方がない。放送で呼ばれるのは、あれはずいぶん嫌なものだからねえ」

確かに全校放送で呼び出されるよりはマシだけれど、でも、いきなり話が逸れている。「それで、なんのご用でしょう」と重ねて訊きたい気持ちをぐっと堪えて、黙って喋らせる。

三浦先生の話は、授業中と同じようにいきなり本題に戻った。

「で、だね。ぼくも昨日、常井の商店街にいたんだよ」

「はあ」

気づかなかった。

「ずいぶん勇敢だったじゃないか。先生、いまの中学生があんなに足が速いとは思わなかったなあ。体育の先生は誰かな？ ああ、星野先生か。きっと喜ぶよ。あのひとは陸上部の顧問もしてるからね。越野は知らないだろうけど、この学校、昔は陸上が強かったんだ。置き引き犯はスクーターに乗ってたのに、追いついちゃうんじゃないかと思ったよ」

「あ、ありがとうございます」

「褒めてるんじゃないけどね」

そう言いながら、メガネの奥で三浦先生の目は別に怒ってはいない。

「あのね。ぼくは、もし君たちが本当にスクーターに追いついたらどうしようかと、ずいぶん冷やっとしたんだよ。追いついて、スクーターを止めることが出来たら、越野たちは置き引き犯と差し向かいになるところだった。越野、きみ、何か格闘技でもやってるの？」

「いえ……」

「うん。だと思った。だったら、犯人が反撃してきたらどうしようもなかったよね。人質に取られたかもしれない。見たわけじゃないけど、犯人はナイフを持っていたそうじゃないか」

そう言われてみれば、夢中で追いかけはしたものの、追いついたらどうしようということは考えていなかった。あのときはどうして追いかけようと思ったんだろう。リンカとわたし、どっちが先に走りはじめたんだったかな。

三浦先生は、ひとり語りのように淡々と続ける。

「ただね。危ないことだったかもしれないけど、先生、越野たちは偉いなあと思ったよ。何人も大人がいたのに駆けだしたのは君たち二人だけで、後から互助会の人が一人追いかけただけだったからね。たぶんみんな、これは警察の仕事で自分は関係ないって思っていたんだよ。先生、越野たちの正義感は褒めてあげたいなあ。でも、向こう見ずなことはいけないよと叱るのも、先生の仕事なんだよね」

「……じゃあ、先生も追いかけてこなかったんですか？」

「あ、それを訊く？　そこはつらいところだねえ」

先生はぽりぽりと頭を掻いた。

「みんな、なんて言っちゃいけなかったね。警察の仕事だなって思ったのは先生の話だったよ。ただ、まさか教え子が追いかけていくなんて思わなかったからね。これは万が一のときは大変だと思って、先生は犯人じゃなくて君たちを追いかけたんだよ。でもねえ」

苦笑いして、先生は自分の足をぽんと叩く。

「足がついていかないし、何より先生、このあいだ本棚を整理してたら腰をやっちゃってね。まだそんな年じゃないはずなんだけどなあ。それで途中でズキンときて、走れなくなっちゃったんだ。犯人は捕まって越野たちは無事って後で聞いて、本当にほっとしたんだよ。目の前で生徒が事件に巻き込まれて、自分は腰痛で動けなかったなんてことになったら、先生も肩身が……。いや、まあ、先生の肩身はどうでもいいんだけどね。忘れてね」

ちょっと間抜けなぐらい正直な先生だ。笑いそうになってしまって、わたしは慌てて自分の手の甲をつねった。その正直さに免じて、素直に頭を下げることにする。

「わかりました。もう、あんなことはしません」

三浦先生は難しい顔になった。

「しません、って言われるのもさみしいなあ。でも、そうだね。今度から気をつけるように」

今度からと言われても、置き引きの現場に居合わせるなんてことが二度も三度もあるとは思えないけれど。とにかく、用件はそれだけだとすると、とても納得できない。

「それで、どうしてわたしだけなんですか」

「ん？」

「わたしとリンカ……在原さんがいっしょに追いかけるのを見てたんですよね。じゃあ、どうしてわたしだけ呼び出したんですか」

一人よりは二人の方がずっと気が楽だっただろうに。

三浦先生はほんの少し笑った。

「在原のまわりには、大人が沢山いただろう。わざわざ先生が出しゃばらなくてもいいんだ」

「他の誰かが注意するだろうから、先生は言わなくてもいいってことですか」

「厳しいなあ、越野は」

言われてみれば、確かにわたしは先生に向かってけっこう手厳しいことを言っている。おかしいな、と思う。普段はこんなこと言わないのに。三浦先生はごまかす様子もなく、まっすぐわたしを見据えて答えてくれた。

「そうじゃない。もう注意されてるだろうことを二度も三度も言われたら、在原だってきっといい気はしないだろうと思ったんだよ。さっきも言ったけどね、先生、君たちの正義感は嫌いじゃないんだ。それをよってたかって潰すのは嫌なんだよ。でも、越野には先生が言うしかないだろうなあって思った。わかるかな？」

なるほど。

「先生は、わたしのこと知ってるんですね」

「四月から引っ越してきたってことだね。もちろん知ってるよ」

三浦先生は、あっさりとそう答えた。だけど、それは「もちろん」の一言で片づけられるほど簡単な話ではないと思う。先生が何人の生徒を受け持っているかは知らないけれど、百人単位ではあるだろう。クラス担任でもない、単に社会の授業を教えているだけの三浦先生が、わたしが引っ越してきたばかりだと知っているのは「もちろん」のことではない。たった四日で、顔と名前を憶えているだけでもすごいのに。

先生は、何でもないように続ける。

「友達が出来たようだから、よかったなって思っていたんだ。まあ、大人でなければ相談できないようなことがあったら、村井先生に話すといいよ」

担任の村井先生は、どうだろう。あのひとは何となく、疲れすぎている。仕事とはいえ、子供の相談を聞く余裕があるだろうか。

頼りがいがあるかどうかという話なら、この背ばかり高くてひょろりとした先生には、はっきり言って頼りがいがない。ただ少なくとも三浦先生は、わたしの事情を知っていて、わたしを見分けて、本人の弁を信じるなら追いかけてくれた。

たいして深い考えもないまま、口を開く。

「……あの、先生。ちょっと訊きたいんですけど」

「ん？　どうぞ」

「はい。ええと、未来が見える子供の話って、聞いたことありますか」

やってしまった。

口走ってから、わたしはものすごい勢いで自分の顔に血が昇っていくのを感じた。サトルの奇行を相談するのはいいとして、ものには言い方ってものがあるだろう。これじゃまるで「わたし、未来が見えるんです」と言っているようではないか。不思議ちゃんはわたしの趣味ではない。断じて。なんとか取り繕おうとあわあわしていると、三浦先生は不思議そうに首を傾げた。もっともな反応だ。必死に、

「いえ、あの、違うんです」

と手を振る。

けれど三浦先生は、わたしが恐れたような誤解をしたのではなかった。

「タマナヒメか。越野、よく知ってるね」

「えっ」

「あれ、違ったかな」

違うと言うと、やっぱり自分が不思議ちゃんだという話になりそうだ。ここは曖昧に誤魔化して様子を見るしかない。

「いえその……。名前は知らなくて」

「ああ、そういうことか。うん、まあ、ありそうだね。名前が書いてあることは少ないからね」

三浦先生は腕時計を見た。

「小言じゃないんだから、越野も立ちっぱなしはかわいそうかな。先生も用事があるから、じゃあ……。そうだな、これを貸そう」

そして、どこに何があるのかぱっと見ただけではわからない机の上に手を伸ばし、微妙なバランスを保っていた紙束を床にばらまきながら、一冊の本を出してくる。分厚い箱入りの本だ。題名を読む。

『常井民話考』。

三浦先生は、床に落ちた紙束を気にもしていないようだ。

「タマナヒメの話はあまり入ってないけど、子供向けに書かれたものの再録だから、読みやすいはずだよ。ただ、雨が降ってるなあ……。そうだ」

もう一度机に手を伸ばし、さらにバインダーを落としそうになりながら、コンビニのビニール袋を取り出す。

「濡れないよう、これに入れてね。だいじな本なんだ」

どこがどうとは言えないけれど、やっぱり三浦先生は、学校の先生に向いてないと思う。

2

わたしはサトルの「予言」をどう理解すればいいのか知りたいのであって、昔話を読みたいのではない。三浦先生には悪いけれど、適当に読んだふりで誤魔化して、本はそのまま返そうかと思っていた。

けれどその晩、サトルがかじりついているテレビの騒音から逃れるため早々に引き上げた二階の自室で、宿題を片づける気もせずに何気なく開いた『常井民話考』を、わたしはいつしか読み耽《ふけ》っていた。

日が暮れてから、雨はいっそう強くなっていた。トタン屋根を叩くばらばらという音が鳴り続ける。「じかに畳に座るのは大変でしょ」とママが買ってくれたクッションにさっそく座り、脚を折りたためる卓袱台に向かって、わたしは無言でページを繰っていった。

お朝《あさ》とタマナヒメ
江戸時代のことです。

常井村のひとびとは、村長さんの家に集まって相談をしていました。間もなく新しいお役人が村に来るのですが、このお役人がとても厳しくて、これまで代々のお役人が見逃してくれていた年貢（税金）も取り立てるのではと噂されていたからです。

村の暮らしはとても厳しく、いま以上の年貢を納めることになったら、お腹が空いて死んでしまう村人も出るでしょう。村人たちは何とか新しいお役人をやり過ごせないか知恵を出し合いましたが、何日話し合ってもいい考えは出ませんでした。

そのうち、同じように長年見逃してもらっていた隣の村で、新しいお役人が見逃しの証拠を見つけました。新しいお役人は、

「こういう悪いことが続いていたのは村長のせいだ」

と怒り、隣村の村長さんを捕まえてしまいました。

常井村の村長さんは悩んで、とうとう、

「もうこうなっては仕方がない、自分が捕まることで村人を守れるなら、自分からお役人のところへ行く」

と言いました。村人たちはとても悲しみ、村長さんは大事な人だから捕まってはいけない、代わりに息子を送ってはどうかと勧めました。村長さんは村人たちの温かい気持ちに打たれて、

「自分は命を惜しまないけれど、皆がそう言うならそうしよう」

と思いとどまりました。

ところが、村長さんには跡取りの他に息子がいません。そこで、村はずれに住む長《ちょう》兵衛《べえ》どんの息子を養子にもらうことにしました。

長兵衛どんは早くに妻を亡くし、息子の長吉《ちょうきち》と娘のお朝と三人で暮らしていました。

いよいよ明日、長吉がお役人の元に送られるという晩、長兵衛どんはひとりごとを言いました。

「こういう巡り合わせになったのも、自分が前世で悪いことをしたからだろう。村の

ためなら仕方がないし、自分の罪であれば諦めることもできるけれど、長吉はこの世の面白いことを何一つ知らないまま身代わりにされてしまう。ああ、かわいそうだ」

するると、普段は物も言わず馬鹿だと思われていたお朝が、いきなり口を開いたではありませんか。驚く長兵衛どんにお朝は言いました。

「どうか悲しまないでください。おとうに前世の悪業などないとわたしは知っています。こうなることはわかっていたので、覚悟もとうに決まっています。今回の事は無事に収めますから、おとうは長吉を大事にしてください。またすぐに会えるので、わたしのことは悲しむに及びません」

そしてお朝は長兵衛どんを残し、家を出て行きました。

お朝はひとりでお役人の泊まる宿に行き、手をついてお願いしました。

「わたしは常井村から参りました。どうぞ、今回のことはお許しください」

お役人の家来はお朝の着ているものがみすぼらしいのを見ると、

「そんな姿ではいけない。湯に入り、新しい着物に着替えなさい」

と言い、お朝に絹の着物を与えました。

湯浴みをして絹の着物を着ると、お朝はとても美しく、お役人は驚きました。それからお朝は、もう一度お願いをしました。

「常井村のことはお許しください」

お朝の美しさと、その堂々とした態度に感心したお役人は、

「わかった」

と頷いて、常井村を許したのです。

帰り道のことです。お朝は、山道の途中でほうと息を吐いてつぶやきました。

「ああ、これで今生《こんじょう》のお役目は終わった」

そしてそれきり、崖から身を投げてしまいました。

長兵衛どんからこの話を聞いた村人たちはたいへん驚いて、

「お朝はタマナヒメの生まれ変わりだったに違いない。そうと知っていれば大事にお祀《まつ》りしたものを、申し訳ないことをした」

と悔やみました。

それから三年。村に新しく産まれた女の子が、血のつながりのない長兵衛どんを見て「おとう」と呟いたのを聞いて、村人たちは「タマナヒメがお戻りになった」と、たいそう喜んだということです。


（解説）

旧常井村に伝わる民間信仰はタマナヒメ信仰とも呼ばれ、六〇年代後半からその存在が指摘されていたが、その内実については未だ研究が進んでいない。信仰のルーツに関しても複数の伝承が混在しており、原型を確定することは非常に難しい。

広く知られた民話には、初代のタマナヒメは平将門の娘であり、父親を助けるため妖術を学んでいたというものがある。

(1)ヒメは乱に敗れた後に改心し、常井村に庵《いおり》を編み平穏に暮らしていた。

(2)ある日、将門の遺児がいるという噂を聞き、役人が訪れた。

(3)しかし常井村のひとびとはみなヒメを庇ったので、役人は得るところなく引き上げた。

(4)やがて死に際し、ヒメは村人たちの厚意に感謝し、七生《しちしよう》生まれ変わっても常井村を守ると誓った。

というのが主な筋立てである。

この民話は滝夜叉姫《たきやしやひめ》伝説の露骨な剽窃《ひようせつ》であると同時に、村人が善意のみで行動している点などにいささか手前味噌の観が拭いきれない。おそらくは戦後の創作だと思われ、事実、タマナヒメ信仰の関係者の中にこの物語を信仰のルーツと考えている者はいまのところ見られない。

今回は、一般にはほとんど知られていない伝承を取り上げた。作中の「お役人」は天保十二年（西暦一八四一年）の検地を主導した奉行・堀井利方《としかた》だと思われる。藩財政の行き詰まりを打開するために強行された堀井検地は苛烈を極め、藩内では一揆が頻発するなど情勢は不安定化した。作中では隣村の村長が捕縛されたとあるが、隠田《おんでん》の咎《とが》を責められた庄屋《しょうや》格が複数獄死・刑死を遂げたことは記録に残っている。さらにこの堀井検地の際、常井村の隠田が記帳されなかった（石直しがされていない）ことも歴史的事実である。その理由は従来、堀井利方が常井村に向かう途中で佐井川に転落、水死したことを契機とする検地の中止だと考えられていた。

しかしお朝の伝承は、常井村から接待を伴う陳情があった可能性を示唆している。また、江戸時代後期には既に「タマナヒメ」が伝承されていたことにもなるが、これを事実と認定するにはなおいっそうの検証が必要である。

この物語は昭和五十一年、タマナヒメ信仰の幹部的存在であった藤下兵衛《ふじしたひょうえ》氏から聞いたものが原型である。藤下氏はタマナヒメ信仰に関わる民話・伝承について語ることを好まなかった。しかし晩年に至り心境の変化があったらしく、いくつかの昔話を語ってくれた。氏は翌五十二年、九十歳で亡くなった。謹んでご冥福をお祈りする。

舞台になった常井という村は、やっぱり、いまの常井と同じあたりにあったんだろうか。

これをただの昔話だと突き放してしまうことは、わたしにはできなかった。お話の後に書かれていた解説は難しくて、よくわからない。けれど、旧常井村に、わたしの知らない集まりがあったということはわかった。いまでもあるのだろうか。

その集まりはタマナヒメというひとを祀っている。お話の中のタマナヒメはこれから何が起きるのかを知っていて、その解決策も知っていた。どうして服を着替えて美しくなったらお役人が頼みを聞いてくれるのかは、ぴんと来ないけれど。

昨日のサトルと、確かに似ているところがある。三浦先生がわたしの質問を、この昔話に関することだと思ったのも無理はない。

いま自分が気にしていることと目の前にあるものとを簡単に結びつけるのは、危ないことだ。赤いトマトのことを考えているとき赤信号に引っかかったからといって、この二つを結びつけて考えるなんておかしなことだ。だから、タマナヒメとサトルに関係があると決めつけるのはまだ早い。だけど。

サトルがおかしなことを言いはじめたのは、この町に引っ越してきてからなのだ。前の町では、ときどき鬱陶しい泣き虫というだけだったのに。

「タマナヒメ」。気のせいか、口ずさむだけで、ちょっと嫌な感じがする名前。

変なことを口走ってしまった以上、三浦先生にはもう何も相談できないと思っていた。けれど、サトルのことを話すかどうかはともかくとして、タマナヒメのことは、もう少し教わりたい。

ふと気づくと、屋根を叩く雨の音が消えていた。何となく窓際に近づいて、矢絣柄のカーテンを開ける。

雨は上がっていた。嘘のように明るい半月が空高くに昇っている。月明かりに照らされた雲がものすごい速さで流れていくのを、ぼんやりと見ていた。

3

悪い夢を見た。

ばちりと目を開けて、しばらく自分がどこにいるのかわからなかった。部屋は真っ暗。わたしは掛け布団に縋りついている。

心臓の鼓動が速くて強い。血が全身に送られる音が、頭まで響いてくるようだ。こんなに激しく脈打ったら、わたしの心臓はすぐにも破れてしまうのではないか。この鼓動が落ち着くまでは、ぜったいに動いては駄目だ。

そうして身じろぎもしないでいると、寝ぼけた意識もやがて戻ってきて、いくらなんでもそれで死んだりはしないだろうと気づく。その頃には、夢の中身はすっかり忘れてしまっていた。ただ、残酷で、とてもかわいそうな夢を見たと思うだけ。

眠気はきれいに消えてしまっていた。こんなに意識がはっきりしていることは滅多にない。布団から這い出す。布団から手を伸ばしても届かないところに目覚まし時計を置いている。四つん這いでそこまで行って、真っ暗な中で時計に顔を近づける。どこから光が入ってきているのか、しばらくそうしていると時計の針が見えてくる。午前一時だ。

喉が渇いた。明かりもつけないまま部屋を出る。急な階段を一歩一歩慎重に下りていく。どれだけゆっくり足を乗せても、階段は一段ごとにみしり、みしりと嫌な音を立てた。

一階では、居間の襖から光が漏れていた。誰かいる。サトルである訳がないので、ママがこんな時間まで起きているのだ。台所へ行き、洗い籠に伏せてあるコップで水道の水を飲む。そして考える。軋む階段のせいで、わたしが下りてきたことはママにもわかっただろう。このまま二階に上がって眠ったら、ママはわたしに無視されたと思うんじゃないか。それは良くない。

わざとらしくない程度に足音を立て、居間の前まで行って襖に手をかける。中から物音は聞こえない。ゆっくりと引き開ける。電灯の明かりに目が眩む。

ママはテーブルに向かって、何か書き物をしていた。おそらくわたしが顔を見せることを予想していたのだろう。顔を上げると、驚きもせずにこりと笑う。

「どうしたの、ハルカ。眠れないの？」

わたしは首を横に振る。暗がりに慣れた目が痛むので、俯きながら。

「水を飲んだだけ」

「そう」

「ママは寝ないの」

「これを書いたらね」

机の上の紙を撫でる。

目が慣れてきた。屈《かが》み込んで見ると、それは便箋だった。ママの字はとても整っていて、活字のように癖が無い。それが縦書きで丁寧に書き込まれている。

「手紙？」

「そうよ。あの人の職場に、いまの連絡先を教えようと思って」

そしてママは、独り言のように付け加える。

「もし連絡があっても行き違ったりしたら、悔やみきれないから」

わたしはくちびるを噛む。そうしないと、言うべきじゃない言葉が勝手に出てしまいそうだ。

無駄だよ。

いまさら連絡なんてあるわけないよ。

もし本当に一文無しから連絡が来ても、いいことなんて何もないよ。

お金をせびられるぐらいだよ。

手紙なんてやめなよ。

やめてよ。

そういう言葉たちを呑み込むため、わたしはくちびるを強く強く噛み続ける。もし言っても、ママはわたしを叱ることはないだろう。ただ寂しそうに笑って「そうね」と言うだけなのだ。とてもきれいだったのに、いまは生気をなくしてしまった顔で。

わたしが黙っているのを、どう思ったんだろう。ママはペンを置くと、

「でも、こんな時間になったのね。続きはまたにするわ」

と便箋を裏返した。そして、優しい声で言う。

「引っ越しに紛れて、あまり気にしてあげられなかったわね。ハルカ、新しい学校はどう？」

わたしは、笑顔を作ろうとがんばった。

「大丈夫。勉強も難しくないし、友達もできた」

「そう、よかった。在原さんだったわよね。いい子なんでしょうね」

「うん」

「ママも嬉しいわ」

本当にママはわたしのことを気遣っているのだろうか。わたしにはわからない。もしかしたら、サトルを気遣う分だけわたしのことも気にしなくてはいけないと、自分にノルマを課しているのかもしれない。

……こんなことを考えてしまうなんて、本当にうんざりする。

ママはわたしにかけるべき次の言葉を探しているようだ。あまり気配りをさせても申し訳ない。わたしは目をこすった。

「目が冴えちゃった」

「そう。ホットミルクつくる？　あったまれば寝つきもよくなるから」

「わたしはいい。歯、磨いたから」

そのとき、ふと思いついた。悪い思いつきだったのだと思う。人を試すことは、たぶん悪いことだから。わたしは、いかにも何気ないふうを装って、あくびさえしながらこう言った。

「ちょっと散歩してくる」

「いまから?」

さすがに、ママもびっくりした声を出す。わたしは壁掛け時計にさっと目を走らせる。目覚まし時計で見た通り、時刻は一時を過ぎている。

「うん」

わたしは頷き、ママの言葉を待つ。

けれど、ママのためらいは拍子抜けするほど短かった。驚きの表情が消えると、もうママはいつものように優しく微笑んでいた。

「そう、いってらっしゃい。気をつけてね」

ママがそう言うことは、わかっていた。

散歩をしたいわけではなかったけれど、言いだした以上は行かないわけにいかない。本当は少し眠気にも誘われていたのに、部屋に戻ってパジャマを厚手のセーターに着替える。

静かにしようとしても音が鳴るのは、階段だけではなかった。玄関の引き戸も、サッシが錆びているのか、金属が擦れ合う嫌な音を立てる。静まりかえった夜、初めて気づいた。家を出るとき、いってきます、と言うべきか少し悩んだ。

真夜中はまだ寒い。ダウンジャケットをはおってきて良かった。どこに行こうか考える。コンビニは遠いし、人のいるところにはあまり行きたくない。堤防沿いに少し上流に向けて歩けば、たしか自動販売機があったはずだ。そこで何か飲み物を物色しよう。そう決めて歩き出す。

街路灯はないけれど、半月は充分明るかった。雨上がりの匂いが立ちこめている。まわりに建つ家々からは、まったく光が漏れていない。夜はこんなに静かなものなのだろうか。このあたりが特別なのだろうか。

この道路は、いったい何年前に舗装されたものなのだろう。へこみ、ひび割れて、アスファルトのかけらのようなものが道の真ん中に落ちている。そのかけらを、わたしは力なく蹴飛ばす。傷んだ道路には、大きな水たまりがいくつもできている。

別に真夜中の散歩を止めて欲しかったわけではない。行くなと言われたら、それはそれで腹が立ったと思う。

けれど、「いってらっしゃい」と言われたとき、わたしの顔にはたぶん変な笑みが浮かんでいた。やっぱりそうなんだ。ママはわたしを止めない。叱ることもないんだ、と思ったから。

もしこれがお父さんだったら。わたしの意識は、どうしようもなくそちらに流れていく。

お父さんだったら、わたしが深夜一時に外を出歩くなんて決して認めなかっただろう。お父さんはマナーとルールと常識に厳しい人だった。たぶん、どうすればこれほど不愉快の念を表情に表せるんだろうと不思議に思うほど険しい顔で、「馬鹿なことを言うな。さっさと寝なさい」と言っただろう。

「お父さん」

そう口に出す。そして、出てしまった言葉を恥じて、わたしはすぐに付け加える。

「死んじゃえ」

実際のところ、お父さんは死んでいるのかもしれない。気持ちが凍りつくので、それ以上考えたくはないけれど。

冷たい風に自分の体を抱く。夜気に晒され、だんだん頭が冷えてくる。

やっぱりどう考えても、ママには悪いことをした。ママがわたしに遠慮していることはわかりきっているのに、どうしていまさらそれを再確認しようとしたんだろう。

あのひとは、かわいそうなひとだ。わたしはあのひとをこれ以上悲しませないよう、すべての手を尽くすべきだ。それなのに。

ママはわたしの母親ではない。お父さんが再婚した相手だ。きれいで優しくて、わたしのお父さんのことが好きだった。わたしは当然、ママが大嫌いだった。

けれど、常識人のお父さんが、わたしにルールを教える場面で強調していたほどに自分はルールに厳しくないとわかったとき。具体的には、職場のお金に手を出して、それがばれそうになってどこかに行ってしまったとき。ママはお父さんを探しながら、わたしを励まし続けた。

「大丈夫よ。あの人はすぐに帰ってくるから。ハルカがいるんだから、きっと明日にでも帰ってくるに違いないから」

いくら馬鹿なわたしでも、やがて自分の立場に気づく。

ママにとってわたしは、犯罪を犯して借金を作って蒸発した男の娘だ。ママには、わたしにご飯を食べさせる義理はない。学校にやる義理もない。それなのにママはわたしに何一つ恨みがましいことを言わない。

本当は、遠慮して肩を小さくして、息をひそめて生きていかなくてはいけないのはわたしの方なのだ。わたしなんかが部屋をもらってすみません、わたしなんかが友達を作ってすみません。わたしなんかがあなたの人生にくっついてきて、本当にすみません。そう思わないといけないはずなのだ。

それなのに、ママはわたしを、サトルと同等に扱おうと悲しいぐらいの努力をする。お父さんの職場の社宅だったアパートを追い出され、ろくに荷物も持たず逃げるようにこの坂牧市に来たときも、ママはわたしを連れて来てくれた。そしていまでも、わたしのお父さんを探す努力を続けている。

これはなんなのだろう、と時々思う。ママは天使か何かなのだろうか。

その天使のようなママを、わたしは今夜自分の言葉で試そうとした。ちゃんと叱ってくれるか試した。そして、わたしを叱らなかったという理由で、ママの底を知ったような気になっている。

うん。

今夜のわたしは、すがすがしいほどに最悪だ。

自動販売機の明かりが見えてくる。販売機自体が光っているのに、その上には街路灯まである。煌々《こうこう》とした明かりの中に、わたしは入っていく。

冬の名残と言うべきなのか、自動販売機にはホットの飲み物がずらりと並んでいる。コーヒー、紅茶、緑茶、レモネード。

「ホットレモネードかあ」

酸っぱくて甘くて、あったかい。その味を想像するだけで、口の中につばが湧いてくる。

目的地まで辿り着いたので、回れ右をする。何も買わない。そもそもお金を持ってきていない。なにしろわたしは、当然のことながらお小遣いをもらっていない。

堤防沿いに歩いてきて、帰りも同じ道を行くのはつまらないと思った。そこでわたしは、堤防道路に登ることにする。雑草が生えている斜面はきついけれど、手を使えば登れないことはない。さっきまで降っていた雨のせいで草は濡れていて、わたしの手はたちまちぐしょ濡れになる。

堤防道路まで上がってくる。その目の前を、軽自動車がゆっくりと通り過ぎていく。こんな時間でも車は走っている。本当は危ないのだろうけど、わたしは元の道に戻ろうとは思わなかった。ダウンジャケットは白に近いクリーム色なので、夜でも少しは目立つだろう。

リンカはサトルを見て、「あんまりいじめちゃだめだよ。弟なんだから」と言った。

あのリンカの言葉には間違いが二つ含まれている。まず、わたしはサトルをいじめていない。あまり仲良くしたくもないだけだ。

そしてもう一つ。サトルはわたしの弟ではない。

サトルはママの子供だ。ママはたしか三十歳で、サトルは八歳なので、ママが二十二歳の時に産んだ子供ということになる。サトルの父親のことは、何も知らない。

ママはもっとサトルを贔屓《ひいき》してもいいと思う。わたしに気を遣って優しい言葉をかけるぐらいなら、サトルに二倍優しくすればいいと思う。でもママはそうしない。やっぱり天使なのかもしれない。

堤防道路を歩く。何台かの車が正面から向かってきて、すぐ横を通り過ぎていく。ものすごいスピードを出している車もあった。こんな真夜中、一人で歩いているわたしのことを、運転手たちはどう思っただろう。明日から、「堤防道路には白い服を着た女の子の幽霊が出る」みたいな噂が立つかもしれない。

気づくと、道路の脇に大きな看板が立っていた。

わたしの家からも見える位置だと思うけれど、いままでその存在にも気づいていなかった。仕方がないと思う。この看板は堤防道路を走る車から見えるように立てられていて、わたしの家からは裏側のブリキしか見えないだろうから。

看板は、長さ十メートルはあるんじゃないだろうか。白地に赤で、大々的に文字が書かれている。大きすぎるし近すぎて、何が書いてあるのかよくわからない。わたしはほとんど真上を見上げるようにしながら歩いて行く。読める文字を一文字ずつ声に出しながら。

「高速……道路は……すべてを……救う。坂牧……ゆう……ゆうち？」

字が難しくてわからない。「誘致」。たぶん「ゆうち」で正しいと思う。

「ゆうちの……絶対実現を。びっくりマーク二つ」

高速道路はすべてを救う　坂牧誘致の絶対実現を!!

わたしは思わず吹き出した。

「すべてを救う、って。神様みたい」

ときどき、『神は人を救う』みたいなことを書いたポスターを見かける。なんだかそれを思い出す。ああ、偉大なる高速道路よ、罪深きわたしを許し、救いたまえ。たぶん救ってもらえないと思う。神様でさえ無理なのに。

それでも気がつくと、わたしの両手は胸の前で組み合わされている。

家に戻ると、全身が冷え切っていることに気づいた。春の夜はただでさえ冷え込んでいたのに、さっき堤防を這い上がるとき、手だけでなく体中のあちこちを濡らしていたのだ。そんなに冷えているとは思っていなかったのに、玄関の戸を開けて家の中に入った途端、なんだかぞくりと震えが来た。

「あれ、寒い」

言わずもがなのことを呟く。貯めたお年玉を取り崩してでもお金を持っていって、自動販売機でホットレモネードを買えばよかった。というか、そもそも、こんな真夜中に外になんか出るんじゃなかった。

布団も恋しかったけれど、芯から冷えているのを何とかしたい。脱ぎ散らかしたスニーカーを揃え直すのももどかしく、足音を立てないよう爪先立ちになって、台所に向かう。

そして、ぎくりとして立ち止まる。台所に明かりがついている。換気扇の音も、ガスの音も聞こえる。ママだ。

たぶん玄関の戸が軋んだせいだろう。ママはわたしに気づいていた。

「お帰り、ハルカ。こっちにいらっしゃい」

あまり顔を合わせたくなかった。けれど声を掛けられてしまっては仕方がない。わたしは、いかにも眠くてたまらないというように下を向いたまま、台所に入っていく。

甘い匂いが鼻に届く。ガスコンロの上で、ミルクが温められている。

「ママ」

「寒かったでしょう。あったまれば寝つきもよくなるわ」

「でも」

「歯はもう一回磨けばいいじゃない」

わたしは、ただ黙って頷くことしかできなかった。

ママがマグカップにホットミルクを注ぐ。手渡されたカップを両手で包み込むだけで、全身が震えて寒さが少し追い出された。ふうふうと吹く。ホットミルクの表面で、牛乳の膜が吹かれて片側に寄っていく。

少しだけ口に含む。……甘い。砂糖がたくさん入っている。こんなに甘いホットミルクは飲んだことがない。

わたしの膝は小刻みに震え続け、目はじっとホットミルクを見つめている。ひとくち、ふたくちと飲むごとに、内臓が温められていく感じがする。わたしは、ぽつりと呟いた。

「ママ」

「なあに」

「ごめんね」

どうして「ごめんね」なのか、ママはわかっただろうか。

「いいのよ」

と言ったので、わかったのかもしれない。

けれどわたしには、

「ママも、ごめんね」

この、ママの「ごめんね」はわからなかった。

「どうして」

ママの返事は、換気扇の音に紛れそうなほど小さい。

「サトルを、まかせてしまって」

まかせられてなんていない。わたしはサトルに何もしていない。サトルが得体の知れないものに怯え、おかしなことを口走っても、わたしはサトルを突き放している。

わたしは……サトルが苦手だ。

ママの優しさも、謝罪も、わたしにはふさわしくない。全部返したい。

そう思うけれど、このホットミルクの甘さは冷えた全身に染み通って、わたしから何か悪いものを追い出していく。

やがて、ママはいつもの微笑みを取り戻し、優しく言った。

「じゃあ、ママはもう寝るわね。後片付けは任せてもいい？」

「うん」

わたしの横を通って台所を出ていくママに、わたしは何を言うべきか迷った。いま何も言わなければ、きっとママはさみしがるだろう。

こういうとき自分は本当に口下手だと思う。サトルのことを言われたからなのか、わたしが訊いたのは、

「ママ。……サトルも、この町に来たことはないんだよね」

ということだった。

ママは「どうしたの急に」と笑うけれど、ちゃんと答えてくれた。

「そうよ」

「でも、サトルは」

「もう二時になるわ。ハルカ、おやすみなさい。やっぱり後片付けはいいわ。明日、ママがやるからね」

やがてわたしは、残り半分になったホットミルクをじっと見つめたまま、泣きたい

ような後悔を嚙みしめる。サトルなんかのことよりも、わたしがいま言うべきだったのは、別の言葉だったはずだ。

台所にひとり佇んで、わたしはそっと、とうに手遅れになった言葉を口にする。

「ママ、ホットミルクありがとう。とってもおいしい」

第四章

1

一昨日の失敗を繰り返さないよう、今朝はわたしもテレビで天気予報を見た。降水確率十パーセントと言っていたけれど、その一割分のおそれはどこにあるのだろう。金曜はそれぐらい、朝からすっきりと晴れていた。

通学の途中で、サトルが「太陽が元気だね」と言った。詩的な言いまわしがサトルらしくもないので、たぶん何かの受け売りだろう。とはいえ言っていることはその通り。朝からこれだけ日差しが強いと、今日は春の暖かさを通り越し、少し暑いぐらいになりそうだ。

報橋が見えてくるあたりで、サトルが言った。

「ハルカ。訊いてもいい？」

腫れ物に触るような口ぶりに、何となくいらいらする。

「なによ」

「制服、どうしたの？」

この日、わたしはジャージ姿で登校していた。疑問に思うのはもっともだけど、訊いてくるのが遅い。朝ごはんのすぐ後にはもう、この小豆色のジャージに着替えていたのに。

「どうもしてない。学校で行事があるの」

ジャージはどうやっても恰好よくはならないけれど、ジャージにもまだマシなデザインと、そうでないデザインがある。中学校の指定ジャージは、残念ながらどう見ても「そうでない」方だ。この恰好で町に出るなんて、まるで何かの罰ゲームだ。あんまり人に見られたくはない。

サトルは首を傾げた。

「学校で着替えればいいのに」

確かに。

いや、そうじゃない。サトルの言うことなんだから、どこかに間違いがあるに決まっている。

「バカじゃないの」

取りあえずそう言って、時間を稼ぐ。

「ハルカはすぐバカって言う。バカだから」

「あのね、よく聞きなさいよ」

ええと。あ、そうだ。

「一年生全員が着替えなきゃいけないんだから、着替える場所が足りないじゃない。だから朝からジャージなの。わかった？」

とっさに考えたにしては、我ながら悪くない理屈だ。なんだか自分でも、それが最初から正解だったような気がしてくる。サトルは力なく、「そっか」と言った。道が報橋に差しかかったので、サトルはそれきり口をつぐんだ。

今日の行事というのはボランティア清掃だ。午後から一年生全員で、佐井川の河川敷のゴミ拾いをする。入学早々へんなことをさせるなあと思うけれど、入学早々だからこそという気もする。少なくとも、クラス全員で何かをするというのは今日が初めてだ。

雨が降れば中止になるので、それが最高だった。よく晴れるのはその次にうれしい。昨日の雨でじっとり湿った河原でゴミ拾いなんて、考えただけでも憂鬱になる。かんかんに晴れて、湿り気が吹き飛んでいてほしい。

期待を裏切らず、その日はずっと晴れていた。

昼休みは短縮された。学年ボランティアの出発に先立ち、グラウンドで校長先生のお話があるそうだ。その分だけ昼休みを削ったということらしいけれど、なんで削る必要があるんだろう。ふつうに昼休みが終わってから集合して、お話があるならその後で思う存分しゃべればいいのに。

二年生や三年生が昼休みを楽しんでいるうちから、一年生はジャージ姿で外に出る。登校の時は恰好悪いジャージが恥ずかしかったけれど、これだけの人数でお揃いなら気にならない。みんな同じじゃって、なんて素敵なことだろう！

グラウンドに出て班ごとに整列する。班は六人で、男子と女子が三人ずつ。あらかじめ、ゴミ袋を持つ係が一人、火ばさみを持つ係が二人決まっている。わたしは何も持たない係だ。軍手をポケットに入れているので、なんだか不恰好に膨らんでいる。

男子は愚痴を言い合っている。

「校長、遅えな。何だよ早く集まれって言っておいて」

「そうだなあ。暑くなってきたし」

「ほんと、かったるいよな」

まるで話が嚙み合っていない。男子はおおむね馬鹿なので仕方がない。

女子はわたしと、小竹さんと、栗田さん。同じ班だけれど、まだ名前で呼ぶほど馴染んでいない。リンカは別の班だ。

小竹さんたちとは仲良くないし、これからもそんなに仲良くしたいとは思わないけれど、そう思っていることが相手に伝わるのも困る。たぶん小竹さんも栗田さんも同じことを思っている。その前提の下、わたしたちはにこやかに、この学年ボランティアに文句をつけていた。

「なんでウチらが、って思うよね、やっぱ」

小竹さんが言う。わたしはすぐに反応する。

「だよね、ほんと」

「掃除なら毎日やってるじゃんね」

「ボランティアとか、鬱陶しいよね」

栗田さんはどちらかというと大人しい方だけれど、会話の輪から外れてしまうほど致命的に大人しくはない。

「遠いし……。現地解散ならよかったのに」

「ああ、それ、わたしも思った」

これは何も話を合わせるためだけの相槌ではない。ボランティア清掃をやるのは佐井川河川敷なので、担当場所にもよるけれど、おおむねわたしの家の近くに行くのだ。なのに鞄は学校に置いていくので、後で戻って来ることになる。一日に家と学校を二往復なんて、間の抜けた話だ。

「ああ、やだやだ」

そう言いながら、小竹さんはぐるりと首をまわした。

クラスを観察する限り、学年ボランティアへの反応は二派に分かれている。一方は「掃除なんてかったるい、毎日学校で掃除してるのに何で町中のゴミ拾いにまで駆り出されるのか」派で、小竹さんは明確にこちら側。もう一方は「午後の授業はかったるい、何をさせられるにしても授業より退屈ってことはないだろうからむしろ楽しみ」派。なんとなくだけど、栗田さんはそちらに共感している気がする。わたしはコウモリ。角が立たないなら、どっちでもいい。

スピーカーの入る音がする。朝礼台に校長先生が登る。

『あ、あ、あ』

マイクテストをする。ハウリング音が鳴り響くけれど、すぐ収まった。

校長先生もジャージ姿だ。包丁で削いであげたくなるほど大きなお腹がはっきり見えていて、ちょっと可哀想な気がする。名前は憶えていないけれど、わたしはこの校長先生が大好きだ。何しろ、話が短い。

ごほっ、と、咳払いというより咳をしてから、校長先生は話し出した。

『えー。皆さん。これから河川敷の清掃をしてもらいます。昨日の雨で水かさが増し、流れも速くなっているそうなので、決して川には近づかないようにして下さい。道路では列からはみ出ないように、とにかく事故のないように心がけましょう。クラスで聞いていると思いますが、ゴミは学校に持ち帰ってきます。頑張るのはいいですが、詰めすぎると持ち帰りがたいへんなので、それぞれペースを考えましょう。以上』

短い話の最後を「以上」で締めて、おざなりにぺこっと頭を下げて壇から降りていく。入学式の時もそうだった。とてもすてき。

このまま出発と思ったのか、気の早い幾人かが整列を崩した。これも名前は知らないけれど乱暴な喋り方をする先生が声を張り上げる。

「おい待て、戻れ！　誰が行けっつったよ！」

気がつくと、朝礼台に別の人が登っている。

知らない人だ。水色のジャージを上下に着込み、首には白いタオルを巻いている。

痩せぎすの上に体を縮こめているので、なんだか貧相に見えてしまう。顔は日焼けして皺が深く、ひげの剃り跡に白いものが目立つ。一言も言わないうちから学校の先生じゃないと察しがついた。見たことがないというのも理由の一つだけれど、何というか、先生たちに特有の雰囲気がない。もっとちゃんと世間ずれしたひとに見えた。

マイクを握る。

『はい、ちょっと待って。すぐ終わるからね』

と切り出す。先生ではないにしても、人前で話すことには慣れているらしい。

『ええ、常井互助会の川崎といいます。今日はみなさんボランティア清掃とのこと、ご苦労さまです。わたしらも常井の……ええ、坂牧の町を良くするよう毎日がんばっていますので、みなさんもがんばってください』

常井互助会のひと。なんで、どうして学校に。この町ではこれが普通なのかと思って左右を窺うけれど、不思議そうな顔をしているのはわたしだけではなかった。

壇上の川崎さんは淀みなく続ける。

『それで、互助会からのお願いです。集めたゴミは、きちんと分別してください。小枝やビニールなんかの燃えるものを集めた袋と、空き缶なんかを集めた袋は別々に。そして、いいですか』

グラウンドをぐるりと見まわし、川崎さんは間を取った。これから言うことは重要だと印象づけるように。

『落とし物は、別にまとめてください。財布、CD、それからなんですか、パソコンの部品らしいもの。そういうものは警察に届けないといけないので、勝手にゴミにしないでくださいね。落とし物は捨てずにまとめて、それぞれ先生に報告してください』

なんだ、ただ分別をアピールしに来ただけか。

確かに可燃ゴミと不燃ゴミを混ぜて集めたら、ボランティア清掃とはいえ、かえって迷惑だろう。中学校の生徒が落とし物を勝手にポケットに入れたら問題だというのもよくわかる。敢えて強調したということは、むかしそういうことがあったのかもしれない。それを互助会のひとが言いに来るというのは、変な気がするけど……。まあ、目立ちたがり屋のおじさんはどこにでもいるか。

出発前の訓辞はそれだけだった。それぞれのクラスの担任が先頭に立ち、A組から順に出発していく。

出発を待つ間、小竹さんが火ばさみをかちかちと何度も開閉させていた。ずっと黙っているのも空気が重くなるので、当たり障りのないことを言ってみる。

「やっぱり、面倒だよね」

だけど小竹さんは、わたしをちらりと見ると意味深に笑った。

「そう?」

あれ。言うことが違っている。

「え、だってさっき」

「ああ。ね。ちょっと話が変わったかなーって」

笑って、また火ばさみをかちんと鳴らす。

気づけば、男子たちもなんだかにやにやして囁き合っている。さっきまで声を殺してなんていなかったくせに。漏れ聞こえてくる声は、

「……五万だって……」

「ばっか違ぇよ。もっとだよ……」

いきなりなんだろうと思わず左右を窺うと、別の班にいたリンカと目が合った。ねえ、これってただのゴミ拾いだよね? そう訊きたい気持ちを目線に込める。それとも、違うの?

でも、返ってきたのは肩をすくめるポーズだけ。クラス担任の村井先生が、精一杯の声を張り上げる。

「はい、じゃあ次、行きます」

列がぞろぞろと動き出す。

なんだか疎外された気がする。よくない徴候だ。

佐井川の河川敷と言ってもかなり広い。家の真正面でゴミ拾いすることになったら嫌だなあと思っていたけれど、ぜんぜん違う場所だった。

少しでもこの町に馴染もうと、ママからもらった町の地図をときどき見ている。それによると佐井川はこの町の北から流れてきて、いちど大きく東にカーブする。そして今度はもう少し緩やかな角度で曲がって、ほぼ真南へと流れていくのだ。

わたしたちのクラスの担当地域は、急なカーブの内側に当たる場所だった。堤防の下は青々とした草むらになっていて、川に近づくと丸い石が転がる河原になっている。頭の中の地図では報橋の少し下流あたりかなと思うけれど、ここからではあのおんぼろ橋は見えなかった。

草むらは、いつもは背の高い雑草が生い茂っているのだろう。けれどいまは短く草刈りされている。これなら入っていける。見方を変えれば、草刈りをしないとなかなか立ち入れない場所だということでもある。そんなところのゴミを拾ってどうするんだろう。

最後にもう一度先生が手順を念押しする。といってもゴミ拾いに手順もなにもない。

「では皆さん。拾って、分別して、袋に入れてください」

とてもわかりやすい。作業開始。

小竹さんはすっかり乗り気になっている。ゴミ袋係の男子を呼びつけて、

「突っ込んで行くから、ついてこいよー」

と手招きする。

火ばさみは一つの班に二つしかないので、わたしは軍手でゴミを集めることになる。さて働こうかなと草むらに分け入る。さっそくペットボトルを見つけた。幸先がいい。

午後の日差しは、思ったより強くはない。川のすぐそばにいるせいか、これほど晴れていても、暖かさよりも肌寒さを感じる。ゴミを求めてうろうろ歩く。火ばさみをリズムよく鳴らす音が聞こえてくる。

ペットボトルに続いて、コンビニのビニール袋を発見する。一つ一つのゴミを持ち歩くわけにもいかないので、ゴミ袋係には最後に渡すことにして、とりあえず一ヶ所にまとめておくことにする。枯れ木、空き缶、ぼろぼろの靴。何にもないかと思ったけれど、意外と立て続けにゴミらしいものが見つかる。何も見つからなければ自腹でゴミを用意させられるかと心配していたけれど、この分なら大丈夫そうだ。探して、

拾って、集める。体はすぐに温まる。

単純作業が苦にならない性格だから、気づくと黙々とゴミを拾っていた。ふと我に返る。あんまり真面目にやると、まわりから浮くかもしれない。クラスの誰よりも抜群にゴミを集めた女子、なんて肩書きはあんまり嬉しくない。誰かとお喋りしながらほどほどにやらなきゃと顔を上げる。

栗田さんの姿は見えなかった。そんなに注視していたわけじゃないけど、栗田さんは文化系っぽい仲良しグループに入っているはず。そっちに行ったのかもしれない。

一方で小竹さんは、男子三人を引き連れて何やら笑い合っている。班行動を名目にすればくっついていくことは不自然じゃないと思い、近づいていく。

「だからさ。その五万って数字はどこから出たんだよ」

小竹さんの言葉が耳に届く。男子のひとりが笑いながら答える。

「本当だって。吉崎が言ってたんだって」

「吉崎が言ってたんなら嘘確定だろ。五万ってことはないと思うなあ」

別の男子があきれ気味に言う。

「いいからゴミ拾おうぜ。んなもん、あるわけねえんだから」

わたしは足を止めた。何か内輪の話らしい。ちょっと入っていきづらい。

まわりを見まわす。クラスメートたちは三々五々散らばって、一人で作業をしているひとも少なくない。これなら、強いてサボっているポーズを作らなくても大丈夫かもしれない。だけど五万って何のことだろう。

手が止まっているところに、

「どうしたの、ぼーっとして」

と声をかけられた。

リンカだった。小豆色のジャージに白い軍手。恰好悪い。もっともいまは一年生全員が同じ恰好をしているのだけれど。

「あ、うん、何でもない」

「そう？」

リンカは何か誤解したらしい。わたしの手元を見て、

「まあ、真面目にやることないよ」

「そうだね」

我ながら、返事は上の空だった。そしてふと思いつき、馬鹿馬鹿しいかなと思いながら訊いてみる。

「ねえ、もしかしてさ。このボランティアにお金が出るとか、聞いたことある？」

リンカは苦笑いした。

「お金がもらえないからボランティアっていうんだよ」

「そりゃまあ、そうなんだけど。五万円とか」

「何それ、誰から聞いたの」

小竹さんたちからは少し離れている。聞こえないだろうと思いながらも、少し声をひそめる。

「聞いた訳じゃないんだけど、あの男子たちがそれっぽいこと言ってた」

わたしの視線の先を見て、リンカはあきれたように頷く。

「ああ。なるほどね」

「やっぱり何かあるんだ」

「何かって言うか……。噂よ、噂。つまんない噂」

わたしが納得していないことに気づいたのだろう。リンカは軍手をはめた手を二度、三度と叩いて、言った。

「つっ立ってるのも何だし、拾いながら話すよ」

リンカはわたしを、佐井川の近くまで連れて行った。数歩先を濁った川が流れ、水音はせせらぎというには少し荒々しい。校長先生が言った通り、確かに増水しているのだろう。いちおう身をかがめてゴミ拾いのふりをするけれど、めぼしい物は見つからない。たぶん、ここまで川に近いと増水で流されていくのだろう。

「賞金が出るって噂、ずっとあるんだよね」

リンカはそう切り出した。

「それが五万円？」

「五万ってのは違うと思うよ」

何に対して賞金がかかっているのか知らないままに、なんとなく、じゃあ一万円ぐらいなのかなと思った。だけどリンカは少し考え、

「百万ぐらいじゃないのかな。もっとかも」

と言った。

「ひゃっ」

「本当に見つかれば。というか、本当にあればの話だけどね」

わたしはママからお小遣いをもらっていない。五万円でも夢のような大金だ。それがいきなり百万と言われると、なんだかまるで現実味がない。

「……あればって、何があればなの」

「ん」

リンカは明らかにためらった。本人が言うように「つまんない噂」だからなのだろうか。わたしは、そうじゃないと直感した。リンカは、それが言いふらすようなことじゃないから迷っているのだ。

沈黙は、たっぷり十秒は続いたと思う。リンカは足元の小枝を拾い、それを川に投げ込む。そして濁った川面を見たままで言った。

「水野報告」

水野報告。口の中で呟いてみる。わたしはそれを知っているだろうか。……いや、思い当たることは何もない。

「何それ」

「知りたいの？」

「うん」

リンカはまたしゃがみ込み、今度は小石を拾い上げた。それも川に投げ込む。

「わかった。この町のひとなら誰でも知ってる話よ。聞いて、笑って」

そう不思議な前置きをして、リンカは話しはじめた。

「水野報告がどんな形をしてるかは誰も知らないの。ノートだって言うひともいるし、

ＣＤだって言うひともいるし、ＭＯかもしれない。水野ってのは学者さん。水野忠良《ただよし》だったかな。五年前、この町に来た」

　わたしも、リンカの隣にしゃがみ込む。リンカは何かを見ていた。その目の先を追うと、そこには大きな看板があった。わたしの家の近くにあったものと同じ。『高速道路はすべてを救う』。

「始まりは、もっと昔の話よ。わたしたちが生まれる前。第三高速道路計画ってのがあって、どこを通るか相談したの。山を迂回するＡルート、トンネルを掘ってまっすぐ走るＢルート、いろんな町をくねくね通るＣルート。この町……坂牧市は、Ａルートの上に当たるの」

　第三高速道路計画という言葉は聞いた憶えがある。一時期、ニュースでよく話題になっていた。よくは憶えていないけれど、

「たしかその高速道路って」

「うん。計画は凍結されてる。中止じゃないけど、お金がないからいまは造れないんだって」

　リンカは、笑っていた。どことなく冷たい笑顔で『高速道路はすべてを救う』という文字を見ている。

「でも、その時の坂牧市は大騒ぎだったって。第三高速道路は東名高速に繋がる予定だから、これに乗れば名古屋にも東京にもすぐ行ける。この町に高速道路が来る。高速道路に乗ってお客さんがどんどんやって来て、商店街で買い物をして行くに違いない。若い人だって引っ越してくる。人口が増える、お金も儲かる、坂牧市はこれで生き返る……ってね」

「生き返る」

「つまり、死んでたってことよ」

常井の商店街を思い出す。静まりかえった、さみしい店たち。半分はシャッターが閉まり、もう半分にはちっとも欲しくならない古い古い帽子や靴が並んでいた。わたしが見た静けさは、この町の一部に過ぎない。

へこみとひび割れだらけの道路。福引き会場の疲れた大人たち。わたしが通う中学校だって、教室の半分も使っていない。ということは、前は二倍以上の子供がいたということだ。

「横断幕も作ったしノボリも立てた。誰もが、もう明日にでも高速道路がやってくるような気になってた。……でも、そう上手くはいかなかった」

「計画が凍結されたのね」

「ううん。それは後の話。もっと悪かったわ。凍結なら、いつかは来るんだと思えるでしょ」

そしてリンカは、口元に笑みを浮かべてわたしを見た。もっと悪いことって何だと思う、と問いかけるように。

何も答えられないままに、どうやら時間切れになったらしい。

「簡単なことよ。第三高速道路はBルートが有力、ってニュースになったの」

「……ああ」

「Bルートは坂牧市を通らない。みんなパニックになったわ。なまじAルートなんて名前だったから、勝ったような気分になってたのね。もう大慌てで、何とかAルートを応援しようってことになったの。ハチマキ巻いて公園に集まったり、市長さんがテレビに出たり、……そうそう、Aルート音頭なんてものまであったかな」

ハチマキ巻いてAルート音頭を踊れば、高速道路がやって来るのだろうか？

わたしはまだ子供だ。でも、さすがにわかる。それはありえない。

「逆転の切り札がいりそうね」

わたしの言葉に、リンカが小さく頷く。

「町の偉いひとたちもそう思った。そこで、水野教授を呼んできたの」

何となく話が見えてきた。

「水野教授は昔、高速道路のことを決める何とか委員会にいたことがあったんだって。そのひとを呼んでいろいろ調べてもらって、『Aルートは素晴らしい、ぜひAルートにするべきだ！』って結論を発表してもらう。少なくともAルート音頭よりはずっと意味がありそうでしょう？　水野教授が来たときは、まるで王様を招いたみたいに大歓迎したのよ」

「そのひと、言われる通りにしたの？」

「うん。何を調べたのか知らないけど、ちゃんとAルート推薦の報告書を書いたんだって噂。受け渡しの日も決まってたの」

噂。ということは、やっぱり。

「それがなくなっちゃったのね」

「うん」

でも、どういうことだろう。わたしは首を傾げる。

「なくなった、って……。わたし、あんまりよく知らないけど、そういうのってパソコンで作るんでしょ？　もう一回同じものを送ってもらえばいいのに」

リンカは肩をすくめた。

「それで済んだら話は早かったんだけどね」

「手書きだったの？」

「知らない。形は誰も知らないって言ったでしょ。ノートパソコンは残ってたけど、パスワードがかかってて誰も見られない。なにしろ町にとって水野報告は宝物だから、そりゃもう全力でこじあけようとしたと思うよ。でも、だめだった」

「わかった。その教授、パスワード忘れたんだ」

「まさか！」

そう笑ってみせるとリンカは、昨日は雨だったよねというような口調で言った。

「死んじゃったの」

「……お年寄りだったの」

「年寄りは年寄りだったけど、病気じゃないよ。あのね」

濁った佐井川を見ながら、言う。

「報橋から落ちて、溺れて死んだ」

うっ、と声が喉の奥で詰まる。思わず口に手を当てたわたしの様子に気づいたのか、リンカが不思議そうに訊いてくる。

「どうしたの？」

「……ううん、何でもない」

大きく息をつく。怪訝そうなリンカに、無理に笑顔を作ってみせる。

「報橋なら、たまたま今朝通ってさ。あそこで人が死んだんだと思ったら、びっくりして」

「ああ、そうなんだ」

何とか納得してくれたらしい。

だけどわたしの血の気が引いたのは、本当はそれが理由ではない。

報橋。欄干が低い古い橋。揺れると言ってサトルが怖がった。あいつは確かこう言っていた。「ここから落ちた人がいるんだ」。

いや、ただの偶然だ。あの橋は確かに危なかった。サトルは単に、橋が揺れて怖いということを言ったに過ぎないんだ。

この町のことを教えてくれているリンカに対して、わたしが秘密を持っているというのは不公平な気がする。でも、これは仕方がない。「そうなんだ。サトルが同じこと言ってたよ。あいつこの町に来たことなかったんだけど」なんて言えるはずがないんだから。

高速道路を呼ぶために招かれた水野教授は、この町で死んだ。そしていま、五万円や百万円がもらえるという噂が飛び交っている。

もう一度息をつき、言う。

「わかった。この町のひとたちは、水野報告がどこかにあると思ってるのね。そして、賞金までかけて探してる」

五年前に死んだひとの、あるかどうかもわからない報告書。それに賞金がかかっているという噂が流れ、ゴミ拾いボランティアの中学生までが目の色を変えている。

話をはじめる前に、確かリンカはこう言った。「聞いて、笑って」と。なるほど、笑うべき話なのかもしれない。

だけどわたしは笑えなかった。

「その賞金って、誰が出してるの」

「大人たち」

笑っているのはリンカの方だった。

「水野報告は、大人たちにとって最後の夢なのよ。あれさえあれば、この町は救われる。わたしらの学校って全校生徒あわせても四百人でしょ。昔は千人いて、しかも中学校だけで六つあったんだってさ。いまは三つ。水野報告さえあれば子供がどんどん産まれて、また千人の生徒が集まるんだって信じて、みんなで少しずつお金を出してる。

「本当に噂なの？」

噂だけで、こんな話ができるはずがない。リンカが誤魔化すならそれでもいいと思ったけれど、確かめずにはいられなかった。

リンカは目を逸らした。心なしか恥ずかしそうに、小声で言う。

「……噂よ、噂」

「お金を集めてることは、本当みたい」

わたしは佐井川の向こうを見る。堤防道路から見えるように掲げられた『高速道路はすべてを救う』の看板を。ホットレモネードが欲しくなった夜、わたしはあれを見て、神様に祈るようだと思った。

どうやら、大きく外れてはいなかったようだ。

「お布施《ふせ》なんだね」

「えっ」

「それって賞金じゃないんだよ、たぶん。『見つかりますように』ってお布施なんだと思う。お祈りするのにお賽銭を投げるような気持ちで、みんなお金を出してるんじゃないかな」

リンカは目をしばたたかせ、それから、どこかほっとしたように笑った。

「そうかもね」

こんなに川の近くで話していたから、すっかり体が冷えてしまった。わたしはゆっくりと立ち上がり、背伸びをする。

「ありがとう。面白い話を教えてもらった」

「面白いかなあ。うんざりよ」

眉を寄せている。まあ確かに、この町で生まれ育ったリンカからすれば、面白い話ではないのかもしれない。立ち上がりながら、

「だいたいさあ！」

と声を上げる。

「もし、もしだよ。このボランティア清掃で水野報告が見つかって、それがすっごい出来映えでみんな感心して、大逆転でAルートに決まって、お金もできてすぐに工事が始まったとしてだよ。しかも工事したのがスーパー建設会社で、一日で魔法みたいに高速道路を造っちゃったとして、だよ。……そんなにいいことばっかりかなあ」

「あ、それはわたしも思った」

「だよね。そりゃ、ちょっとはお客さんも来るかもしれないけど」

いや、リンカは甘い。やっぱりどこかで、高速道路はすべてを救うと信じているの

かもしれない。たとえば、サトルに向かって「戦隊物のヒーローは、本当に変身してるんじゃないんだよ」と教えるようなちょっぴり意地悪な気持ちで、わたしは言った。

「あのさ、リンカ」

「な、なに」

「もし高速道路ができて、東京まで一時間半で行けるようになったとするでしょ。で、リンカは大人で、車を持ってるとするよね」

「……あっ」

さすが、自称「割と鋭い」リンカだ。これだけでわたしの言いたいことがわかったらしい。

もし坂牧市と東京・名古屋が高速道路で結ばれたとしたら、何もない坂牧に買い物に来る東京・名古屋のひとより、何でもある東京・名古屋に買い物に行く坂牧のひとの方が多いだろう。少なくとも、わたしが車を持ってるならそうする。

リンカは大袈裟に身をふるわせ、くちびるに人差し指を当てる。

「しーっ、ハルカ、しーっ」

「わたしは犬か」

「いや本当に。駄目だよハルカ、この町でそんなこと言ったら。さっきも言ったでしよ。水野報告は大人たちの夢で、高速道路は神様なんだから」

「カミサマのバチが当たる？」

「異端者め、って町中の大人が集まってきて、火あぶりにされちゃうよ」

わたしは笑った。リンカも、くすくすと笑い出した。ひとしきり笑ううち、吹いてきた風の冷たさに気づいて、どちらからともなく言った。

「……さ、ゴミ拾いしよっか」

河川敷にはクラスメートが散らばって、あるいは熱心に、あるいはいい加減にゴミを集めてまわっている。小竹さんは本当に水野報告がここで見つかると思っているのだろうか。何しろ百万円のしろものだというから、あるわけないと思っていても探したくなる気持ちはわかる。もしわたしが探すなら……どこだろう？　水野教授が泊まっていた場所なんかは、もちろん最初に調べただろうし。

本人はうんざりだと言っていたけれど、わたしはリンカが、いや坂牧市に住む子供たちが少しだけ羨ましい。

本物の宝探しができる町なんて、世界中探したってそんなにないだろう。

元来た道を汚れたジャージで帰っていく。

2

河川敷なんて誰も行かない場所だと思っていたけれど、なんのかんので持っていったゴミ袋はどれもいっぱいになった。人が立ち入って捨てていったというより、川に流されてきたものが多いのだろう。

学校に帰り着く頃には、さすがにみんな疲れていた。ホームルームもだらけがちで、校舎の掃除は取りやめというのがありがたかった。それでも放課後になれば、部活に向かうクラスメートが多い。元気だなあと思う一方、やっぱりわたしも部活に入った方がいいだろうかと真剣に考えてしまう。

とにかく、今日はまだ帰るわけにはいかない。そう思い鞄に手をかけたところで、後ろから肩をたたかれた。

「ハルカ、帰るよ。持ってあげる！」

リンカだ。机の上に出しておいたわたしの鞄を、ふざけ半分で持ち上げる。止める間もなかった。リンカは首を傾げ、何度か鞄を上げ下げしながら訊いてきた。

「……気のせいかな。なんか、すっごく重いんだけど」

「ああ、うん。何でもいいけど返してよ」

取り返した鞄を開けて、重さの原因を出してみせる。三浦先生から借りた『常井民話考』だ。確かにずっしりとして、教科書数冊分の重みは優にある。リンカはあまり読書好きには見えない。こんな本を持ち歩いているなんて変だと思われそうで、

「これはね」

と説明しかける。けれど、リンカは意外にも目を輝かせた。『常井民話考』を手に取り、まじまじと見ている。

「うわ。これ、まだあったんだ」

「まだって……?」

なんだか、わたしの方が驚かされてしまった。リンカは照れたように笑って本を置くと、

「えっと、あたしのお爺ちゃんが手伝った本なの。そういえば近頃見かけないなって思ってたから、つい」

「近頃見かけないって思ってたの?　本のことを」

「あ、ごめん、嘘だった。題名見て思い出しただけ」

リンカは、思い出の品に触るように表紙を撫でている。

「懐かしいなあ」

「読んだの？」

「ん。一応ね」

じゃあさ、と訊こうとしたけれど、「でもほとんど忘れちゃったな」と言われてしまった。

リンカの指が、そっと表紙を開く。

「ねえ。ちょっとだけ見てもいい？」

「あ、うん」

いいもなにも、ただの本だ。いずれにせよわたしが返事をしたときには、リンカはもうページをめくっていた。

「ん……」

目当ての記述があるわけではないらしい。ぱらぱらとめくっていく。何となく間が持たなくて、横から口を出す。

「字ばっかりだね」

「そうだね」

「見覚えある？」

「どうかな。やっぱり、ちゃんと読まないとわかんないかも」

特に引っかかるところもないのか、リンカはそのままページをめくり続ける。この本に興味があるのかないのかよくわからない。いちおう駄目でもともとと思って言ってみる。

「それ、三浦先生の本なの」

「そうなんだ」

「もし読みたかったら、三浦先生に言えば貸してくれると思うよ。えっと、たぶん、歴史部に勧誘されると思うけど」

「勧誘？」

手を止めて、リンカは笑いながら顔を上げた。

「あの先生、勧誘とかするんだ。部活とかどうでもいいのかと思ってた」

「勧誘っていうか……。なんかやっぱり、いつの間にか部員扱いされてそう」

「あ、前に話したイメージ通り」

自分で言って不安になった。もし本当に歴史部員だってことが既成事実にされたら、ちょっと困る。文化系部活の女子にはどうしても内向きなイメージがつきまとう。それは覚悟していたけれど、歴史部に一人で入ったとなると変人扱いは確実だ。二人以上ならごまかしも利くのだけど……。

「あれ」

再びページをめくっていたリンカが、不意に声を上げる。ページの間に何か、メロン色の紙が挟まっているのが見える。

「何それ。チラシ？」

わたしがそう言うと、リンカはちょっと眉を寄せた。

「チラシはチラシだけど……」

わたしも腰を浮かせて、本を覗きこむ。見るからに安っぽい黄緑色の紙には、可愛らしくも見える丸っぽい字がでかでかとプリントされていた。『誘致を考え直す会開催のおしらせ』。その下にはもうちょっと小さな文字で、『とき・四月十三日（日）午後五時から　ばしょ・坂牧文化会館』とある。

「誘致、っていうと」

言いかけるけれど、わたしもさすがにこの町の事情はわかってきた。誘致といえば高速道路に決まっている。すべてを救ってくれる、神様。

「へえ……」

リンカが呟き、そのチラシを手に取った。そのまま折りたたみ、スカートのポケットに入れてしまう。それ三浦先生の、と止める間もないぐらい、さりげない手の動きだった。わたしがぽかんと口を開けているのを見て、リンカはぱっと両手を開いて見せた。

「別にいいでしょ」

「そっか。いいよね」

なんだかよくわからないけど。

時計を見る。あまりゆっくりして本を返せなかったというのは困る。なにしろ『常井民話考』は重い。これを持って登下校を繰り返したら、肩が鍛えられて盛り上がってしまう。

「リンカ。悪いけど、それ三浦先生に返しに行くから」

リンカは「そう?」と言って、本を閉じて差し出す。そして、なんだか名残惜しそうに表紙を見つめ、

「でさ。なんでこんなの借りたの?」

と訊いてきた。

油断していた。それを訊かれるとは思っていなかった。

答えは「未来が見えるとサトルが言い出したから、そういう話を知らないか三浦先生に訊いたところ、民話に興味があると勘違いされて渡された」となる。でも、この話はあまりつつきたくない。せっかくリンカがそ知らぬ顔をしているんだから。

言い淀んだら、いかにも怪しい。とっさに思いついたことをそのまま言う。

「『タマナヒメ』のお話が気になって、読みたいって言ったら貸してくれたの」

言ってから、失敗に気づく。これじゃあ、どうしてタマナヒメに興味を持ったのか訊かれたら逃げ場がない。顔に出ないよう平然を装う。けれどリンカは、そう訊いてはこなかった。代わりに不思議そうな、きょとんとした顔になった。

「タマナヒメ?」

「うん。だったと思うけど」

「変なこと知ってるね」

「変かな」

リンカは言い淀んだ。

「ん、変ってわけじゃないか。この町の子ならみんな知ってるもん。でも、そっか。いつか教えようって思ってたのに、もう知ってるんだ」

口ではそう言うけれど、がっかりしているわけではなさそうだ。むしろ、わたしがタマナヒメを知っていることが意外で、戸惑っているようにも見える。

「ってことは、ハルカは歴史部に入るんだ」

「まだ決めてない。取りあえず、タマナヒメの話だけ聞ければいいかなって」

「ふうん。でも、その本に載ってた？」

「ちょっとだけね。本を返すついでに三浦先生と話してくるかもしれないから、先に帰っててていいよ」

リンカはひらひらと手を振った。

「いいよ、早く帰ってもすることないし。うらっちが何を言うかも気になるし、待ってる。……学校の先生っていっても、うらっちはヨソの人だからね」

わたしはこれまでの学校生活でいろんなことを気にしてきたけれど、先生がヨソの人かどうかを気にしたことは、一度もなかったと思う。

一階の職員室に向かう。河川敷でリンカと話しているときにしゃがみっぱなしだったからか、腰とふともが張っている。あれぐらいで筋肉痛になるわけがないと思いながらも、階段を下りる足取りがちょっと慎重になる。

匂うとわかっているから鼻が敏感になっているのか、職員室に近づくだけでタバコの匂いがしてきた。お父さんがいなくなってから、前に住んでいた社宅にたちこめていたタバコの匂いが薄くなった。そしてこの町に引っ越してからは、家でタバコの気配を感じることはない。わたしはそれが嬉しい。そして、その嬉しさがなんだか情けない。

失礼します、と声をかけて職員室に入る。

三浦先生は、ちゃんと自分の席にいた。机に覆い被さるような姿勢で何かを書いている。三浦先生がクラス担任を持っているのかは知らないけれど、ボランティア清掃には参加していたらしい。スポーツメーカーのジャージを着込んでいて、足元や背中には草の切れ端がついている。一心不乱にお仕事をしているようだけれど、リンカを待たせていることでもあるし、構わずに声をかける。

「三浦先生」

顔を上げ、ついでにメガネも持ち上げて、三浦先生が振り返る。

「ああ、越野か。質問かな。ん？　いや違うな、今日は越野のクラスの授業はなかったからね」

『常井民話考』は小脇に抱えていた。重さに痺れかけた手を伸ばす。

「お借りした本、返しに来ました」

「え。ああ、そうか。見当たらないと思ったんだ。越野に貸していたんだったね。そうだったそうだった」

三浦先生は、頭を掻いてから本を受け取る。つい昨日自分から貸しておいて、見当たらないもないものだ。だいじな本だと言っていた割にはぞんざいに机に置くと、

「で、どうだった」

と訊いてきた。

「あの、ええと」

どう言ったものかと迷ったけれど、先生は別に答えを待ってはいなかった。いつもの、熱がこもった表情で言う。

「先生、びっくりしたよ。越野が『未来が見える子供』に興味を持つなんてね。うん、この町の子たちは当たり前になって慣れてるのかもしれないし、もう忘れられた民話なのかもしれない。だとしたら寂しいよね。越野は外から来た分、ニュートラルな見方が出来ると思うんだ。どのぐらい読んだ?」

「はい」

ちょっと言いづらい。

「『お朝とタマナヒメ』の話を読みました」

「うん。それから?」

「ごめんなさい。それだけです」

三浦先生は、何もそこまでと思うほどがっかりした顔になった。思わず「もう少し貸してください、もっと読みます」と言いたくなったほど。けれど先生はちょっと考えていたかと思うと、すぐに自分で立ち直った。

「そうか、宿題もあるだろうしね。それに、先生も後で気づいたんだけど、題名に『タマナヒメ』の名前が出てくるのはその話一つだけなんだよね。他の話にも仄めかしてあったり、ちょっとだけ出てきたりするんだけど。まあいいや。うん、本は返してもらったよ」

「ありがとうございました」

「どういたしまして」

そう言って、三浦先生はまた机に向かおうとする。わたしが立ち去らないのに気づくと、未知の自然現象に出会った子供のように、心底不思議そうに言った。

「ん。どうしたのかな。質問？」

「はい、まあ」

先生は机の上の書き物を見てしょんぼり悲しそうな目をすると、その上に『常井民話考』を置いて隠してしまった。どうして三浦先生が先生に向いてない気がするのか、何となくわかってきた。思っていることがそのまま口から出る先生ならたまにいる。でも、これだけはっきり表情に出る先生は、わたしの六年間の学校生活の中でも初めてだ。椅子ごとわたしに向き直り、さっぱりした表情で三浦先生は言った。

「いいよ。何かな」

「あの、ちゃんと本を読まなかったのに質問するのはよくないかもしれないんですけど……。タマナヒメのこと、もう少し教えてもらえませんか」

反応は遅かった。三浦先生は黙り、眉を寄せ、メガネを上げ、それから急に晴れやかで自信に満ちた笑顔になった。

「そうか。越野はもっと知りたかったんだな。ごめんな越野。先生、越野の向学心に気づいてなかったよ。ん、向学心って言うのはおかしいか。学校の成績にはならないからね。それでもよければ、教えてあげられることがあるよ」

そして先生は席を立った。

「というか、この件に関しては先生も生徒みたいなものなんだ。わからないことも多い。教えたことを咀嚼《そしゃく》して、越野が共同研究者になってくれると、先生はとても嬉しい。明らかに気が早いけどね。じゃ、行こうか」

行こうかと言われても。

「あの、どこに行くんですか」

先生はきょとんとする。

「黒板があった方がいいだろうから、空き教室を使おうと思って。いけなかったかな?」

空き教室の利用がいけないかどうか、どうしてわたしに訊くのだろう。先生はキーボックスから鍵を一つ取ると、意気揚々と歩き出す。リンカを待たせているのに、まさか場所を移動してまで本格的に教えてもらうことになるなんて。でもいまさら、やっぱり友達を待たせているんですとも言い出せず、わたしは三浦先生の後ろを申し訳なさそうについていくしかなかった。

空き教室は、この校舎のそこらじゅうにある。生徒が少なくなったからだ。

先生が選んだのは、職員室の三つ隣にある空き教室だった。ちょっとだけほっとする。どこまで連れて行かれるのかと心配してしまった。

黒板はきれいに拭かれているし、教室内には机も椅子も揃っている。空き教室という割に、そんなに埃をかぶっているふうでないのが不思議だった。三浦先生は教壇に立ち、チョークボックスを開けて満足そうに「よし」と言った。

しかしこれでは、まるで補習のようだ。クラスメートに見られなくてよかった。自主的に補習を願い出たなんて噂になったら、越野ハルカは勉強ひとすじの真面目ちゃんと思われることは確実。もしバレたら……。そのときはやっぱり、歴史部に入って部活動でしたとごまかすしかないだろう。たぶんその方が傷は浅い。

後始末の方針が決まったところで、机に向かう。いくら似合っていなくても、そこはさすがに現役の教師だ。チョークを手にこちらを向くと、三浦先生はすんなりと話しはじめた。

「じゃあ、始めようか。最初に訊いておきたいんだけど、越野はタマナヒメのことをどれぐらい把握したかな？」

サトルではなくタマナヒメのことなら、あまり知らない。

「常井村の女の子で、未来に起きることを知っていて、死んでも生まれ変わる……で、合っていますか？」

「うん。まあ、当たらずといえども遠からずだね。ただ個人的には、生まれ変わりというより神降ろし、依代《よりしろ》と呼びたい。タマナヒメが死ぬと次のヒメが生まれるのではなく、条件を満たした娘の一人がタマナヒメに、言葉は悪いけど、取り憑かれるイメージだね。というのは年寄りのヒメが確認できないからなんだけど、まあそれはともかく」

三浦先生はさっそく、黒板に長い横線を引いた。

「越野が読んだ『お朝とタマナヒメ』の話では、タマナヒメは未来の災いとその回避方法を知っていた、ということになっている。これは越野が最初に訊いた『未来が見える子供』のことだね。そういえば越野はどこでこの話を聞いたのかな。まあいいや。越野のまとめは間違ってはいないけれど、見逃していることもある」

横線の真ん中に、へたくそな人間を描く。そして右に向かって矢印を引き「未来」と書き、左への矢印には「過去」と書く。

「お朝、タマナヒメは『おとうに前世の悪業などない』ことを知っていた。すなわち、タマナヒメは未来と同様に過去のことも知っていると読むべきだ。これは他の文献とも照らし合わせればほぼ間違いない。では、タマナヒメは未来視と同時に過去視の力を持っていると考えるべきだろうか？」

先生は手振りでわたしの返答を促す。

「……いいえ。そうではないと思います」

「なるほど。ではどう考える？」

「過去と未来が見えるというだけでは、また生まれるという話がどこかにいってしまいます。どちらかというと、タマナヒメは過去にもいて、未来にもいて、どちらの経験も持っていて、それでたまたま現在にいると考えた方がいいと思います」

サトルは福引き会場で、これから置き引き事件が起きることと、その犯人がどうやって逃げようとするかを知っていた。一方、報橋で人が死んだことを知っていると仄めかしもしていた。

ずっと考えていたことを、昔話の解釈として口にする。自分の体の中でつっかえていた何かが、すうっと流れていくよう。聞いてもらえたというだけでほとんど満足していたのだけれど、先生はあんぐりと口を開け、それから廊下にまで聞こえそうなほど大きく手を叩いた。

「すばらしい！　越野、すばらしい理解力だね。そうだ。常井村の民話はタマナヒメが遍在していることを示唆していると読める」

ちょっとわからない。

「あの、先生。ヘンザイって何ですか」

「ああ。どこにでもいるってことだよ」

時間のどこにでもいるヒメ。言いたくないけど、それって明らかに神様だ。

やっぱり先生もそう考えているんだろうか。そう思って、気持ちが暗くなりかける。けれど三浦先生は黒板の図に、大きく（1）と書き加えた。

「いま越野が言ったように、タマナヒメが時間を超えて存在する、いわば全知の神のような存在だと受け止める解釈もありうる。実際、『常井民話考』の作者はそう考えていた節がある。……でもね。先生、それにはちょっと賛成できないんだよね」

黒板に（2）と書き、先生はその下にまたへたくそな人間を描いていく。

「というのはね。それじゃどうにも、偉すぎる気がするんだよ。時間を超えて未来のことも過去のことも知っているって発想は、何というか現代的すぎる。転生の伝承は世界中にある。転生した子供が前世のことを知っていたという話も、枚挙に暇がない。あ、ごめん、たくさんあるって言いたかった。……でも、人間が転生後の命、仮に後世とでも呼ぼうか、後世の記憶もあるって話は、先生知らないんだよね」

ほとんど落書きのように、先生は鳥居のマークを描いた。

「そんな神様みたいなヒメがいるのに、常井村には普通に、お寺も神社もある。淫祠邪教の隠れ蓑だと思えば簡単なんだけど、どうもね。タマナヒメは、未来を知っているにしては、ちょっと哀れな存在という気がしてならない」

インシという言葉は知らないけれど、邪教というのは何となくわかる。同時に、先生の言いたいことも何となくわかった。タマナヒメが本当にそれほど万能なら、わざわざ他の神様を祀るだろうか。……そもそも、そんなありがたい神様がいるのなら、高速道路を神様にしてすがるほど寂れてしまうのはおかしい、っていうのは言ったら駄目かな。

三浦先生はいきなり、わたしにチョークを向けた。

「ところで越野。越野が読んだ昔話で、タマナヒメとされたお朝はどうやって亡くなったか憶えてるかな？」

ええと。頷くけれど、いかにも自信がなさそうな頷きになった。

「確か、崖から飛び降りました」

ちょっと眉を寄せると、先生は首を傾げた。

「……そうだったかな。いや、ごめんごめん、何しろ先生も読んでから何年も経ってるからね」

「憶えてないのに訊いたんですか」

「憶えてる気がしたんだけどね。まいったな、本を職員室に置いてきちゃった。でもまあ、たぶん当たってる。お朝は自殺するんだ」

自殺。

そうだ。崖から飛び降りるのは自殺に他ならない。でもいま先生にそう言われるまで、なんだかそんな気がしていなかった。

先生は言う。

「お朝、つまりタマナヒメは、お役人に身を捧げた後に身を投げてしまう。未来の行く末を知っている者の行動としては、なんだかおかしいと思わないか？」

「思わないですけど……。次のひとに乗り移れることを知っているから、平気で飛び降りられたのかも」

「そこじゃない。タマナヒメは村を救うために自分の身を捧げた。合理的に考えてだ」

黒板に描かれたへたくそな人間から、先生はぐねぐねと曲がった波線を引く。

「これ、未来を変えてるよね」

「あ」

それはそうだ。

「もちろんこれは民話だから、すべてを合理的に理解できるとは思わない。ただ先生は、常井村の人々はタマナヒメをどういう存在だと考えていたのかを知りたいんだ。モデルケース（2）では、タマナヒメは生まれ変わる。過去の記憶もある。でも、未来に関しては自らの犠牲をもって変更することしかできない。……先生はこっちの方がしっくり来る」

「タマナヒメは未来を知らない、ってことですか」

「『自分が犠牲になれば村が救われるという未来を知っていた』という解釈もあるけど、まあ、そうだね。知らないと考える方がスマートで、一般的な伝承とも一致する」

でも、と言葉が飛びだしかける。でも先生、サトルは知っていると言ったんです。

「ところで」

不意に、三浦先生の声が暗くなる。

「タマナヒメ伝承は、たいてい同じような結末を辿る。越野はまだ中学一年だからあんまり聞かせたい話じゃないけれど、昔話にすぎないとも言える。どうしようかな。先生、これを教えるかどうか迷ってるんだよね」

「教えてください」

自分でもびっくりしたぐらい、わたしはためらわなかった。

「聞きたいです」

頭を掻き、三浦先生はじっとわたしを見る。ここまで来て、子供だからって内緒にされてたまるものか。わたしは三浦先生を睨みつけた。

先生が息をつく。

「……越野はガッツがあるなあ」

ガッツって何だろう。何となくはわかるけど、正しい意味は知らない。

「わかった。生徒を馬鹿にしちゃいけなかったね」

改めて、三浦先生はゆっくりと話し出す。

「越野が読んだ『お朝』の話は、実はタマナヒメ伝承の中ではマイナーな話なんだ。一番よく知られているのは、明治中期に実在したとされる『芳子《よしこ》』の伝承になる。伝承の大枠はこうだ。当時、常井村のど真ん中に鉄道を敷いて駅も置くという話が持ち上がった。ところが、村人たちは大反対した」

わたしは自然と、高速道路のことを思い出してしまう。

「どうしてですか？　ふつう、大喜びするんじゃ」

先生は難しい顔になった。

「蒸気機関車の煙から火の粉が飛んで火事になるとか、地面が揺れて作物の育ちが悪くなるとかいう噂が流れた、ということになってる。とにかく村人たちは相談して、鉄道を追い出すか、それが無理なら出来るだけ村の端に通して、駅は置かないように運動しようということになった。そこで出てくるのが芳子だ。まだ十五、六の、とても美しい娘だったという」

少し目を逸らし、わたしの後ろに話しかけるように、先生の話は続く。

「芳子はタマナヒメだった。歴代のヒメがどうやって村を助けてきたか、彼女は知っていた。そこで……。うん、越野も読んだお朝と同じ方法で、芳子は鉄道局の役人にお願いをした。タマナヒメの名前こそ出てこないけれど、常井村民の運動は『常井町史』にもちゃんと出ている」

「『常井町史』？　坂牧市の歴史じゃなくてですか」

「ああ」

三浦先生は頭を掻いた。

「そうか。それは早めに言っておくべきだったね。坂牧市は、三つの町が合併して出来た市なんだよ。他の町の人たちがあっさり新しい名前に慣れたのに、常井町のひとたちはいまでも坂牧市より常井町の名前に馴染みがあるようだね。ま、それはともかく。芳子の活動の結果、線路は無事に村の端っこを通ることになって駅も置かれず、反対運動は成功を収めたと言われている」

「それは……。損ですよね」

わたしがそう言うと、先生は笑って頷いた。

「うん。大損だね。実はね、先生、これは間違ってるんじゃないかなって思ってる」

「『常井町史』が？」

「大きな声では言えないけどね。だって地図をよく見ると、もし線路が本当に常井村のど真ん中を突っ切るとすると、ものすごいカーブになる上に二本も橋を架けることになるからね。いずれもっとよく調べたいけど、村の人たちの願いはまるっきり逆で、常井村に鉄道を敷いてくれってことだったと思うんだ。いまのところは勘に過ぎないけどね」

咳払い。

「さて、その後の芳子だけど。彼女は、村のためとはいえ身を差しだしたことを恥じ、首を吊って死んだという」

「……タマナヒメは自殺する、ですか」

先生は、ごく小さく頷いた。

「うん。そして、その先の展開も『お朝』の時と同じになる」

お朝は役人のところに行って、お願いをした。その結果、村の税金は高くならずに済んだ。そして、その後はどうなったんだっけ？

「役人も死んでしまう。佐井川に落ちて、溺れ死ぬんだ。これは伝承じゃない。正確には鉄道局の役人ではなく、その案内をした県の役人だ。彼が佐井川に転落して水死したことは当時の新聞にも出ている」

「川に落ちて、ですか」

「そうだ」

ああ。

ようやくわかった。わたしにもわかった。

「役人が、タマナヒメのお願いを聞く。その後タマナヒメは自殺する」

「そうだ」

「そして、タマナヒメのお願いを聞いた役人は、佐井川に落ちて死んでしまう」

「うん」

三浦先生はわたしを気遣ってくれた。中学一年生のわたしに、あんまりひどい話は聞かせないようにと配慮してくれた。

でも、先生には申し訳ないけれど、美しい娘がその身を捧げて「お願い」に行くというのがどういう意味なのか、ここまで聞けばわたしも薄々察することが出来る。単に頭を下げて帰ってきただけじゃないということぐらい、おおよそわかるのだ。

だから、その後でタマナヒメが自殺してしまう理由もわかる。わかるからといって、とても納得はできないけど。

「先生。わたし、その役人が落ちた橋の名前を言えると思います」

三浦先生は、黙ってわたしの言葉を促す。先生は本当に内心が表情に出やすい人だ。そんなに目を細めて微笑んでいたら、わたしに感心していることが丸わかりだ。

もっともわたしは、あまり嬉しい気分ではなかった。その橋の名前は、やっぱり気にいらない。

「報いを受けたんですね」

「いいね。越野、君は将来、大学に行って研究をするといい」

そして先生は、ちょっと自嘲気味に笑った。

「実は先生、あの橋は『しらせばし』と読むと思っていたんだよね。訃報《ふほう》が伝わってきた橋って意味だと早合点していた。ところが今日、学年ボランティアで佐井川のほとりに行っただろう。その時に橋の近くを通って、橋柱に平仮名で読み方が書いてあるのを見て、初めて知った。驚いたよ」

黒板にチョークで『むくいばし』と書き、先生はそれを丸で囲った。

「いやまったく、百聞は一見に如かずとはこのことだよ」

先生はわたしに、一枚のプリント用紙をくれた。

表が組まれている。『お朝』の名前があり、『芳子』の名前がある。そしてあと二人、知らない名前が出ている。

そしてそこには、彼女たちがいつ頃の人物なのか、村のために何をしたのか、その結果がどうなったかがまとめられていた。……一見して、四人の「タマナヒメ」はみな、自殺しているとわかる。

たった一枚の紙だけれど、わたしはそれをとても重いと感じた。三浦先生は中学校の先生をしながら、この坂牧市に伝わる伝承を調べ上げ、「タマナヒメ」がどういう存在なのかを明らかにしようとしている。いくらわたしが生徒だからといって、学校の授業とは関係ない三浦先生の調査の果実だけをもらっていいものか、ためらわずにはいられなかった。

「本当にいいんですか」

と訊くと、三浦先生はわたしの肩を叩いて言った。

「越野、君は見所がある。先生はね、越野にいい勉強をさせてあげられることが嬉しいんだよ」

人に認められることは嬉しい。わたしはその喜びを、生まれて初めて知ったかもしれない。……本当は違うのだろうけど。わたしが最初に立ったとき、最初に喋ったとき、お父さんはたぶんわたしのことを大いに認めてくれたと思うから。

でも本当は、わたしはタマナヒメの正体を知りたくて先生に質問したのではない。わたしが知りたいことはもっと別にある。それは、本当に腹が立つことに、あの弱虫のバカに関係しているのだ。

放課後、思いがけない授業のおかげで、わたしは自分が何を質問すればいいのか知ることができた。チョークをしまい黒板消しを手にした三浦先生に、わたしは明日の天気を訊くように何気なくこう訊いた。

「先生。ところで、男のタマナヒメってありえると思いますか」

無理もないことだけれど、先生はそれを冗談だと思ったらしい。お愛想程度に口の端を持ち上げ、でもちっとも面白いと思っていないことを目ではっきりと表しながら答えてくれた。

「昔は考えられなかっただろうけど、いまは男女同権の時代だからね」

いまのところ、わたしはその回答で満足するしかなかった。

3

空き教室でどれぐらいの時間が経ったのか、自分の感覚では計れなかった。長かったような気もするし、あっという間だったような気もする。教室に戻る途中、来賓用昇降口の正面に壁時計を見つけた。それを見ると、三浦先生の「授業」は四十五分ぐらい続いていたらしい。そんなに経ったのかとも思うし、それだけだったのかとも思った。

でもただ待っていてもらうには、ちょっと時間がかかりすぎた。リンカはもう帰っているだろう。何かフォローが必要だ。

そう思っていたので、教室のわたしの席にリンカが座っていて、

「おかえり」

と言われたときには、とにかくびっくりした。

教室には他に誰も残っていない。窓から見えるグラウンドでは、陸上部がハードルの後片づけをしている。夕暮れにはまだ早いけれど。

「ごめん、本当に待っててくれたんだ。つい話が長くなっちゃって」

リンカは平気な顔で、

「あたしが勝手に待ってただけだよ」

と笑ってくれた。

本を返したおかげで、鞄はだいぶ軽くなった。せっかくこの時刻まで居残ったのだからもう少し人の少ない学校を楽しんでいたかったけれど、リンカにそのつもりはないようだ。

「じゃ、帰ろっか」

そしてわたしたちは、初めてふたりで帰った日と同じ道を帰っていく。最初は隠れ道のように思えた路地もいまでは慣れて、塀に貼られたポスターの政治家の顔さえ頭に入ってしまった。ふつうに歩いているつもりだったけれど、気がつくとリンカがにやにやしながらこちらを見ていた。

「それで、うらっちはどんなことを話したの？」

職員室に向かうとき、三浦先生がどんな話をするか気になると言ったことを憶えていたらしい。それを改めて訊いてくるなんて、リンカもなかなか義理堅い。

路地は左右を壁に阻まれていて、わたしたちは静かに話すことが出来る。

「ん。タマナヒメのお話を、いろいろね」

「タマナヒメかあ。あたしたち、何となく聞かされてるだけなんだよね。外から来ると、どんなお話に聞こえるのかな」

難しいところだ。リンカはタマナヒメの話を知っているというけれど、どのぐらいまで知っているのだろうか。……タマナヒメが、過去に何度も自分で命を絶ったことを知っているのだろうか。それによってどこまで話せばいいのかが決まる。

と思ったけれど、わたしはすぐに考え違いに気づいた。もしリンカが詳しいことまで知っていたとしたら、いまその話をしたいわけがないのだ。わたしは「よくわからないんだけど」と前置きした。

「生まれ変わりなんでしょ、タマナヒメって。先代のヒメが亡くなると次のヒメが生まれて、これまでのヒメが知ってたことも全部知ってるとかなんとか。不思議な話だと思うよ」

ところが、リンカは何も言わなかった。もしかして、これだけでもまずかったんだろうか。ひやっとして、わたしは思わずリンカの顔を覗きこむ。

変な顔だった。

笑いながら困っているような、戸惑いながら諭すような、変な顔。リンカは結局、あきれることに決めたらしい。

「なにそれ」

「えっ。だから」

声が小さくなってしまう。

「タマナヒメの話、でしょ？」

どこからか、猫の鳴き声が聞こえてくる。なんとも絶妙な合いの手のように。リンカは溜め息をついた。深い息だった。

「うらっち、そんなこと言ってたかあ」

「……違うの？」

「うーん。どう言ったらいいかな」

腕組みをして、リンカは大きく首を傾げる。右に左にと首を傾けて、なんだかわたしがいたたまれなくなってきた頃にようやく、何か閃いたようにこう言った。

「シンデレラってあるでしょ」

「うん。あるね」

いきなりだ。

「文化祭とかで、シンデレラの劇をやったりするでしょ」

「やることもあるかもしれないね」

「劇では、誰かがシンデレラになるのよね。ガラスの靴を履く。でも、その誰も本当のシンデレラじゃない」

まあ、それはもちろんそうだ。わたしが頷くと、リンカは得意げに胸を張った。

「つまりそういうことよ」

……たぶんリンカはたとえ話が下手だ。それなら何もまわりくどいことを言わなくても、もっと簡単な説明があるだろうに。

「つまり、タマナヒメは劇の役の名前だってこと?」

「うん。劇じゃなくて、お祭りっていうか、例会みたいなもんだけど。常井の女の子が『タマナヒメ』役になって、なんか例会みたいなときにお化粧して顔を出すの。そうすると、みんなありがたやーって拝む。結婚したり、前の代のヒメが何かの理由でいなくなったりしたら、交替。美人が選ばれることになってるから、交替が近づくと女の子も大人たちもちょっとぎすぎすしたりする。それだけ」

リンカは小学校の優しい先生のような、「お利口だからわかるでしょ?」と言わんばかりの笑みを浮かべている。

たぶんわたしは間の抜けた顔をしていただろう。ちょっとどう考えていいのかわからない。昔は三浦先生が言ったような悲惨な役割を担ったタマナヒメがいたけれど、現在はそんなならわしはなくなって、平和なタマナヒメごっこに変わった……ということなのだろうか。

「あ、そうだ」

ぽん、と手を打つ音が鳴る。リンカは顔を輝かせ、通ったことのない路地の前で足を止めた。

「一度見に行く？　ここからならすぐ近くだし、もうすぐ例会だからヒメもいるはずだし」

「えっ。でも」

せっかくの誘いだけれど、路地裏に落ちる日差しはだんだん赤くなっている。夜も近いし、それに今日はとても恰好悪いジャージ姿だ。

そんなためらいを、リンカはすぐに見抜いた。

「……でも、今日は遅いか。じゃあ明日」

断る理由もない。明日は土曜日。中学校に入って最初の休みを友達と過ごせるなら、願ってもないことだ。

「うん、明日」

そして、古びた板塀に挟まれた湿っぽい道を歩くうち、わたしは考える。もしタマナヒメがただの役職で、すべては三浦先生の壮大な思い込みか、でなくとも消えて無くなった昔の話だとしたら……。

それは、この町で起きた不思議な出来事を、全部偶然と片づけるに等しい。本当にそうであれば、どんなに気が楽になるだろう。

4

「偶然よね」

という言葉を、その晩だけで何度自分に言い聞かせたかわからない。お風呂に入れば全部さっぱり忘れられるかと思ったけれど、黒ずんだ天井を見上げながら、結局はまた呟いてしまう。

「偶然よ」

その一。サトルは報橋を渡ることをひどく怖がっている。その二。昔、報橋から水野という先生が落ちて死んだ。その三。サトルは報橋から誰かが落ちて死んでいると断言した。……これだけなら、わたしは心の底から偶然の一致だと思うことができたはずだ。何しろ事故はいつでも起きることだし、サトルは恐がりで、いつも適当な嘘をつくのだから。それがどうして、一日のうちで唯一安心できるはずのお風呂の中で、まるで自分に暗示をかけるように呟き続けなければいけないのだろう。

新しい家は、前に住んでいたアパートよりもずっと大きい。わたしとサトルがそれぞれ自分の部屋をもらえるぐらい。でも、なぜかお風呂だけは小さい。タイル張りのお風呂はところどころひびが入り、目地には気持ち悪く黒ずんでいるところもある。どれだけ拭いても曇りが取れない鏡に、わたしがぼんやり映っている。締まりのない、どうにもはっきりしない顔だ。

体が疲れているのも確かだった。河原のボランティア清掃は重労働とは言えないけれど、中腰になることが多かった。川に近づいてリンカに「水野報告」のことを教わった時は、ずっとしゃがんでいた。おかげで、ふとももが少しだけ張っている。

水野教授の事故とサトルの恐がりを結びつけているのは、やっぱりどう考えても、三浦先生から借りた本だとしか思えない。繰り返し生まれ変わり、未来も見通す「タマナヒメ」。あんな昔話に惑わされるなんて、まったく、わたしらしくもない。そうは思うのだけど、こうして湯船に浸かってぼんやりしているうち、考えはいつの間にか、また報橋へと引き寄せられていく。だいたい、橋の名前が悪いのだ。報いだなんて。

ふと見ると、タイルの上をもぞもぞと這っていくものがあった。蜘蛛だ。真っ黒な蜘蛛。大きくはないけれど、アンバランスに長い足がぐねぐねと動いている。

「ひっ」

と、悲鳴が喉から飛びだしかける。ぞわりと鳥肌が立ち、お湯に浸かっているのに一気に体が冷える。

けれど、怯えたのは一瞬だけ。たちまち悔しさが湧き上がってくる。驚かされたとはいえ、わたしは蜘蛛一匹を怖がるような女の子だっただろうか。そんな馬鹿な。もしあの蜘蛛を通学路のどこかで見たのなら、悲鳴なんてとんでもない。無視するか、残酷な気分だったら気まぐれに踏みつぶしてしまったはずだ。

平気だ。ぜんぜん平気。わたしの方が強い。そう自分に言い聞かせながら、蜘蛛をじっと見続ける。するとたちまち鳥肌は引いて、お湯の温かさも戻って来る。そうだ、背中を這われたのなら嫌すぎるけど、タイルの上を歩く蜘蛛なんて何が怖いものか。ちょっとお湯をかければ、あの蜘蛛は排水溝に流されていくだろう。

溜め息が出る。見た目が不気味とか怖いというだけなら、わたしはこんなにも簡単にねじ伏せられる。なんだか急に叫び出したくなって、その衝動を抑え込もうと、わたしは頭の先までお風呂に身を沈める。

髪が長かった頃は、毎日のお風呂の後がたいへんだった。引っ越し前にばっさり切って、その日は鏡を見たくないほど淋しかったけれど、お風呂上がりに気が変わった。バスタオルで拭くだけでも取りあえず何とかなるって、まるで夢のようだ。

厚手のパジャマをきっちり着込み、バスタオルを頭からかぶって廊下を歩く。居間の襖から光が洩れているけれど、音は聞こえてこないことに気づいた。首を傾げる。居間にサトルがいるときは、ほとんど例外なくテレビはつけっぱなしになっている。いったい何が面白いのかと思うほど、サトルはテレビが好きだ。夕食の後はテレビの正面に陣取り続け、自分の部屋に戻るのは寝るときだけというのがサトルの行動パターンだったはずだ。

襖を開けて、居間を覗く。テレビは消えていて、白々とした電灯の下には誰もいない。安物の壁掛け時計を見ると、八時半だ。いくらサトルがお子様でも、普段はもう少し遅くまで起きている。というかあいつ、まだ風呂にも入っていないのに。

台所からは水音が聞こえてくる。ママが洗い物をしているのだろう。

「お風呂空いたよ」

と声をかける。

「そう、じゃあ、サトルに入るように言ってちょうだい」

当たり前のことを言っているのに、ママのこの返事に気が滅入る。いつも優しく諭すようなママの声が、ひどくしゃがれて聞こえたから。ママは疲れている。それはそうだ、疲れていないはずがない。わたしは可能な限り、あのひとに負担をかけてはいけない。それは繰り返し意識しなくてはいけない。

「はい」

わたしの声はとても小さく、ママには届かなかっただろう。それでいいと思った。バスタオルをフードのようにかぶって俯いているので、階段は足元しか見えない。一歩一歩ゆっくりと上る。踏み板の軋みも、だんだん慣れてきて気にならなくなった。部屋に戻る。

前は、かわいいピンクの手鏡を持っていた。お父さんが誕生日か何かでくれたものだ。けっこう気に入っていたのだけれど、引っ越しのどさくさでどこかに行ってしまった。いまは百円ショップで買ったミラースタンドを使っている。鏡の前で、ドライアーを使う。冷えかけていた体に熱風が気持ちいい。

乾いていく髪に指を通しながら、

「考え方を変えるのが大事」

と呟く。

そうだ。ものは考えよう。サトルが何かの理由で報橋の過去や未来を知っているのなら、その知識はとても大切だ。価値がある。具体的には、百万円ぐらいの価値があるかもしれない。常井商店街で置き引き犯を見つけ出したように、サトルの「ぼく、知ってる」が水野報告を見つけ出してくれることを想像する。リンカは、賞金は百万円と言っていた。それだけのお金が手に入るのなら、サトルのおかしな言動はぜんぶ棚上げにしてあげてもいい。

そこまで考えて、鏡の中の自分が笑っていることに気づいた。それがまたおかしくて、わたしはひとりでくすくすと笑う。占いもおみくじも大嫌いなハルカさんともあろうものが、賞金に目が眩んでサトルのたわごとを当てにするなんて。

「どうせ、あんなバカは何も知らないんだから」

鏡に向かって、そう言ってみる。

でも、百万円か。

それだけあったら、前の町に帰れるかな。ママに迷惑を掛けず、ひとりで暮らしはじめることもできるかもしれない。少なくとも、ピンクの手鏡を買い直すことぐらいは、出来るだろうけど。

ドライアーを止める。鏡の中の薄笑いも消える。

畳に投げ出していた通学鞄に手を伸ばす。鞄の中でくしゃくしゃになるといけないので、目当てのプリントは国語のノートに挟んでおいた。

それでも、はみ出した部分が少しだけシワになっている。三浦先生からもらったプリントを卓袱台に置き、手のひらで撫でる。さっきはちらりと眺めただけだった。改めて、じっくり読む。


少なくとも四人。そして、死屍累々。

リンカは、タマナヒメは文化祭のシンデレラに過ぎないと言った。そうでありますように。でなければ、死体が多すぎる。明日が待ち遠しい。

顔を上げて、ふと気づく。隣の部屋から音が聞こえてくる。

かさこそという小さな音だ。ぼけっとテレビを見る代わりに部屋にこもって、サトルが何かをしている。四つん這いで壁際まで行く。そっと耳を押し当てる。

聞こえる。なんだろう、この音。たとえるなら紙屑を丸めているような音だけれど。

サトルの部屋には、引っ越しの時を含めてまだ一度も入っていない。何か含むとこ

伝承年	天保12年（1841年）	明治26年（1893年）	昭和52年（1977年）	平成10年（1998年）
タマナヒメ	お朝	戸田芳子	北川佐知子	常磐サクラ
目的	検地の中止	鉄道の迂回（俗説？）	工場誘致（常井工場。閉鎖済）	？
相手	堀井利方（勘定奉行）	浜大輔（県職員）	西河克夫（家電メーカー社員）	？
相手のその後	佐井川に転落、溺死	佐井川に転落、溺死	佐井川に転落、溺死	？
ヒメのその後	投身自殺（馬形峠？）	首吊り自殺	飛び込み自殺	焼身自殺（？）
出典	『常井民話考』ほか	「常井村における鉄道忌避伝説の再検討」（今見・99）	太洋新聞（1977年5月4日）	太洋新聞5月13日ほか。フィールドワーク進行中

ろがあった訳じゃなくて、こればっかりはただの偶然だ。だからこの壁の向こうがどうなってるか、わたしは知らない。

音は長くは続かなかった。続いて聞こえてきたのは、これはもう聞き間違えようもなく、襖を閉める音。するとこの壁の向こうは押し入れらしい。サトルのやつ、押し入れに入れるような物なんて持ってないと思うんだけど。

別に気になるわけじゃないけれど、そういえばサトルには風呂に入れと言わなくてはならない。それに、少しだけ話したいこともある。壁から耳を離して立ち上がる。湯上がりの火照《ほて》りのせいか、ちょっとくらりとした。

廊下に出て、サトルの部屋の前に立つ。わたしの部屋と同じく、出入口は襖になっている。その襖もいったい何年貼り替えていないのか、全体に薄汚れ、ところどころが破れてもいる。いくら相手がサトルだからって、さすがにいきなり入るのは気が引ける。襖をノックすると、ぽふ、と気の抜けた音がした。

「サトル、いるでしょ」

返事がない。もう一度、ぽふぽふと襖を叩く。

「入るよ」

「いいよっ！」

入室を許すだけにしては甲高い、上擦った声だった。とにかく、襖を開ける。

サトルの部屋は六畳で、予想通り押し入れがついている。わたしの部屋と同じ作りだ。勉強机はまだ買っていないので、畳の上にあるのは小さなテーブルと教科書を入れる本棚、それに布団と脱ぎ散らかした服だけ。サトルは布団の傍らに正座して、取り澄ましたような顔でこちらを見ている。ただし、目は合わせようともせずに。

「あのさ、サトル」

「なに？」

「ん。まあいいや」

気にしないことにしよう。

「お風呂、入りな」

「うん」

物わかりのいい返事だ。

やがてサトルの顔に、ふと不安がよぎるのがわかった。

「それだけ？」

わたしが出ていかないのが不思議なのだろう。

一方わたしはというと、迷いを振り払えないでいた。本音を言えば、サトルに訊きたいことがある……。「ねえサトル。あんた、報橋から落ちたっていう大学の先生の話を知っていたの？　知っていたから、あんなに報橋を怖がっていたの？」と。

　でもそれを訊けば、サトルに何かが起きていることを認めることになる。それは嫌だ。目の前の子供はただの八歳児で、弱虫で馬鹿なサトルに間違いないはずだから。

　迷いながら、ようやく口を開いたわたしの質問は、我ながらひどくまわりくどいものになった。

「ねえ。もしもの話なんだけどさ」

「うん」

「あの橋。あんたが怖がってた、あのよく揺れる橋で」

「『むくいばし』だよ」

「知ってるってば」

　つい荒くなりそうな声を、何とか抑える。

「そこから落ちた人がいるって、あんた言ってたよね」

「うん」

　人の気も知らず、サトルはあっさりと頷く。喉の奥から出てきそうになる怒声を、ぐっとこらえる。自分を無理矢理に落ち着かせて、重ねて訊く。

「でね、もしそこから落ちた人がいたとしたら……。どんな人だと思う?」

「知らない」

明らかに変な質問に、サトルはほんの少しも戸惑うことなくそう答える。

その理由はすぐにわかった。こいつ、わたしの話を聞いてない。体を硬くして目を逸《そ》らし、何でもいいからわたしに早く出ていって欲しいと思っている。

不思議なことに、そんな態度を取られたこと自体には、わたしはちっとも怒る気がしなかった。ちらりと上目遣いにこちらの顔色を窺うサトルを可哀想だとまでは思わないけれど、なんだか力が抜けてしまった。サトルに何か隠し事があるのはわかっている。顔からも声からも、座り方からさえも明らかだ。むしろ、どうしたらここまでわざとらしい態度ができるのかが不思議だった。

じっと見ていると、プレッシャーに耐えきれなくなったのかサトルの視線が横に流れた。押し入れを見ている。そこに何かを隠したのはわかっている。それが何なのか問い詰める気はなかったけれど、サトルにとっては不幸なことに、この晩わたしの勘は冴えていた。

「……そういえば、あんたこの前テストがあったって言ってたよね」

「言ってないよ」

図星だ。

わたしが小学校三年生の頃は、もっと嘘も隠し事も上手かった。クラスメートの女子を除けば、誰でも簡単に騙せるような気さえしていた。少なくとも嘘をつくのに、そっぽを向いて早口になるようなあからさまなことはしなかった。小学校の頃、精神年齢の成長は男子の方が遅いんだよとクラスで囁かれていた噂も、いまなら信じられる気がする。

押し入れに向かう。止められるかと思ったけれど、サトルは泣き出しそうな顔をして、石のように固まっている。

そんなに見られたくないなら、隠したいなら、もっと必死に抗うべきなのに。襖の引手に指をかけ、一気に開ける。勢いがつきすぎて襖が柱に当たり、気まずいほど大きな音を立てる。

押し入れの中は、空っぽだった。

本当に何もない。二段の棚になった暗い空間から埃くささが漂ってくるだけで、そこはがらんどうだった。サトルが普段、布団を上げ下ろしして押し入れにしまっているとは思えない。新しい暮らしの日が浅いせいで、サトルの部屋には片づける物さえないらしい。

背中から声がかけられる。

「ぼく、お風呂入りたい」

「勝手にすればいいじゃない」

「ハルカが行ったら、行く」

さっきまでの緊張がすっかり消えて、サトルの声はものすごく生意気だった。馬鹿にされている。こいつは、わたしには秘密を探り当てられないだろうと高を括っているのだ。サトルに馬鹿にされるなんて、そんなことがあっていいはずがない。わたしは膝をつき、押し入れの中にもぐる。サトルの虚勢はたちまち消えて、慌てた声が追いかけてくる。

「何してるんだよ、ここはぼくの部屋！」

「自分の部屋なんて十年早いのよ、夜は一人で眠れてるの？」

言い返す声は押し入れに反響して、くぐもって耳に届く。

しかし何もない。押し入れの床板は薄いベニヤ張りで、傷んでぼろぼろにささくれ立っている。撫でたら棘の二、三本は刺さりそう。隅に埃が溜まっているのが見えるほか、湿っぽい暗がりには何も見当たらない。

「サトルが国語のテストを押し入れに隠した」というところまで見当がついていて、

押し入れに頭まで突っ込んで何も見つけられないなんて、そんな馬鹿な。これはまずい。このまま這い出したら、サトルがどれだけ調子に乗るか想像もつかない。サトルのテストになんてぜんぜん興味はないけれど、見つけないわけにはいかなくなってしまった。

押し入れは二段になっているから上の段にあるってことも考えられるけど、

「ねえってば、やめてよ」

この焦り方からすると、やっぱり下の段にあるはず。……あ。もしかして、棚板の底とか？

そう思って体を捻ろうとしたところで、サトルがいきなり、事もあろうにわたしの足にしがみついてきた。

「やめてって言ってるだろ！」

「ちょ、なにすんのよ！」

パジャマの裾を引っ張られた気がして、思い切り振り返る。

ものすごい音がした。

棚板に力一杯頭をぶつけてしまった。思わず頭を抱えてうずくまる。

何か熱いものにでも触ったように、サトルが素早く離れた。わたしは頭を押さえたまま、顔も上げられない。笑われるな、と思った。ぶつけたのは棚板の角ではなく底板だったので、音は派手だったけれど痛くはない。ただ、サトルが大喜びでわたしの無様な恰好を笑うと思うと、いっそ飛びかかって首を絞めてやりたい。

「ねえ」

目はつむっているけれど、サトルが近づくのは音でわかる。返事もしないでいると、サトルはこう言った。

「ハルカ、だいじょうぶ？　痛くない？」

顔を伏せていたのは正解だった。たぶん、この瞬間にわたしの顔は真っ赤になっていただろうから。

「ごめんね。ハルカ、ごめん」

薄目を開ける。わたしを見つめる眼差しには憶えがある。こんなところで、こんな恰好で、わたしはサトルとママの顔立ちが似ていることに初めて気づいた。

「……なんであんたが謝るのよ」

ようやく出した言葉に、サトルは真面目に答える。

「ぼくが引っ張ったから。ハルカ、こぶ出来てない？」

「大丈夫よ。平気」

「あの……。あのね、ここに隠したの」

そう言うと、サトルはわたしの横から押し入れに潜り込んでくる。小さな体をくねらせ、襖の裏に手を伸ばす。

裏紙は裂けていた。大きく斜めに、見逃しようのない裂け目が出来ている。でもこれを見つけるためには、押し入れに入ってから襖の裏を振り返らなくてはいけない。わたしは、気づいていなかった。

サトルが裂け目に手を入れる。かさかさと紙が擦れ合う音を立てながら、乱雑に折りたたんだ紙を取り出した。

「これ」

いろいろ言いたいことはあるけれど、とにかく、

「狭いから、出てよ」

「あ、うん」

わたしとサトルは、寒々しい部屋の真ん中で向かい合って座った。わたしは膝を崩していたけれど、サトルはなぜだかわたしが部屋に入ったときと同じく、堅苦しいような正座をしていた。

サトルは、手にしていた紙をわたしに差し出した。差し出すといっても、ほんの少

しわたしに近づけただけで、出来れば見せたくないという未練がありありと見えていたけれど。わたしは本当に、サトルのテストには興味がないのだ。でも、サトルの覚悟を無下にするのはさすがに悪いだろう。

受け取って、開く。……六十五点。

ちょっと拍子抜けだ。

「えっ。あんた、これを隠してたの？」

サトルは俯ききって、これ以上は下を向けないというような態勢から、それでも小さく頷いた。

もう一度、テストを見る。漢字の書き取りが全滅。文章の読み取り問題も一つ間違っている。でも、なんというか、ひどいとは思わない。

「六十五点でしょ。そりゃ百点じゃないけど、隠すほど恥ずかしい点数じゃないのに」

「嘘だ」

「なんで嘘なんかつくのよ」

するとサトルはきっと顔を上げ、いつになく勢い込んでわたしを睨みつけた。

「だって、前にバカだって笑ったもん。六十点のテストを見てさ」

記憶を辿る。

「……そんなこと言ってない」

「言ったよ!」

サトルがバカなのは事実なので、どんな場面でバカと呼んだかなんていちいち憶えていない。もしバカと言ったのなら、たぶんテスト以外に理由があったのだろう。わざわざ誤解を解く気もしないけど。

「そう。で、これはあんたなりの埋め合わせってわけ?」

きょとんとした顔をされた。

「埋め合わせって?」

「バ……。えっと、ごめんなさいのしるし、ってことよ」

するとサトルはなぜか胸を張った。

「謝るのは、もう謝ったよ。これはトリヒキ」

「取引? あんた、わたしに何かやってほしいことでもあるの」

「だから……。足を摑んだこと、許してほしい」

やっぱり埋め合わせじゃない。本当にバカなんだから。

とにかく、サトルのテストなんてわたしにとっては紙屑でしかない。

「わかった、もういいわ。これは返す。大丈夫よ、あんたが六十五点を恥ずかしがってることはよーっくわかったから、ママには黙っておいてあげる」

サトルはぶちぶちと「ママはいいんだ」などと呟きながら、テストを受け取る。丸めてごみ箱に捨てるのが一番だと思うけど、たぶんサトルはそうはしないだろう。

それにしても、

「襖の裏なんて変なとこに気づいたじゃない。まさか、あんたが破いたんじゃないでしょうね」

「ち、違うよ」

慌てるところが怪しい。テストを後ろ手に隠しながら、サトルはしどろもどろに弁解する。

「前にもやったことがあるんだよ。それで、押し入れ見てみたら破れてたから、ちょうどいいかなって思って……」

「ふうん」

「入れるときにちょっと破れたけど、でもちょっとだけだよ。元々破れてたんだよ」

「ふうん」

ほんとだよ、とサトルが抗議するのを聞き流し、わたしはゆっくり立ち上がる。湯上がりに変なことをして、体がすっかり冷えてしまった。まだ早いけれど、布団に潜り込んで本でも読もうかな。

そんなことを思いながら背を向けたわたしに、サトルがふと、思いついたように言った。

「あのさ。さっきのことだけど」

「ん？　なによ、もういいって言ったでしょ」

「違うよ、ハルカが訊いてきたんだろ！」

何だったっけ。ぴんと来ないわたしに、サトルは気の抜けたような顔で、あっさりとこう言ってのけた。

「ぼく、誰かが報橋から落ちるなら、おじいさんだと思う。なんとなくだけど、学校の先生」

「……他には？」

「太ってる。ねえ、どうしてそんなこと訊いたの？　ぼく、たぶん、落ちた人を知ってる」

第五章

1

ママの新しい仕事は、土日が休みだという。

本人は、「運が良かったわ。ハルカやサトルと一緒にいてあげられるから」と言っていたが、それは嘘だと思う。ママの仕事はホテルの掃除で、普通に考えてホテルが忙しいのは週末だ。土日こそ人手が欲しいはずなのに休みになっているということは、社長さんというのか店長さんというのか、とにかく偉い人がとても親切でママに気を遣ってくれたか、そうでなければママが頼み込んだのだろう。

そんなママの、または偉い人の配慮は、たぶんあんまり意味がなかった。サトルは朝ごはんの後、間髪を容れずにテレビにはりついたからだ。休みの日の朝は子供向けの番組が多い。サトルは、見るものがなければ、何もわからないはずの俳句講座にだ

って見入る。子供向けの番組なんか与えたら、この世の終わりまでだってテレビの前から離れないだろう。ママが優しく、

「今日はどこかに出かけようか」

と訊くのにも、「うん」でも「ううん」でもない生返事をするだけだ。何でも、いまどきの子はあんまりテレビを見ないという。実際、わたしがそうだ。つまりサトルは、意外と古風な子供なのかもしれない。

リンカと約束はしたけれど、時間も待ち合わせ場所も決めていない。電話しなくてはいけない。のんびりしたくはないけれど、あんまり朝早くても迷惑だ。午前十時まで待つと決める。

風のせいで、建て付けの悪い窓ががたがたと揺れる。ママは自分の寝室に入っていった。引っ越しの荷物のうち、急ぎでないものはまだ片づいていないのだ。わたしは朝ごはんの洗い物を手伝い、それが済んだら、居間でぼうっと十時を待っている。

サトルは、ぽかんと口を開けてテレビから目を離さない。気がつくと、わたしはそのサトルをじっと見ている。

昨夜、サトルは報橋から落ちた人間のことを、太った学校の先生だと言った。その後は、どんなに問い詰めてもそれ以上のことは言わなかった。

五年前に報橋から落ちて溺死した水野忠良は、大学の教授。

なぜサトルが、五年前の事件のことを「知ってる」と言うのだろう。引っ越してくるまで、サトルはこの町に来たことはないはずなのに……。

いや、まだ決めつけるのは早い。サトルの世界は家と学校だけで構成されている。それはわたしも同じだけど。ともかく、サトルに誰か人間を挙げろと言ったら、家族でなければ学校関係者を挙げるのはごく自然だ。最低限、水野教授が太っていたかどうかを調べてから悩むべきだ。それは調べられるだろうか？

「うん。出来そう」

やるべきことが出来た。それだけで、なんだか背すじが伸びた気がした。

待ち合わせは午後三時、リンカの家の前と決まった。

リンカいわくタマナヒメは「文化祭のシンデレラ」だとはいえ、知らない人に紹介してもらうことに違いはない。何を着ていこうかずいぶん悩んだ。いま、ママにはわたしに新しい服を買ってくれる余裕はない。中学校の制服ですら、かなりの負担だったはずだ。だけどわたしの部屋の押し入れには、まだお父さんがいた頃に買ってもらった服が何着か入っている。

「きちんとした恰好をすることも礼儀のうちだ」

そう言って、お父さんはわたしによそ行きの服を買ってくれたのだ。

でも、いざ押し入れから段ボール箱を引っ張り出してみると、今日にふさわしい服はなかなか見つからない。いちばんいい服は、黒いワンピースだ。お父さんはこの服を「葬式用だ。人間はいつ何があるかわからないから」と言って買ってくれた。確かに、その言葉は正しかったのだと思う。時期的に言って、お父さんはあの頃、既に会社のお金に手を付けていたはずだ。まさに、人間はいつ何があるかわからない。

ドレスのようにフリルのついた服もあった。まったくわたしの好みではないけれど、お父さんはわたしが喜ぶと思っていた。いまも着る気にはならない。チェックのスカートも可愛すぎる。それを穿いてしまえば、たぶんみじめな気持ちになる。

結局わたしは、ベージュのスカートに灰色のカーディガンを選ぶ。部屋には大きな鏡がないので、下りていって洗面所の鏡に映す。ひどく地味だけれど、お似合いだという気がした。少なくとも、人に会うのに失礼にはならないだろう。

ママが自分の部屋から出てきて、わたしを見て言った。

「ハルカ、出かけるの？」

「うん。友達と約束がある」

「そう。いいことね」

優しく微笑んで部屋に戻ろうとして、ママは思い出したように振り返った。

「そうそう。外の自転車、まだ使えるみたいよ。使ってみたら？」

前の住人が置いていったらしい自転車が、壁に立てかけられているのには気づいていた。だいぶくたびれていたと思うけれど、あれば便利だ。本当は新しい自転車、できれば薄桃色のものが欲しいけれど、ねだることは出来ない。

「……いいのかな。ひとのものじゃないのかな」

「大丈夫よ」

ママがそう言うなら。

自転車の具合を確かめようと、サンダルをつっかけて外に出た。フレームの色はビリジアンで、好みではないけれど嫌いでもない。ハンドルの金属部分に錆が浮いているけれど、引っ越してきた日に見た印象ほどひどくはない。このぐらいなら許容範囲だろう。サドルは、土埃に塗れてひどく汚れている。ただ幸い、裂けたり穴が開いたりはしていない。拭けばある程度は見られるようになるだろう。問題はタイヤだ。つまんでみると、かなり空気が抜けていた。当然だろう。むしろ少しだけでも手応えがあったことに驚いた。この自転車が放置されたのは、そんなに前じゃないのかもしれない。

結論。リンカとの待ち合わせに乗っていくのは恥ずかしいけれど、移動手段としては使えそう。

自転車は持ってこられなかったけど、空気入れは前の社宅から持って来ている。置き場もなくて、確か玄関に放置してあったはず。取って来て、前にお父さんに習った通りに空気を入れていく。そういえば、空気入れの使い方を教えながら、お父さんはこう言っていた。

「自分のことは自分で出来るようになれ」

おかげで、わたしは自転車に空気を入れることは出来る。ただ、もしこのタイヤがパンクしていたら、それを直すことは出来なかった。自分のことは自分でというのは、どこまでのことを言うのだろう。ママの優しさのおかげで学校に通えていることを知ったら、お父さんは言いつけに背いたと怒るだろうか。

タイヤは問題なさそうだ。運がいい。

それから、小学校で使っていたジャージに着替えて自転車を洗った。このジャージは、汚れてもいい作業着にはうってつけだ。思い出ごと「もう使わないもの」に分類してしまったような気もするけれど。玄関先に蛇口は見つけたけれどホースがない。

仕方がないのでバケツに水を汲んで雑巾で拭いた。最後に乾拭きして、一歩下がって眺める。

「うん。まあまあ」

新品同様と言えば嘘になるけれど、意外ときれいになった。こういう作業は、不思議と気持ちが楽になる。なんだか満足して、元気も出てきた。

これで、どこにでも行ける。その気になれば、前に住んでいた町にだって一人で行ける。

だけど、取りあえず行きたい場所は他にあった。リンカとの約束にはまだ時間がある。わたしは自分の部屋に戻り、ママからもらった地図を広げる。

目当ての場所はすぐに見つかった。

「行ってきます」

と声をかけたけれど、返事はなかった。ママは奥の方の部屋で片づけをしているのだろうし、サトルはテレビの音以外の何も耳に入らないのだろう。

サトルが知っていると言ったのは、五年前の水野教授の死なのか。一晩よく眠って考えてみると、やっぱりそんな馬鹿なことはありえない。全てはサトルのでまかせだと証明するために、わたしは図書館に向かう。

四月も中旬に入っている。カレンダーでそのことは知っていた。だけど自分で自転車を漕いで、カーディガンを通じて肌に当たる風が冷たくないことで、わたしはようやく季節を実感する。冬は過ぎた。いまは春で、いずれは夏になる。放っておけば風向きが変わるなんて、季節っていうのはなんて気楽なんだろう。わたしの冬は、ひどい冬だった。春がそうでないという保証はどこにもないし、そうならないためにあらゆる注意を払わなくてはならない。

ビリジアンの自転車の乗り心地は意外に悪くない。軋む音もしないし、パーツがぐらついたりもしない。全ては快調。

堤防沿いに川上に走る。登校するときより、ずいぶん車の数が少ないようだ。休日に遊びに出かける人は、平日に学校に行ったり会社に行ったりする人よりもずっと少ない。考えてみれば当たり前のことだけれど、なんだか寂しい気もする。子供のうちに毎日学校で勉強するのは、大人になってから楽しく豊かな毎日を送り、休みの日にはたっぷりお金を使った遊びができるようになるため……という素朴な信仰を持っていたこともあった。わたしも馬鹿である。

いつもの鉄橋を渡って、市街地に向かう。橋を渡る間、川面に吹く風はさすがに冷たい。ペダルを漕ぐ脚に力を込めて、一息に渡ってしまう。

ここから左に曲がれば、常井の商店街や中学校に向かう道に入る。地図で見た限り、図書館へはまっすぐ行く方がわかりやすそうだ。そう思って交差点を直進するけれど、まるで知らない町並みに踏み入った途端、やっぱり遠まわりでも知っている道を行けばよかったかなと後悔した。

建物の前面が、大きな包丁ですっぱり切り落としたように平らな家々が並んでいる。多くの家が昔は店だったらしく、大きなガラス戸や灰色のシャッターを備えているところも多い。ペンキがぼろぼろに剝がれた看板に色褪せた青で、「クリーニング　うけたまわります」と書かれているのが見えた。その看板の下を通るとき、汚れた壁には「誠に勝手ながら四月末日をもって閉店いたしました　長年のご愛顧感謝いたします」と書かれた紙が貼ってあった。いまは四月の中ごろなので、去年の貼り紙だろうか。それとも一昨年、ひょっとして三年前？

本屋さんも見つけた。嬉しいと思って近づくと、ガラス戸の先に見える本棚はほとんどがらがらに空いていて、残り少ない本が側板にもたれかかっている。本がなくなりかけている本屋さんというのは初めて見た。これも閉店の準備なのかもしれない。ガソリンスタンドには黄色いロープが張られていた。給油機は埃にまみれ、事務所のガラスは割れている。

「終わってるなあ」

思わず呟いたわたしは、しかし行く手に行列を見つけた。

車が数台、駐車場に入りきれずに道路に列を作っている。駐車場の入口に頭を突っ込んだ車が歩道までふさいでいるので、ペダルを踏む足を止めて念のため減速する。ずいぶん景気がよさそうだけど、何だろう。通り抜けざま、興味津々で顔を向ける。

繁盛しているのはラーメン屋だった。新しさを感じさせる真っ白な看板に、筆で書いたような字体で黒々と書かれた「生駒屋」という店名には見覚えがある。というか、チェーン店だ。前に住んでいた町に、生駒屋は三軒ぐらいあったと思う。

お父さんは、食事は家で食べるのが正しい家族のあり方だと主張する人だった。だから、わたしたちが外食をしたことはほとんどない。それでもたった一度だけ、生駒屋で食べたことがある。お父さんが出張で家を空けた日に、ママが「今日はママにお休みをちょうだいね」と言って、連れて来てくれたのだ。

威勢がいい「いらっしゃいませ」が次々飛び交う店内で、ママはそわそわしながら言った。

「ここに来たことは、お父さんには内緒ね」

その頃のわたしには、ママのお願いを全部聞かなければいけないような引け目はなかった。でも、もし言えばママがお父さんに叱られることはわかっていたし、わたしはそれを望んではいなかった。小さく頷いて、

「わかった。内緒」

と答えた。お父さんにばらしたのは、サトルである。ろくに漢字も読めないくせに店の名前だけはちゃんと憶えていて、お父さんがいるときに「またラーメン食べたい！　いこまやがいい！」と騒いだのだ。その結果は、平手打ち一回で落ちついた。

いまこうして店が繁盛しているところを見ると、時刻は正午に近いのかもしれない。先を急がないと、三時からの約束に間に合わない。自転車のスピードを上げて、邪魔な車の後ろをすり抜けた。

確かこのあたりから左に向かうはずと思いはじめるけれど、地図を見たときはあんなに明白な道順だったのに、いざ道に出るとどこで曲がるのか自信が持てない。下手に曲がって袋小路に入り込んでも嫌だし、どうしようかと思っていたところ、ちょうど折良く「この先　坂牧市図書館」の標識が見つかった。

図書館は町中にあるくせに、まわりにこんもりと木が植えられていて、最初は気づ

かずに通り過ぎてしまった。コンクリート塀ばかりが目立つ町並みの中で、青々と茂る木々に囲まれている様子は、まるでどこかの神社のようだ。

建物自体には、変わったところはなかった。ベージュ色の二階建て。タイル張りの階段が入口へと続いていて、後から付け加えたらしいスロープが階段の脇に作られている。

駐輪場は白枠で囲われているだけで、屋根も何もない。そして、自転車はぎゅうぎゅう詰めに並んで、枠から大胆にあふれ出していた。見たところ、いまも使っているとはとても思えない、ぼろぼろの自転車も多い。いらない自転車を乗り捨てていったという感じだった。これなら、わたしの自転車もそれほど見劣りしない。

自転車から降りて、ふと気づく。そういえばわたしの自転車には、鍵がついていない。こんな場所に駐めて大丈夫だろうか。ただで使っているものだから盗まれてもお金の損にはならないけれど、ここから歩いて帰るのはちょっとたいへんだ。隅の方に目立たないように駐輪して、あまり長居しないようにしよう。

入口は自動ドアだった。外側に一枚、内側に一枚の自動ドアがある。そのドアとドアの間には、鍵をかけられる傘立てや、緑色の掲示板がある。その掲示板を見るともなく見ると、いちばん目立つポスターは、何だかよくわからない青色の曲線の下に太いゴシック体で「高速道路はすべてを救う」と書かれたものだった。そのフレーズの下には一回り小さな文字で、「全市民の団結と情熱が未来を導く　心を一つに　声を一つに　夢を一つに」と書いてある。ふうん、と思って通り過ぎる。

館内は意外に混雑していた。入ってすぐ、子供のわめき声が耳に入る。

「やだあ！　これ読んで！」

「ご本、いやあ！」

見ると、児童書コーナーと掲示された一角に灰色の絨毯が敷かれ、子供たちが座ったり寝転んだりしている。どうやら靴を脱いで上がる場所らしい。図書館ってこんな場所だったっけ。いちおう「としょかんではしずかに」と平仮名で書かれた注意書きも貼ってあるけれど、母親らしい女の人たちが子供を叱る様子はない。ということは、この騒がしさが当たり前になっているのだろう。

児童書コーナーがいくらうるさくても、わたしの目的に差し支えはない。館内を見まわしてカウンターを見つけると、まっすぐそちらに向かう。

カウンターには、貸出の順番を待つ列が出来ていた。一方で返却の方は単に本を置いていくだけでいいらしく、山のように本が積まれている割に人は並んでいない。貸出の手続きをしている職員さんは二人で、どちらもてんてこ舞いしている。返却作業をしているのは一人で、こちらものんびりとはしていない。ただ、カウンターの端にレファレンスと書かれた一隅があった。レファレンスという言葉の意味はわからないけれど、驚くほど大きなメガネをかけたおじいさんが一人、口元を手で押さえながらあくびをしていた。頼りになるだろうか。ちょっと疑わしいけれど、他に暇そうな人はいない。わたしはそのおじいさんに近づく。

「あの」

声をかけると、おじいさんはたちまちしゃきっとして、不機嫌そうに言った。

「なに？　貸出の列はそっちだよ」

「いえ、そうじゃないんです。昔の新聞を見たいんですが」

「昔って言ってもね。今年のなら」

わたしの後ろを指さして、

「そっちにあるから、勝手に見ていいよ」

と言った。

わたしは粘り強く、目的を伝える。

「五年前の新聞が見たいんです。五年前の……」

ポケットに入れていたメモを取り出す。

「五月の新聞を」

おじいさんは顔をしかめた。

「五年前。はいはい、取って来いってことね。で、何新聞を見たいの？」

あるだけ全部と言いたいところだけれど、このおじいさんはどうやらあまり仕事をしたくないらしい。あまりたくさんお願いして舌打ちでもされたら気分が悪い。ポケットからメモを出す。

「ええと……。太洋新聞をお願いします」

「はいはい」

そう言って立ち上がり、背中を向けたおじいさんから、舌打ちの音が聞こえた。どうせ嫌がられるんだったら、やっぱりありったけの新聞を見せてくださいと言えばよかった。

子供の声ばかりが甲高く響く図書館で、わたしは十五分ほど、ぼうっと待っていた。ずいぶん待たされたのでうんざりして、館内を歩いて時間が潰せそうな本を探そうかとも思った。でも、その瞬間にあのおじいさんが帰ってきて、わたしが待っていなかったら何を言われるかわからない。貸出カウンターの女の人が手際よく本のバーコードを読み取っていくところや、返していない本があるせいで貸出を断られた男の人が汚い罵り言葉を撒き散らすところをぼんやり眺めて、待っていた。

おじいさんは、やっぱり不機嫌そうな顔をして戻って来た。手には、大きなファイルを持っていた。

「はい、五年前の太洋新聞」

投げ出すように置くものだから、ばん、と大きな音が響く。

「ここで見ないで、ちゃんと机で見るように」

言われなくても、このおじいさんの前で新聞をめくるつもりにはならない。頭を下げ、ファイルを両手で持って回れ右。おじいさんに少しだけ同情した。これ、けっこう重い。

机のほとんどで、高校生らしい学生がノートや教科書を広げていた。よく知らないけれど、四月の中旬から受験勉強というのは早い気がする。実際、一心不乱に勉強している人は一人も見かけない。ほどなく空席を見つけて、ファイルをそっと置く。椅子に座って、表紙を開いた。

図書館で保管されている新聞というのは、何か特別な処理が施されているのかと思っていた。小さくなったり、きれいで上等な紙に印刷されていたりするのかと。でも少なくとも、坂牧市図書館で手にした五年前の太洋新聞は、単に新聞紙に穴を開けて綴じただけのものだった。ページをめくる。五月一日、二日、十日、十一日、十二日。一九九八年五月十三日、水曜日。載っているとしたら地方面かなと思ったけれど、三面記事になっていた。

川に転落　名誉教授死亡　坂牧市

十二日午後十一時二十分頃、坂牧市の佐井川で、神奈川県横浜市青葉区奈良町、房州大学名誉教授、水野忠良さん(67)が川岸に流れ着いているところを、捜索中の県警坂牧署員が発見した。水野さんは病院に運ばれたが、死亡が確認された。同署によると水野さんは、坂牧市の団体に招かれて同市に滞在していた。午後九時四十分頃、同市報橋から転落する人を見たと同署に通報があり、署員らが探していた。

顔写真が載っている。それを見て、わたしは大きく溜め息をつく。写真の水野教授は、どこからどう見ても、丸々と太っていたからだ。

急いで帰らないと三時の約束に間に合わない。記事のコピーだけは取ったけれど、いますぐに帰っても、お昼を食べる時間が充分にあるかはあやしい。そうわかっていても、図書館を出たわたしの足取りは重かった。

水野教授は広い意味での学校の先生で、太ってもいた。サトルが言った、過去に報橋から落ちたひとの特徴と全く同じだ。

福引き会場での未来視と、報橋の死者についての過去視。偶然だという言葉を、わたしは自分でも信じられなくなってきている。

この町に住むというタマナヒメは、過去と未来を見通すそうだ。でも、そんなのイカサマに決まってる。だってこの町の神様はただひとつ、高速道路だけのはずなんだから。

頭を振る。いけない。ちょっと混乱している。いったん帰ろう。サトルの顔を見れば、あの泣き虫の顔を一目でも見れば、あいつがそんなたいそうな話に関わっているなんて疑いは消えてなくなるはずだ。

そこまで考えたところで、一台の軽自動車がこちらに向かってくるのに気がついた。あぶないあぶない、ここはいちおう駐車場なんだから車が通るのは当たり前だ。あんまりぼんやりしていては、わたしが先に仏さまになってしまう。

すれ違いざま、車の窓に貼ってあるステッカーが目に入った。青で描かれた曲線の下に、太いゴシック体で「高速道路はすべてを救う」。

自分の車に、あんなステッカーを貼っている人もいるんだ。

つくづく思う。水野教授はただ太った先生というだけじゃない。リンカによれば、彼は切り札だった。町の希望だった。そしてこの町のひとたちは、まだその夢を見続けている。

駐車場には軽トラックやワゴン車、ふつうの自家用車やアウトドア向きのごつい車が駐まっている。自転車はどこに駐めたっけ。まわりを見まわす。

そのとき、わたしは気づいた。

いま視界に入っている車。十数台か、二十数台だろうか。その全ての車に、青い曲線のステッカーが貼られていた。

2

三時に待ち合わせたリンカは、学校の制服を着ていた。

着はじめてから一週間も経っていないけれど、制服が学生の正装だということは知っている。顔を合わせた瞬間、わたしは「しまった」という顔をしたに違いない。リンカは慌てたように手を振り、取り繕うように言った。

「あ、たまたまだから」

わたしが通っていた小学校の女子のあいだで、示し合わせてひとりだけ違う服装をさせるのは最大級の悪意を意味していた。それだけに心がぴんと張り詰めて警戒態勢に入ってしまうけれど、リンカはあまりにあっけらかんとしている。

「お昼食べた？」

「あ、うん」

そんな会話にも、裏の意味やほのめかしはなさそうだ。どうやら考えすぎたらしい。ほっと、肩の力を抜く。

「じゃ、行こうか。そんなに遠くないよ」

そう言って、リンカが先に立って歩き出す。

狭い道が好きなのか、それとも広い道が嫌いなのか。リンカがわたしをいざなったのは、またも、板塀に挟まれた路地裏だった。

日差しは遮られ、空気には汚れた水の匂いが混じる。

リンカはしばらくまっすぐ歩き、コンクリート塀に突き当たると右に曲がり、生け垣に突き当たって左に曲がる。わたしはただその後をついていくしかない。

知らない路地裏を歩くうち、次第次第に、奇妙な考えに取り憑かれていく。

ひと一人通るのがやっとの細い道なのに舗装されていて、いま両側には黒塗りの塀が続いている。塀はひざほどの高さから下は石壁になっていて、細いけれど深い側溝が走っている。この間の雨のせいか濁った水が浅く溜まって、流れもせずに淀んでいる。わたしひとりでも、この道にはいることはできただろうか。考えれば考えるほど、それは不可能だという気がしてくる。この町の住人であるリンカが手を引いてくれて、はじめて現れたような気がするのだ。

わたしは、町中にこうした道が張りめぐらされていることを想像する。五年、十年と住んだひと……いや、時間の問題ではない。この町で生まれ育ったひとだけが知る、幾本もの道を思い浮かべる。それはあまりに空想的ではあったけれど、どこへ連れて行かれるともわからずに黒塀の合間を縫って歩いていると、あるいはそういうことがあってもおかしくない気がしてくる。石垣にびっしりと生えた苔や、枯葉の積もった水場と錆びついた蛇口、場違いに新しいアスファルト。それら全てが知らない町に積み重ねられた人間の暮らしの表出のように感じられて、得体の知れない肩身の狭さに襲われる。リンカはわたしに優しい。クラスのみんなにも、わたしを除け者にする気配はいまのところ感じられない。けれど知らない路地は、わたしがこの町にとってただの新入りであり、歓迎する理由はないのだと暗に告げているようだ。

そしてこの町には、わたしの知らない神様がいる。少なくとも、神様だと信じられている存在がある。いや違う、そうじゃない。神様のようなものが存在していると伝える昔話がある、というだけだ。そこを間違えてはいけない。だいいち、いまリンカは、その神様は文化祭のシンデレラに過ぎないとわたしに教えるため、道案内をしてくれているのではないか。

ただ薄暗いばかりの路地にこうも惑わされるのは悔しい。黙っているとどんなことを考えるかわかったものではないので、わたしは道案内に立つリンカに声をかける。

「ねえ、まだなの？」

その声の弱々しさに、わたしは我ながら驚いた。これじゃまるで怖がっていると認めるようだ。リンカはわたしの弱気に気づいたと思う。何しろ鋭い子だ。けれどリンカはちらりと振り返ると、からかいの色はこれっぽっちも見せず、真顔で「すぐよ」と答えた。

道はやがて登り坂にさしかかる。

さっきまでアスファルトの黒だった足元の色は、コンクリートの白に変わる。どんな理由があるのか、坂はコンクリートで舗装されていた。塀や生け垣で遮られていた視界は、一歩一歩上がるごとに開けていく。この町の真ん中に、こんな高台があっただろうか。いま地面から湧いて出たわけもないんだから、あったんだろう。わたしが気づいていなかっただけだ。引っ越してきてからこっち、わたしはどうやら下ばかりを見て歩いていたらしい。

いつまでもそんなわけにはいかない。ぐっと顎を突き出して、登り坂の上を見る。

ここは高台というより、ちょっとした丘になっているようだ。山側には、庭木や街路樹ではない、幹の太い木が何本も残っている。堂々と枝を伸ばすそれらの大木に比べて、飛び飛びに建つ数軒の民家は傾斜地にぎゅうぎゅう押し込んだようで、なんだか窮屈そうだ。平らな土地を使い果たして、それでも増殖する町が、丘の上まで押し上げられたように見える。

白い坂道は、ゆっくりとカーブしながら登っていく。家はあるのに、人の姿はない。夕飯の仕度をする匂いもしないし、子供の声も聞こえてこない。

とても静かだ。わたしとリンカの足音しか聞こえない。

「着いたよ」

不意にかけられたリンカの言葉で、はっと我に返る。

坂道は終わっていた。小高い丘の頂上に、古びた木々に囲まれて、小さなお堂が建っていた。

三角屋根の建物だ。屋根はトタンで、壁は何も塗っていない白々とした木の板で出来ている。雨風に晒されているはずなのに、さほど汚れてもいない。

率直に言って、わたしはちょっと拍子抜けした。あまりに新しく、こぢんまりとした建物だったからだ。

「これが？」

と訊くと、リンカは少しはにかんで頷いた。

「うん」

そして、雑草に紛れて生えているような小さな石柱を、横着に足先で示す。角が磨り減ったその石の古さは建物とまるで釣り合っていない。屈んで目を凝らすと、何とか「庚申堂」という文字を読み取れた。

「ええと、こうもうどう？」

「こうしんどう」

「だと思った」

わたしの返事に取り合わず、リンカは庚申堂の玄関を開ける。木製で横開きの、なんの変哲もない戸だ。

「ユウコさーん、いる?」

ごめんくださいとも言わずにリンカが声をかけると、奥からどたばたと物音が聞こえてくる。障子を開けて、ちょっとぽっちゃりした女のひとが出てくる。

「あれ、リンカちゃん。いきなりどうしたの」

いかにも人当たりよく、にこにこ笑いながらそう言う。その口元にクッキーか何かの欠片がついているのを、わたしは見逃さなかった。

「学校の友達にタマナヒメを見せようと思って。いま大丈夫?」

「へえ。どうぞどうぞ」

するとこのひとがタマナヒメなのか。失礼にならないよう気をつけながら、わたしはさっと視線を走らせる。

中学生ではないだろうけれど、大人にも見えない。たぶん高校生だろう。髪はセミロング、というよりあまり手入れをしていないのか、無造作に伸ばしたら肩に届いたといった感じ。もし何か変わっていることがあるとすれば、上下に白い服を着ていることぐらいだ。上は和服のように前で襟を合わせていて、下は丈が短く脛が三分の一ほど見えている。スリッパを履いていて靴下は紺と赤のストライプで、足下だけ妙に浮いて見えた。リンカは「美人が選ばれる」と言っていたけれど、このひとは美人というより愛嬌があるタイプだ。

白い服のせいで少しは恰好がついているのかもしれない。もしこのひとが高校の制服を着ていたら、ただの近所のお姉さんというだけで済んでしまうだろう。がっかりしていいのか安心していいのかわからなかった。本当にこのひとが、三浦先生が熱っぽく語った「タマナヒメ」なのだろうか。いや、でも、リンカの説明にはぴったり当てはまっている。文化祭のシンデレラ。

「その子がお友だち？」

ユウコさんはわたしにも微笑みかける。わたしは内心を押し隠し、少し改まって、ぺこりと頭を下げる。

「越野ハルカです」

「宮地《みやじ》ユウコ……じゃなくて、タマナヒメって言った方がいいのかな？」

その質問はわたしにではなく、リンカに向けられていた。リンカは大袈裟に肩をすくめ、

「知らないよ」

と言った。

庚申堂の玄関は広めに作られていた。真っ直ぐ突き当たりには襖二枚で仕切られた入り口がある。たぶんあの奥で人が集まるのだろう。わたしたちが「まあまあ、上がって」と通されたのは、玄関の脇にある部屋だった。

畳敷きで六畳。建物の新しさに見合って、畳もまだ青さを残している。控え室みたいなものだと思うけれど、わざわざ床の間がついているのが大袈裟な感じがした。緑色の丸い花瓶には、花びらの大きな薄紫の花と、小さな白い花が活けてある。見たことはあるけれど、どちらも花の名前は知らない。しだれた葉にはまだ水気があるから、たぶん飾られたばかりなのだろう。

部屋の隅に灯油ストーブがある。もう四月なのにあんなものがあるということは、誰も片づけようとしないか、片づける場所がないのだろう。部屋の真ん中には背の低い焦茶色のテーブルが据えられている。どこも新築らしい庚申堂の中で、このテーブルだけはずいぶん古びた重厚なものだ。そしてその上には、クッキーとサラミを盛ったお盆が置かれている。意外ではなかった。

「いま座布団出すね」

ヒメであるはずのユウコさんが、座布団をわざわざ敷いてくれた。テーブルを囲むように三枚。ユウコさんがいち早く障子を背負って座ってしまうと、リンカはどこに座ればいいかわからなくなったようで、ちょっと途方に暮れたような顔になる。結局、

「ま、いっか」

と呟いて床の間の前に座った。残った場所はユウコさんの正面で、わたしはそこに正座する。

座ったばかりなのに、ユウコさんはすぐ立ち上がる。

「あ、お茶」

「いいよユウコさん、長居しないから」

「そう？　でも、もう立っちゃったから」

申し訳ない気がしたけれど、一分もしないうちに戻って来たユウコさんを見て、その気持ちはやわらいだ。わざわざお茶を淹れてくれたわけではなく、ユウコさんが持って来たのはペットボトル入りの麦茶とコップだったからだ。

いちおう、わたしはユウコさんにタマナヒメの話を聞きに来た形なので、教えを乞う身である。あまりお客さん然としているのも感じが悪いかもしれない。

「わたし、やります」

返事を待たず、麦茶をコップに注いで全員にまわす。「ありがとう」と言いながら

コップを受け取ると、ユウコさんは照れたように笑った。

「もらいものなんだけど食べきれなくて。よかったらクッキーとサラミ、食べてね」

食欲はなかった。さっき昼を食べたばかりだし、わたしはほとんど間食をしない。ただ、勧められたのに手も出さないというわけにもいかない。

「いいんですか？　いただきます」

笑顔を作り、小さなクッキーを一枚選ぶ。

遠慮がない間柄だからなのだろう。リンカはかえって手を出さず、

「サラミって、おつまみでしょ。ひどい差し入れだよね」

と笑っている。

「おいしいよ。喉が渇くけど」

つられたようにユウコさんも微笑んで、照れ隠しのように一つサラミを口に放り込んだ。クッキーは湿気っていて、変に甘かった。わたしもサラミにすればよかった。

「それで、タマナヒメを見たいんだって？」

ユウコさんに訊かれて、わたしは不覚にもどう答えていいかわからなかった。ユウコさんはたぶんいいひとなのだろうけれど、ただの女の子を見ても仕方がないからだ。内心はどうあれ「はい」とだけ言っておけば良かったものを、つい言葉が詰まった。

リンカが助けてくれた。

「学校の先生が昔話を教えたらしくってさ。そういう話もあったかもしれないけど、いまのタマナヒメが何してるのか見せたかったの」

「昔話？」

「ユウコさん、知らない？　あたしも実はよく知らないんだけど」

よく見ると、ユウコさんはずいぶんとぼけた顔をしている。首を傾げて、

「ちょっと聞いたことはあるけど……。何かして村を助けたのよ」

などと言っているのを聞くと、ああ本当に知らないんだなと思いそうになる。それとも三浦先生が何かとんでもない勘違いをしているのだろうか。そしてユウコさんは、あまり面白くもなさそうな目で笑った。

「そんなこと知りたがるなんて、面白いね」

少し、嫌な感じがする。ユウコさんだけならクラスメートじゃないから、変な子という烙印を押されても平気だ。でもここにはリンカもいる。

「あの」

と時間を稼ぎ、言葉をまとめる。

「わたし、最近引っ越してきたばかりなんです。それで、早く馴染もうと思って先生

にこの町のことを訊いたら、タマナヒメの変わった話を教えられて……。どこまで本気にしていいのか、迷っていたんです。それでリンカに話したら、本物に会わせてくれるって」

「ああ。転校生なんだ」

「はい」

正しくは、転校はしていないけれど。

テーブルに両肘をつき、リンカが身を乗り出している。

「三浦っていうんだけどさ。これが変な先生なんだよね。何ていうか……。根本的に、学校の先生には向いてない感じ」

「あ、わたしも思ってた」

つい反射的にそう言うと、ユウコさんが声を立てて笑った。

「それじゃわかんないけど、いるよ、向いてないひと」

「辞めた方が生徒のためだと思うなあ。本人のためかも」

言葉のあやというか、会話の上の冗談だろうとは思う。ただわたしは、今度は「わたしも」と言えなかった。常井商店街の立ちまわりの件でいっしょに怒られていれば、リンカも辞めた方が生徒のためとまでは言わなかっただろうなと思う。

三浦先生から話を引き離したくて、わたしは純粋な好奇心を装う。

「ところで、この建物ってずいぶん新しいんですね。お堂なんていうから、もっと古いのを想像していました」

「お堂っていうか、公民館みたいなものだから。建て替えたの。ええと……。四年前かな?」

ユウコさんが言うのを、リンカが「五年じゃない?」と訂正する。わたしはそのまま質問を重ねる。

「宮地さん、タマナヒメなんですよね」

「ユウコでいいよ。うん、いちおうね」

「タマナヒメって何やるんですか?」

するとユウコさんは苦笑いした。

「何って言われると……」

「あの、言いにくければ、別に」

「そんなことないんだけどね。話してもいいのか、目顔で問う。リンカはきょとんとして
わたしはリンカを見た。話してもいいのか、目顔で問う。リンカはきょとんとして
無頓着そうだったので、聞いたことをそのまま言う。

「文化祭のシンデレラみたいなものだって」

笑うかと思ったけれど、ユウコさんは真面目に首を傾げてしまった。

「うーん。どういう意味だろう」

「だから、あの、そういう名前の役だっていうことだと思うんですけど」

「ああ、それならわかる」

頷いて、ユウコさんはほっとしたように表情を緩めた。

「基本的には、二ヶ月に一回の例会で乾杯の挨拶するの。庚申講って言うんだけど」

「庚申講？」

「うん」

「なんですか、それ」

そう訊くと、ユウコさんの目が泳いだ。うろ憶えらしい。

「ええとね。人間の体の中には、三尸《さんし》の虫っていうのが住んでるんだって。それが、六十日に一度めぐってくる庚申の日、人間が眠ってる間に体を抜け出して、天の神様に人間の悪事を報告しちゃうの。すると寿命が削られちゃう……んだったかな。とにかく、その日は三尸の虫が出ていけないように徹夜するの」

「へえ……。それが庚申講なんですか」

報告する係が邪魔されると寿命を減らすのをやめるなんて、なんだか変な神様だ。

「うん」

「もうすぐ、次の例会なんですよね」

「そうだよ。えっと、木曜日」

ちょっと驚いた。

「それって教えてもらっても大丈夫なんですか？」

ユウコさんはきょとんとして、それから声を立てて笑った。

「なんで秘密だと思うの？　庚申の日なんて、カレンダーに載ってるよ」

そうなのか。聞いたこともない言葉だから、隠されてるのかと思ってしまった。興味がないから視界に入っていなかっただけらしい。

「で、徹夜するために皆で集まって乾杯する」

「乾杯って、あの乾杯ですか。お酒持って、『かんぱーい』って」

「そうそう。もちろん、それだけじゃないけどね。大雑把に言うと、『これからもみんなが正直でいれば、今後の発展も間違いないでしょう』みたいなことを言うのね。昔の言葉で読み上げるから、正直言って誰も意味わかんないんじゃないかと思うけど。で、前はタマナヒメもそのまま宴会に残って、飾り物みたいになってたらしいんだけど」

「いまは違うんですか」

　頷きが返ってくる。

「挨拶が終わったら、さっさと帰る。理由、わかる？」

　それはなんとなくわかる気がした。

　お父さんが家にいた最後の正月、酔っぱらったお父さんがわたしにお猪口《ちよこ》を渡した。

「これは縁起物で、お酒じゃないんだ。だからハルカも飲みなさい」と言って、無理矢理お酒を飲ませてきた。そういう礼儀作法みたいなことには妙にこだわるひとだったのだ。お酒はおいしくなかった。後で吐いた。お父さんは笑っていた。

「お酒を飲まされるから、ですか？」

　ユウコさんは、ぱっとリンカの方を向いた。リンカは思いがけない濡れ衣を着せられたように、

「あたし何も言ってないよ」

　と手を振った。

「じゃあ、越野さんが考えたの？　すごいね、その通り。タマナヒメって大体うちの高校の子がやるんだけど、宴会に未成年が出るのはどうかって話になって、警察に怒

られる前にやめようってことになったの」

「他人事みたいに……」

リンカの呟きに、ユウコさんは決まり悪そうに笑う。

「うん。やめようって言ったの、わたしなんだけどね。っていうか、最初の講で一口飲んだら倒れちゃって救急車呼ぶことになって」

「さすがに警察に怒られるよね、ってことになったんだよね」

あっけらかんと話す。確かに、お父さんはこれはお酒じゃないと言ったけれど、どう考えたってお酒はお酒だ。年に一度や二度なら見逃してもらえるかもしれないけれど、隔月でやってて救急車まで来たら、これはもう駄目だろう。

「時代の流れよね。前はお灯明《とうみよう》って言って蠟燭を明かりにしてたらしいけど、それも、もうやめちゃったし」

「火事が怖いですもんね」

「消防署もね。参加者も、わたしの前の代までは『講』って言ってたのに、最近は違う呼び方してるし」

「『チーム』とかですか？」

ユウコさんは笑った。

「ううん。『互助会』。わざわざ今風に変えたのに、別に恰好良くなってないのがポイントかな」

「ですね」

そう言って、わたしも笑う。笑いながら、ユウコさんの話をまとめてみる。

ということは、いまのタマナヒメは何もしていない。昔のならわしの尻尾みたいなものが、切れて落ちそうになりながらぎりぎりでくっついているようなものだ。わたしは、自分の熱がすっと引くのを感じた。やっぱり、そんなものなのだ。わからないことはいろいろある。でも、三浦先生はともかく、わたしはそんなものに興味はない。タマナヒメとはユウコさんのことで、ユウコさんの役目は乾杯の挨拶だけ。そうとわかれば、明日にでもユウコさんの話は忘れてしまうだろう。

表情には出さなかったつもりだけれど、やっぱりリンカには見抜かれた。

「ね？」

三浦先生が言うほど、あなたが思っているほど特別な話じゃないでしょう、という意味だろう。

ユウコさんが言った。

「ところで……。もうちょっとクッキー食べない？　捨てるのもったいないのよ」

3

連れてこられた場所だけれど、高台の上から見下ろせば、自分がどこにいるかはわかった。何のことはない、福引きがあった商店街のすぐ近くだ。アーケード街の飾りが見えている。あんな路地裏ばかりを通ったのは、やっぱりリンカの趣味なのだろう。

「自分で帰れると思う」

「そう?」

リンカは、わたしの帰り道は心配していなかったらしい。生返事をして、わたしの顔をじっと見ている。

「……もしかして、がっかりした?」

わたしは首を横に振る。

「ううん。何でそんなことを?」

「だって」

「むしろ感謝してる。平気なつもりだったけど、やっぱり新しい町に慣れなくて、いろいろ考えすぎてたのかも」

リンカはまだ目を逸らさない。わたしの言葉に、ひとしずくでも嘘が混じってないか見抜こうというように。そして言う。

「考えすぎなのはハルカじゃないよ。うらっち……三浦が変なこと言うからだよ」

やっぱり生徒のためにも辞めるべきだね、とでも付け加えそうだ。わたしは頑張って笑顔をつくる。

「そうだね。ありがとう」

「うん」

「リンカの家のひとも、今度の例会に出るの？」

「あ、うん。たぶんね」

「そうなんだ。いつだったっけ？」

リンカの目が、ふっと泳いだ。

「水曜日。……違った、木曜日」

「そうだったね」

それで話は尽きた。いつの間にか、日も傾いている。つい帰り道である下り坂に目をやると、リンカはすぐにそれを察した。

「あたし、ちょっとユウコさん手伝っていくから。じゃあね」

「うん、ばいばい」

そう言って別れて少し歩き、何となく視線を感じた気がして振り返る。わたしの勘も捨てたものではない。リンカは庚申堂の前からほとんど動かず、わたしを見送っている。小さく手を振るとリンカも手を振り返し、それで思い切りがついたように背を向けた。

リンカはどうして、休みの日にわざわざ機会を作ってまで、ユウコさんを紹介してくれたのだろう。昔話についてわたしが誤解していたって、それをいちいち訂正したくなるほど、リンカがこの町の言い伝えを愛しているとは思えない。

たぶん、わたしの様子がおかしかったからだ。三浦先生の怖い話とサトルのいい加減な話に踊らされ、サトルの予知はこの町のタマナヒメ伝承と関係があるのではなどと変なことを考えて、不安定になっていたのを見かねたのだ。

わたしたちはまだ出会ったばかりだ。それでもあの子は心配してくれた。もし逆の立場だったら、わたしも同じようにできただろうか。

自分はリンカに借りを作りつつある。これは本来なら、警戒すべきことだ。ひとから何かを借りてはいけない。返す当てがない時は特にそうだ。けれどいま、わたしが感じているのは負担ではなく、むしろどこか、嬉しさに近い。

コンクリートで舗装された坂道を、ゆっくりゆっくり下っていく。商店街の適当な場所に自転車を隠して駐めてある。そこまで行けばすぐにも帰れるので、急ぐことはない。それにしても、この丘には数軒の家が建っているけれど、人は住んでいるんだろうか。登りも下りも、誰も見かけない。

がっかりしている、というリンカの指摘は正しくない。わたしはただ、宮地ユウコさんの役目には興味がないというだけなのだ。

少し考えたくて、わたしの歩みはいっそう遅くなる。俯き気味でとぼとぼと、暮れていく丘を下る。

もし三浦先生なら、「もうタマナヒメというのは名前だけの存在になってしまい、宴会の挨拶ぐらいしかやることのないつまらない存在になっている」と決めつけてしまうだろうか。たぶんだけれど、そうはしない。もっと考える。わたしにも、いくつか考えられることはある。

その中で最も根本的な疑問は、ユウコさんは本当のことを話してくれたのだろうか、ということだ。わたしは何の約束もなく、リンカに連れられていきなり上がり込んだだけの「転校生」に過ぎない。ユウコさんがいいひとそうだったからといって、偽りなく全てを話してくれたと考える理由は何もない。いいひとだって隠し事はする。嘘だってつく。仕方のないことなのだと思いながらも、平気で。あのひとは、リンカにすら本当のことを話していないのかもしれない。三浦先生が描いたタマナヒメ像は、素朴というよりむしろ陰惨なものだった。ユウコさんがその昔話を知っていたとしても、中学一年生にはまだ早いと舐めてかかり、教えてくれなかった可能性もあるのだ。

ここまで考えて、不意に自分の心がわからなくなる。

タマナヒメなんて馬鹿馬鹿しい昔話に過ぎないと思っているのではなかったか。わたしはもしかしたら、何でも知ってるタマナヒメに存在してほしいと思っていて、それでユウコさんの話を真に受けないよう耳をふさいでいるのではないか。

占いは信じないことにした。おみくじなんてぜんぶでたらめだと決めつけた。でも、もし心のどこか片隅でタマナヒメを期待しているのなら、わたしはまだ弱い。そんな弱さは命取りだ。改めなくてはいけない。改めなくては……。

視界に手すりが飛び込んでくる。いつの間にか坂の端に寄りすぎていた。手すりから下を覗きこむと、落ちたら確実に死ぬ高さだった。歩きながら考え事をしていて坂から落ちて死んだりしたら、自分の間抜けさが許せなくて地縛霊になりそうだ。下り坂の先に目をやる。

薄暗がりの中、ぽつんと立っている子供がいる。恐ろしいものだ。わたしはその人影をしっかり見定める前から、下腹がむかつくのを感じていた。もう一時間もしないうちに夜になる。夜になったら外にいる勇気なんてないくせに、どうしてこんなところでぐずぐずしているのか、と。

緩やかにカーブを描いて下っていく坂の途中に、サトルが立っていた。ぽかんと口を開けて、まだわたしには気づいていない。

サトルはリュックの肩紐に両の親指をひっかけて、ぼうっとしている。やろうと思えば、気づかれずに後ろをすり抜けていくこともできただろう。取っ捕まえて縛り上げることも簡単そうだ。わたしは声を張り上げた。

「サトル！」

飛び上がるほどびっくりする、という表現は知っていた。けれどわたしはこの時まで、本当に飛び上がってびっくりする人間を見たことがなかった。といってもサトルは上に飛んだわけではない。驚いた猫がするように、横っ飛びに飛びすさったのだ。正直なところ、見ていてちょっと面白かった。

のろまのくせに、サトルの反応は早かった。たちまち生意気な顔で食ってかかってくる。

「いきなりなんだよバカハルカ！」

「馬鹿はあんたでしょ。道の真ん中でぼうっとして。車に轢《ひ》かれたら笑ってやるから」

サトルは自分の足元を見て、どんどんと足踏みをした。

「どこが真ん中だよ」

確かにサトルが立っていたのは、厳密には道の中央ではなかった。多少は端に寄っている。真ん中というのは言葉の綾で、事実ではない。わたしが言い返せずにいると、サトルはやっぱり調子に乗った。道路の、本当の真ん中にかけだして、

「真ん中ってのはここだろ。ここ！」

と得意げな顔をする。

その途端、それまで人の気配もなかった坂道を、原付がすごい勢いで登ってきた。あぶないと言う間もなく、原付は急ハンドルを切ってサトルをかわす。転ぶかと思ったけれど、運転手はコンクリートを軽く蹴って体勢を立て直し、すれ違いざまサトルを睨みつけて走り去る。五十歳ぐらいの男の人だった。その間サトルは身を縮こませ、さっきの素早さが嘘のように固まっているだけだった。

背すじが冷えただろうサトルに近づき、握りこぶしを作って頭の上に振り下ろす。それほど強くしたつもりはないが、サトルは頭を抱え込んだ。喚《わめ》かれたら面倒だと思

ったけれど、意外と素直に「ごめん」と言うのが聞こえたので、わたしも何も言わないことにした。

とにかく交通の邪魔なので、道路の端まで引っ張っていく。そして、痛いのか拗ねているのかそっぽを向いているサトルに訊く。

「で、なんでこんなとこにいるの」

「ママと買い物。時間がかかるから、その辺で遊んでてって言われた」

商店街に来て、ふらふらしているうちに迷い込んだのだろう。

「ふうん。ここでなにしてたの？」

「いいよ。言ってもハルカはどうせ信じない」

だんだん生意気になってくる。そう来るなら、別にどうしても聞きたいわけじゃない。ただ、このあいだまで一人で帰ることも嫌がっていたサトルがこんなひとけのない場所にいるのは普通じゃない。サトルが見ていたものを、わたしも見た。

斜面をコンクリート塀で切り取った、住宅だ。二階建てで屋根は青いトタン葺き。壁はクリーム色だけれど、古い家なのかちょっと黒ずんでいる。庭というほど大きなスペースではないけれど、塀から玄関までは数メートルあいている。そこに背の低い木が植えられていて、これは葉っぱが特徴的なので、わたしにも椿だとわかった。玄関脇にはプラスティックの柄のほうきが立てかけられているけれど、掃く方を下にしてあるものだからすっかり毛が曲がってしまっている。表札には「森元《もりもと》」と苗字だけが出ていた。

こんなところで家を塀で囲む意味があるのかと思うけれど、それを除けば、普通の家にしか見えない。

サトルは単純なので、ひっかけるのも簡単なことだ。わざと意地悪く、

「ああ。なんだ、好きな子の家なのね」

と言ってやると、思った通り顔を赤くして反論してくる。

「ちがうよ、勝手に決めるな！」

「じゃあ何なのよ」

売り言葉に買い言葉で口を割るかと思ったけれど、サトルはなおもためらっていた。何か言いかけては俯き、横目で森元さんの家を見て、聞こえるか聞こえないかの小声で言う。

「ぼく、この家に住んでたと思う」

その言葉を、わたしは自分でも不思議なほど平静に受け止めることができた。

「そう？　いつごろ？」

わたしが頭ごなしに否定しないのが、よほど意外だったのだろう。サトルはかえってもごもごと喋りづらそうに、それでもこんなことを言った。

「憶えてない。でも……。この家だと思う。ねえハルカ、ぼくがこの家に住んでいたか、ハルカは知らない？」

「わたしが知るわけないでしょ」

お父さんとママが再婚する前のことは、わたしは何も知らないのだ。サトルの実の父親がどんなひとだったか、どこに住んでいたのか。でもはっきり言えるのは、

「ママは、あんたが前にこの町に来たことはないって言ってたじゃない。それともあんた……」

ママの子じゃないの？　とあやうく言いかけて、言葉を引っ込める。こいつを馬鹿にするなら、もっと別の言葉もあるはずだ。

「……他に憶えてることでもあるの？」

首をひねって、

「壁に紙が貼ってあった」

「紙って」

「『あいうえお』を書いた紙。平仮名と片仮名で」

「五十音ってこと?」

曖昧な頷きが返ってくる。

「他には?」

「トイレの鍵が壊れてた」

「トイレのドアの鍵?」

首を横に振る。

「ううん。窓の鍵」

ずいぶん具体的だ。前の社宅の記憶と混じっているのではと疑ったけれど、あのアパートのトイレの鍵には別段異常はなかったと思う。

「それから、よく遊びに行った」

「どこに」

「憶えてない。森の中みたいな所」

「ママと?」

サトルはじっと考え込む。

「たぶんひとり。でも……ハルカと遊んだ」

「バカ。わたしとあんたが会ったのは、この町じゃないでしょ」

馬鹿と言われると向きになるサトルが、今日は神妙だ。

「……うん。じゃあ、ハルカじゃなかったのかな」

「どんなひと?」

「女のひと」

当たり前じゃない。いくらなんでも男のひとと遊んでいて、それをわたしだと思うなんて失礼すぎる。

「それから……何かを守ってって言われた。だいじなものだから、取りに行くまで守っていてって。あれ、誰だったのかな。ぼく、どうしたんだったかな」

この間の常井商店街での件とはずいぶん違う。サトルは今日、怯えることも騒ぐこともなく、じっと自分の記憶に向き合っている。テレビの見すぎよ、と言ってやりたいけれど、生意気にも真剣そうなその顔に、茶化す気をそがれた。

「似た家じゃないの。悪いけど、どこにでもある家よ」

水を向ける。サトルにしても、強い自信があるわけではないらしい。

「そうかも」

ぽつりとそう言うと、森元邸から目を背けてしまう。

何かが明滅した。振り仰ぐと、街灯が点っている。空の色は赤みを失いつつある。

……それに、サトルの記憶がどうであれ、ここは他人の家の前だ。あまりじろじろ見続けるわけにもいかない。

「そろそろ行くよ、サトル」

「でも」

「きっと、ママが待ってる」

サトルは明らかに未練があるようだ。だけど顔を上げてはじめて、夜が近づいていることに気づいたらしい。その顔にいつもの臆病さが戻って来る。

「うん。帰る」

そうして、わたしの服の裾を掴もうとする。身を翻してそれを避けると、わたしは先に立って歩き出す。

夕暮れの終わりから夜の始まりまで、少しだけ時間がある。

自分の方向感覚に自信はあるけれど、知らない道を歩いていることには違いない。商店街に続く道には、古い看板があちこちに残っていた。「洋裁店」「畳」「布地のことなら」。でも、お店はどこにもなかった。あるのは、空っぽのショーウインドウと灰色のシャッターだけ。時折、前かごに買い物袋を積んだ自転車が、すぐ横を走り抜けていく。

ずっと考えていた。サトルはあの森元家に住んでいたことがあるという。全てを思い違いと片づけられるだろうか。サトルがすぐ後ろについてきていることを確信し、振り返らずに言った。

「ねえ」

「うん」

返事は思った通り、すぐ後ろから聞こえる。もう少し離れて歩けと怒鳴りつけたいところだけれど、いまは大声を出さずに済むから見逃してやる。肩越しに訊く。

「あんた、どうやってあの家を見つけたの？」

あの場所は、サトルの通学路ではない。通りすがりに「もしかして」と思ったわけではないのだ。まるで、あそこに旧居があると知っていて探しに行ったようだ。

何か話す声が聞こえてくる。

「……でね……から……」

聞こえない。

「聞こえないよ」

「だから、ぼく」

「いいから、隣に並んで喋って」

歩を緩め、横並びになる。わたしを見上げるサトルとは目を合わせず、「さあ」と言葉だけで話を促す。

「だからさ」

と前置きし、サトルはもう一度話しはじめる。

「学校でコンパスがいるんだ。でも、ぼくそんなの持ってないでしょ。ハルカに借りるって言ったけど、ママはハルカも使うものだからって言うんだ。ハルカ、中学生はコンパスなんて使わないよね」

「使うよ」

「そっか……」

要領の悪い話し方にいらいらしそうになるが、ぐっと堪えて先を待つ。

「それで、せっかくの休みだから出かけようってママが言うから、コンパスを買いに行こうって思ったんだ。学校の近くにも売ってるお店はあるんだけど、あそこのばあちゃん恐いんだ。なんていうか……。見てる間に死んじゃいそうで」

「そう簡単に死なないわよ」

「ハルカは見てないから言えるんだよ」

「わかったから。あんたやっぱりバカでしょ。どうしてあんたはあの青い屋根の家まで行ったのかって訊いてるの。あんたのコンパスの話なんて、この世で一番どうでもいいの」

「だからいまからその話をするんだろ！」

わたしは眉を寄せ、鋭く言う。

「大きな声出さないで。近所迷惑でしょ」

サトルが黙ると、静かな中に換気扇がまわる音、何かを炒める美味しそうな音が流れているのがわかる。商店街は寂れ店は閉じても、ひとは住んでいて、ご飯を食べる。

「で？」

ちょっと厳しく言うと、サトルはすぐにしょぼんとなる。

「……そう言ったら、ママが商店街で買い物があるから、一緒に行こうって言ったんだ。本当は、ここに来るのは嫌だったけど。そしたらカブトムシの看板があって」

「カブトムシ？」

「うん。これぐらいの」

と、サトルは手を大きく広げてみせる。一メートルか、もっとあるかもしれない。

「お店の看板なのかな」

「知らないわよ。何か書いてなかったの」

「書いてあるけど、読めなかった。たぶん中学校で習う漢字なんだ」

さりげなく、国語の成績が悪いから読めなかったのではないとアピールしている。聞き流す。

そして、サトルの話し方がだんだんと変わっていく。自信のない、どこかあやふやなものに。

「それで、前にそのカブトムシ見たことがあって……。このあいだ商店街に行った時じゃなくて、もっとずっと前。それで……。このカブトムシの先に、家があるような……そんな気がした」

「カブトムシの先に?」

ほとんど消えてしまいそうなほど小さな返事。

「うん」

もっとはっきり話せ、と言おうと思い、わたしはサトルを見下ろす。そこで、見上げていたサトルと目が合った。泣き出しそうなのでも、怖がっているのでもない、ただ不安だけが描き出されたような顔。この時のサトルは、見ているだけでこちらまでおぼつかない心持ちに引きずり込まれそうなほど力のない顔をしていた。

ああ、こいつは自分の言うことを、自分でも信用していないんだ。確かに見たような気がする、見覚えがあるというだけで、誰も「そうだね。確かにあんたはあれを見たし、知ってもいるよね」と保証してくれない。わたしだって、サトルの言うことはただの既視感で説明出来るんだろうなと思っている。でもその一方、全部を簡単に説明する魔術的な言葉があることも知っている。――タマナヒメ。

やがて黒に変わるはずなのに、空の色は群青のまま耐えている。出ている月は堂々と太く、薄い雲を照らしてぬけぬけと居座っている。

タマナヒメの昔話に、自分がどうしてこれほど執着しているのか。三浦先生はタマナヒメに未来を見る力はなかっただろうと言い、リンカが紹介してくれたタマナヒメはただの宴会係だった。いまわかった。わたしは話を聞くたびに心のどこかで、そんなのは本当のタマナヒメじゃないと思っていたのだ。

やはりわたしは、タマナヒメに存在してほしいと思っている。正確には別にタマナヒメでなくてもいい。この先どうなるか知っているひとを渇望している。

いま、サトルは自分のことで精一杯だ。だから何を言っても、きっとすぐに忘れてしまうはず。そんなあまりにあやふやな「計算」に基づいて、わたしはそっと、サトルに尋ねる。ずっとしまっていた質問を。

「ところでサトル。あんた……」

「うん」

「わたしのお父さんが帰ってくるか、知ってる？」

いきなり外国語で話しかけられでもしたように、サトルはきょとんとした。何を訊かれたのか、その馬鹿な頭で理解するには時間がかかるようだ。

それとも、答えが返るまでのほんの僅かな時間を、わたしが勝手に長く感じただけだろうか。

忘れて。聞かなかったことにして。そう言おうと口を開く。

その時、サトルは大きく頷いた。

「知ってる」

「……」

「帰ってくるよ。パパはぜったい、帰ってくる。ぼく知ってるもん」

わたしはサトルの頭に手を置く。叩かれると思ったのか、サトルがびくりと体をこわばらせるのにも構わずに。

屋根つきの商店街に入る。

「ママはこっちだよ」

と言って、サトルが駆け出す。それを走って追いかける気もせず、わたしはまわりを見まわす。

確かに、曲がり角にカブトムシ型の看板があった。書かれている文字は「悉皆　左入ル」。

うん。読めない。

第六章

1

土曜日の朝、サトルはテレビに張りついていた。

日曜日はもっと強烈になる。台車か何かに載せてテレビを引っ張ったら、そのままサトルも床を滑ってくるのではと思うほどだ。いまさらサトルを叱ってやる義理なんてないのだけど、さすがにちょっと目に余ったので一言言ってやる。

「あんた、目が悪くなるよ」

番組がちょうどいいところだったらしい。ぴかぴか光っている変身ヒーローから目も離さず、サトルは平板な声で答えた。

「ちゃんと離れてるもん」

確かに、テレビを見るとき、サトルは割と長めに距離を取る。前に住んでいた社宅は居間が狭すぎて、なかなかテレビから離れることが出来なかった。いまの家は、物がないということもあるけれど、充分に離れて見られる。

わたしはその姿を、何とも言えない気持ちで見ていた。テレビから離れるよう厳しくしつけたのは、お父さんだ。お父さんは、サトルがテレビを見ること自体には何も言わなかった。自分が気に入らないことは全て悪いことと考える人だったから、たぶんお父さん自身もテレビ好きだったのだろう。ただし、二つのことだけは守らせた。一つ、テレビからは一メートル半離れること。一つ、食事中はテレビを消すこと。サトルはいまも、この二つをきっちり守っている。

ママが掃除機をかける間、わたしが洗濯物を干す。外に物干し台があって、塗装が剝がれかけた物干し竿に干していくのだけど、竿の位置が高いので背伸びをし続ける必要がある。三人分の洗濯物を干し続けていると、ふくらはぎが痛くなっていた。

掃除機をかけるママも、楽ではなさそうだ。いま家にある掃除機は、お父さんが「安物買いの銭失いと言うだろう」と主張して選んだ、大きくてがっしりしたパワフルなものだ。確かにゴミはよく吸うけれど、とにかく重い。社宅に住んでいた頃は「重いなあ」で済んでいたけれど、あれを二階まで持って上がるとなると重労働だろう。いつか宝くじが当たったら、あるいは百万円の賞金がかかった水野報告を見つけられたら、ママにスティック型の掃除機を買ってあげたい。わたしの新しい自転車と手鏡の次ぐらいに。

サトルの靴下を洗濯ばさみに留めながら、なにがあっても、どんなことを思っても、生活は止まらないんだなと思った。胸が潰れるほど悲しくても、いつまでもご飯を食べないわけにはいかない。新しいママが気にいらないと部屋にこもっても、いつかはトイレに出て行く。

昨日、わたしは十時になるのを待ってリンカに電話をかけた。

そして今日、十時になるが早いか電話機が鳴った。わたしは自分の部屋に戻って、宿題でもやろうかなと鞄を開けたところだった。電話を取ったのはママで、一階から呼ばれた。

「ハルカ、電話よ。在原さんから」

なんだろう。ぎしぎしと軋ませながら階段を下り、電話に出る。なんだか弾むような声が聞こえてきた。

『もしもしハルカ？　今日、暇？』

英語の宿題がたっぷり出ているけれど、同じクラスなのだからリンカもそれは承知のはず。受話器を持ち替えてあっさりと、

「うん。暇」

と嘘をつく。

『ほんと？　よかった。あのさ、今日、フリーマーケットがあるの。一緒にどうかなあって思って』

フリーマーケットは、前に住んでいた町で一度行ったことがある。ドーム球場を借り切った大規模なイベントで、思い出すといまでも胸の奥がふっと温かくなるほど、楽しかった。

「行く。何時？」

『よかった。焼きそばとかのお店もあるらしいし、早めに行って向こうでご飯食べない？　十一時だと、早すぎるかな』

わたしは部屋着だし、髪も梳かしていない。一時間では厳しそうだ。

「十一時半にしてもらえる？」

『そうね。考えてみれば、あたしパジャマだった。じゃあ十一時半に、文化会館でね』

後でね、と言って電話が切れる。受話器を置いて、まずは地図に取りついた。リンカは勘がいいと自称して、ときどきすごい切れ味を見せるけれど、わたしがこの町に引っ越してからまだ十日ほどだということは忘れていたらしい。

幸い、文化会館の位置はわかりやすかった。昨日行った図書館の斜め向かいだったのだ。気づかなかった。天候は晴れ。申し分なく晴れ。風はない。いい日曜日になりそうだ。

一日乗っただけで、なんだか自転車のカラーリングにも慣れてきた。昨日はビリジアンが恥ずかしくてリンカに会う前に下りたけれど、今日はまあいいかと思って、そのまま文化会館に乗りつけた。

大きなポールの上に時計があって、時刻は十一時二十分を指している。早く着いてしまった。自転車置き場はほぼ満車で、駐車場は閉鎖されている。というか、その駐車場でフリーマーケットが開かれているのだ。ブルーシートにビニールシート、茣蓙《ござ》なんてものまで広げて、本棚、ハンガー、タンスがずらずらと並んでいる。あれこれ見るのはリンカと会ってからのお楽しみにしようと思って、敢えて賑わいから視線を逸らせて文化会館のまわりを散歩した。

駐車場を会場にしている都合からか、歩いて来る人が多い。昨日行った図書館は、少し離れて見ると本当に木々に囲まれていて、あれを一度は見落とした昨日のわたしは悪くなかったと、改めて思う。

敷地の一隅に、大きな石が積んである場所があった。子供の頃はこういう場所に登るのが好きだった。いまはさすがにそうでもない。石積みの中央には石碑が建っていた。文字が刻まれているけれど、赤黒い石に浅く彫られているので、よくよく目を凝らさないと何が書いてあるのかわからない。

探してみるけれど、リンカはまだ見当たらない。約束の時間まで、まだ五分ほどある。暇つぶしに石積みに近づき、それを読んでみた。

ここに我らの里があった

佐井川流域一帯は、常井と呼ばれた里であった。その歴史は古く、風土記の逸書にも地名が見られたという。古来より農産が盛んであり、豊かであった。里人の間で堅く結ばれた絆の下、神を祀り、仏を拝み、媛を敬って暮らしてきた。しかるに近代産業の勃興に対しては必ずしも機を見るに敏ならず、昭和二十八年、国策の下で合併を受け入れることとなった。その名は市制に残らずとも、常井はここにあった。子々孫々に至るまで常井の精神風土が末永く伝えられていくことを願い、新生坂牧市において常井の民が名誉ある地位を占めることを願う。

「ハールカ!」

いきなり声をかけられ、肩に手を置かれた。わたしは悲鳴を上げ、身を竦ませる。

その肩越しに、リンカがにやけ顔を見せた。

「そんなにびっくりした? こっちが驚いたよ」

「ああ、リンカ」

不意を衝かれたとはいえ、いまの悲鳴は恥ずかしい。まわりを見ると、何事かとこちらを見ている視線がいくつもあった。思わず声を殺してしまう。

「もう……。やめてよね」

「あは、ごめんごめん。つい、ね。なにこれ?」

そう言って、リンカはわたしが読んでいたものを読む。とても読みやすいとは言えないはずなのに、リンカは一瞥しただけで内容を把握した。苦笑して、

「悔しかったんだね」

と言った。

あきれたような表情は、わたしにも向けられた。

「しっかし、渋いね。なに読んでるのかと思ったら、石碑なんて。こんなのがあるなんて、あたしも知らなかった」

頬が熱くなった。

「読む物がなかったから……」

「あれ。ハルカって、活字中毒？」

そう言ってからリンカは首を傾げ、「これは活字じゃないけど」と細かいことを付け足した。

わたしはかぶりを振って、

「そんなことない。たまたまよ、たまたま。待ってるのも暇だったし」

「ふうん。お待たせして申し訳ありません」

「あ、違う、そういうことじゃないの。わたしが早く来たから……」

勉強は嫌いじゃないけれど、本はそれほど読まない。というより、そんなイメージを広められたら、学校で何を言われるかわからない。大慌てするわたしを、リンカはひとの悪い笑みで見ていた。

「ま、なんでもいいけど」

そして、その笑顔のままで言う。

「ただ、好奇心は猫をも殺す、って言葉もあるからね」

「え？」

「でも、どうして猫が死ぬんだろ。あんまり嗅ぎまわると、かわいい猫でも殺したくなるってことかな」

冗談めかすと、くるりと回れ右をする。

「出店、向こうに揃ってたよ」

ねえ、いまのなに？　好奇心は猫をも殺す。それ、どういう意味で言ったの？　リンカの背中に、なんとなく手が伸びていく。だけどわたしは、なにも言うことが出来ない。

リンカがあまりに軽々と、フリーマーケットの雑踏に入り込んでいったから。

駐車場の端に、白いテントが並んでいる。食べ物のお店が出ているのだ。焼きそば、たこ焼き、お好み焼き。うどんやそばに、ラーメンもあった。フランクフルトや綿菓子を売るお店もあって、さながらお祭りのよう。

ただお祭りとは、お店の人の雰囲気が違った。近所のおじさん、おばさんが慣れない手つきでお店をやっているといった感じで、「あらあ、お会計いくらだったかしら」「ちょっと待って下さいね。ちょっと、ちょっと待って下さいね」などと落ち着かない声が飛んでいる。素人っぽい分、値段もお祭りよりずいぶん安いのが嬉しい。ママに無理を言ってお小遣いをもらったけれど、出来れば一円でも多くお釣りを返したいところなので。

わたしは焼きそばにした。リンカが後ろに並んでいるので、てっきり同じものを注文するのかと思ったら、

「おそばください。ネギ抜きで」

と聞こえてきた。

飲食のスペースとして、白いテーブルとパイプ椅子がいくつか用意されていた。でも、どの椅子もお年寄りで占められていて、座る場所がない。仕方がないので、わたしとリンカは近くの植え込みに向かった。植え込みの外枠が煉瓦で出来ていて、座るのにちょうどいい高さなのだ。

箸を割るリンカを見て、おかしくなった。

「人のこと渋いって言ったくせに、リンカも渋いよね。おそばなんて」

「そうかな?」

きょとんとして、リンカは言う。

「そういう意識、ないんだよね」

考えてみれば、それはそうだ。リンカの実家はおそば屋さんだった。

リンカのおそばに、具はわかめしか乗っていない。なんだか寂しげだ。

「ネギ、苦手なの?」

と訊くと、リンカは「うーん」と唸った。

「たまたま、かな?」

ネギ抜きって、たまたまでお願いするようなことだったっけ。もしかしたらわたしの手前、においを気にしたのかもしれない。

わたしの焼きそばもリンカのかけそばも、お昼一食分には少し少なめだった。とはいえ、小食アピールは女の子のたしなみ。二人とも、自分から「足りなかったね」とは言い出さない。

「じゃ、見てまわろっか」

リンカが言うのに頷いて、立ち上がる。

さっきまではそうでもなかったのに、十二時を過ぎて急に人が増えてきた。がやがやという喧噪も、だんだん大きくなってきたようだ。

前に住んでいた町のそれに比べて、この町のフリーマーケットの規模は小さい。それは仕方がないだろう。坂牧市の方が小さいのだから。

だけど少し歩いただけで、わたしは内心、ちょっと失望してしまった。

売られている古着は、本当に古くて生地がよれよれになっている。肌色のシャツを見た時には、目が丸くなった。肌着を古着として売るなんて考えたこともない。古本を売る人もいるけれど、どれも少し前に流行った本ばかりで、へえと思うようなものは見つからない。

雑貨が一番多いようだけれど、どれもなんというか、あまりセンスがよくない。しかも、いくらなんでもそれを人に売るのかというような、壊れたり欠けたりしたものをよく見かける。

日曜日に友達とフリーマーケットに来ているという行為そのものは楽しいけれど、買い物を楽しむという感じではない。それにそもそも、あんまりお金も持っていない。なにか少しでもいい物を見つけたら、リンカと「これかわいいね！」と盛り上がれるのに、そのきっかけをなかなか見つけられないでいた。

「ふうん……」

リンカが意味ありげに呟く。いい物がないと感じているのは、リンカも同じなのかもしれない。何となく間が持たずにうろついていると、リンカがふと足を止めた。ポケットから携帯電話を出して、

「ちょっとごめん」

と電話に出た。口元を手で覆って話しはじめるけれど、そんなに声をひそめているわけでもなく、内容はすっかり聞こえてしまった。

「……いまから？　だって、友達と……。いや、そうなんだけどさ。駄目なの？　だって……。うん、そうだね……」

雲行きがあやしい。盗み聞きみたいにならないよう、強いて明後日の方向を見ていたわたしに、電話を切ったリンカが手を合わせてきた。

「ごめん。出店の方で手が足りないみたい。ひとり、急にお腹痛くなっちゃったんだって」

手が足りないって、

「じゃあ、あの出店も商店街の人たちなの？」

「商店街っていうか、互助会の方。うん、そうなの。代わりの人は呼んだっていうけど、何しろ食事時でしょ？　穴を開けられないみたいで……。このフリーマーケット自体、急に決まったイベントでさ。運営ぼろぼろなんだよね。こっちから誘っておいて、ほんとにごめん。三十分だけ、そのへん見ててくれないかな」

正直、愉快ではなかった。でも緊急事態なら仕方がない。

「わかった。頑張ってきてね」

そう手を振る。心が広い、おおらかなハルカさんを演じ切れたと思う。

ぺこぺこ頭を下げながらリンカが行ってしまうと、手持ち無沙汰になった。ここまではハズレばかりとはいっても、まだ全部のブースを見てまわったわけではない。もっとよく見れば掘り出し物もあるかもしれない。だけどどちらにしても、予算は皆無に等しいのだ。お金もないまま冷やかしを続けるのも虚しい感じがする。

わたしはふと、文化会館の方を見た。

フリーマーケットにばかり気を取られてよく見ていなかったけれど、文化会館はかなり立派な建物だった。打ちっ放しのコンクリートとガラスを大胆に使った、いかにも「デザインしました！」といった感じのデザイン。雨が染みてまだらに汚れたコンクリート打ちっ放しの建物を見たことがあるけれど、この文化会館はまだ目立つ汚れもない。ということは、まだ割りと新しいのかもしれない。

建物鑑賞の趣味はないけれど、中に入れば自動販売機ぐらいあるかもしれない。入口のガラス戸に足を向ける。

実はちょっと、トイレにも行きたいのだ。

日曜日で閉館してる可能性が頭をよぎったけれど、自動ドアは無事に開いてくれた。

ど広かった。

エントランスホールは三階まで吹き抜けになっていて、バレーボールが出来そうなほ

ただ妙にひっそりしていて、照明も暗い感じがする。まだ昼間だし、特にイベントもないようだから、節電しているのかもしれない。正面に案内カウンターがあるけれど、誰もいなかった。

とりあえずトイレを探す。たいていの建物でそうであるように、トイレへの順路は大きくわかりやすく表示されていた。エントランスホールのすぐ隣だ。

ところが、なんと掃除中だった。「清掃中　しばらくお待ちください」と書かれた立て看板の中で、やけに可愛らしい掃除係のイラストが頭を下げている。ほかに人の気配もないのに、どうして掃除だけはいまなのかと思うけれど、考えてみれば、イベントで混み合う時間帯に掃除されるよりはずっといいのかもしれない。

まだ切迫はしていないけれど、当てにしていたトイレがふさがっているというのは心理的なダメージが大きい。でも、これだけ大きな建物で一ヶ所しかないということもないだろう。ホールから奥に進み、見つけた階段を上って行く。

ホールはタイル張りだったのに、階段だけは絨毯が敷かれていた。毛足は短いけれど、足音が消える。ゆっくりと上っていく。少し高いところに行くと、ガラス張りの

天井から差し込む日光が、柱のようにエントランスホールに差し込むさまがよく見える。つくづく、凝った建物だ。

「だけど、ねえ」

と呟いてしまう。

文化会館は新しくて立派な建物。でも、四月の気持ちよく晴れた日曜日に、何のイベントも開かれていない。駐車場はフリーマーケットで賑わっているくせに、中はがらんどう。これはどういうことなのだろう。

まあ、駐車場が使えない状態でイベントを開くわけにもいかないだろうけど……。

二階に上がる。廊下は再びタイル張りになる。壁はガラス張りで、とても明るい。人の姿は見かけない。灰色の案内板が白い壁に埋め込まれていた。この先に喫煙・休憩コーナーがあって、トイレはその先にあるようだ。まさか全館一斉に掃除するわけもないだろうし、今度は大丈夫だろう。

そうして歩き出して、角を一つ曲がる。すると、行く手の真ん中に何か落ちているのを見つけた。黄緑色の紙だ。何だろうと近づくと、掲示板がすぐ近くにあるのに気づいた。掲示板からはがれて落ちたのだろうか。だとすれば掲示物なのだろうけれど、裏向きに落ちていてわからない。放っておいてもいいのだけど、なんとなく気まぐれで拾って、表を見た。

「……ん？」

思わず、そう呟いてしまった。

黄緑色の紙に書かれていた言葉は、『誘致を考え直す会　開催のおしらせ』。わたし、これをどこかで見ている。どこだったかなあ。文面を眺めながら、しばらく考える。家の近所にも市の掲示板はあった。そこだろうか。でも、そんなものをゆっくり見たことはなかったし……。

見ているうち、他のことにも気づく。『とき・四月十三日(日)午後五時から　ばしょ・坂牧文化会館』。今日、ここでやるんだ。駐車場の片づけは間に合うのかな。他人事ながら、そんなことが気になってしまう。

チラシの四隅は破れていた。画鋲で留めていたけれど、何かの拍子で引っ張られて破れたのだろう。いまなら誰も見ていない。誰も見ていないなら、小さな親切を冷やかされる心配もない。掲示板には、画鋲がいくつも残っている。わたしは拾ったチラシを、掲示板に貼り直した。

一歩下がって、出来映えを見る。ちょっと斜めになっている気がする。もう一度外して、掲示板の外枠と平行になるよう気をつけながら、もう一度貼る。今度は上手く貼れた。

「これでよし、と」

いいことをしたというほどの善行ではないけれど、なんとなく満足する。大きく息を吸う。

空気に、タバコの匂いが混じっている。

この先に喫煙コーナーがあるのだから、そのせいだと考えるのが自然だ。だけどこのとき、わたしは直感した。先じゃない、後ろだ。来た方を振り返る。

目の落ち窪んだ男が、廊下の曲がり角に立ってわたしを見ていた。灰色のスーツを着ているけれど、白いシャツにはネクタイがない。正面からでもわかるぐらいの猫背だった。なぜかすぐ、通りすがりではないとわかった。男はわたしを見ていたのだ。

いつから？　この建物に入ったときから？

男はゆっくり、こちらに近づいてくる。変質者という言葉が頭をよぎる。走って逃げるべきだろうか。でもそうしたら、男も走って追いかけてくるんじゃないか。わたしは足の速さには自信がある。だけどこの文化会館の作りは知らない。階段は、いま男が立っている方向にある。

いざとなれば、ぶん殴って逃げよう。そう思って身を固めるわたしに、男がぼそりと言った。

「……それ、あんたが貼ったのか」

男の視線は掲示板の方を向いている。中でも、いまわたしが貼った『誘致を考え直す会』のチラシを見ている。

わたしは、慎重に答えた。

「そうです」

「そうか」

窪んだ目が、今度はわたしを見る。意志のない、ぼんやりした目。間近でその目を見て思い出した。このひと、万引きしたひとだ。リンカに町を案内してもらった日、八百屋さんの店先で何かを盗んだ。リンカは名前も言っていたはずだ。確か……マルさん。

マルさんは、その無関心そうな目で、わたしをじっと見ている。落ちていたチラシを貼ったのが、そんなに問題なのだろうか。なぜマルさんは、わたしの顔を脳味噌に刻み込むように視線を据えて動かさないのか。やっぱり走って逃げようかと思った途端、わたしは一つ、勘違いされている可能性に気がついた。

「正確に言えば」

くちびるの乾きを感じながら、わたしは言う。

「剝がれて落ちてたのを、拾っただけです」

「……」

「嘘だと思うなら、チラシをよく見てください。一度剝がれたのを貼り直した跡があるはずですから」

四隅が破れた跡は、気をつけて見れば一目瞭然のはず。マルさんは逆らいもせず、ひどく緩慢な動きで『誘致を考え直す会』のチラシを見た。

唾《つば》を呑みたくなる。

やがてマルさんは、最初に声をかけてきたのと同じように、ぼそりと言った。

「そうらしいな」

ほっと息をつく。

「そうなんです」

「じゃあ、あんたはなんでここにいる」

「フリーマーケットに来ただけです」

ちょっと安心したら、全身に力が湧いてきた。なんだこいつという憤りが、さっきまでの恐れを消し飛ばす。

「何でそんなこと、いちいち訊くんですか。人が親切で直してあげたのに、何か文句でもあるんですか」

けれどマルさんは、謝りもせず、説明もしなかった。ただ引き返すように半身《はんみ》になって、こう言った。

「あんまり紛らわしいことは、しないこった。がちゃな連中に間違われちゃあ、あんたもつまらんだろう」

そっちが勝手に間違えたんじゃない。わたしのせいじゃない。

そう食ってかかろうとしたけれど、マルさんはもう背中を向けていて、ゆっくり、ゆっくりと歩み去っていった。

2

夜は英語の宿題に追われた。昼間遊んだツケだ。

というか、土曜日に宿題に手をつけなかったツケと言った方がいいかもしれない。

早めにお風呂に入ると、後は自分の部屋でひたすら宿題をこなしていた。引っ越しの時に勉強机を持ってこられなかったせいで、何をするにしても卓袱台を使わなくてはいけない。別に椅子に座って勉強した方がはかどるとは思わないけれど、この卓袱台はあんまり高さが合わなくて、向かっているとだんだん背中が丸くなってくる。勉強しているのに頭より先に体が疲れる気がして、これは何とかしないとと思っている。夏休みに入ったらアルバイトが出来るといいのだけど。勉強机か、さもなければもうちょっと脚の高い卓袱台が欲しい。

宿題を半ばまで済ませたところで、やっぱり背中が痛くなってきた。思い切り背伸びをしたら「ほう」とも「ふう」ともつかない溜め息が出て、なんだか年を取ったみたいで嫌になる。誰も見ていないのに、溜め息なんてついていませんよと言い訳するように元気よく立ち上がる。

そうして一息入れると、昼間のことを思い出す。

出店の手伝いを終えたリンカに、わたしは文化会館であった出来事を話した。マルさんがわたしをじろじろ見ていたと言うと、リンカは顔をしかめて言った。

「ハルカは違うのにね。困るよね」

違うと言われても、何の話かわからない。それも訊きたかったけれど、それより気になったのはマルさんの去り際の言葉だった。

「でさ。『がちゃな連中に間違われたらあんたもつまらないだろう』って言ったの。

わかんないんだけど、『がちゃな』ってなに？」

この町に来て、訛りらしい訛りは耳にしていない。だけどたぶん、「がちゃな」は方言だろうと思っていた。

予想は正しかった。リンカは首を傾げると、教えてくれた。

「がちゃ？　ええと。どう言ったらいいのかな。昔はよく言ったけど、もうあんまり使わないんだよね」

「昔って……」

「うーん。そうね、『みんなで決めたことに後から文句を言う』っていうのが近いかな。それだけじゃなくて、ニュアンスが難しいんだけど……。物騒な感じ？」

わたしに訊かれても困る。

だけどとにかく、何となくわかった。マルさんはわたしに、『誘致を考え直す会』のメンバーだと思われたらつまらないだろう、と言ったのだ。

そこでふと思いついた。

「ねえリンカ。今日のフリーマーケットなんだけどさ。なんか、急に決まったって言ってたよね」

「うん」

「何ていうか、馬鹿みたいな思いつきで、ふつうそんなことないだろうって思うんだけど。笑ってくれてもいいんだけど」

「うん」

「……この後の『誘致を考え直す会』の邪魔をするつもりで、駐車場を使えないようにするためとか、まさかそんなことあるわけないよね」

するとリンカはいともあっさり、「うん」と頷いた。

あの返事は、どっちの意味だったのだろう。

「そんなことあるわけない」に対して、「うん、そんなことあるわけない」と言いたかったのだろうか。

「駐車場を使えないようにするため」に対して、「うん、その通り」と言いたかったのだろうか。

その会話の後、リンカは近くで売られていた日本人形を指さして、「ねえ、これ迫力あるよね」と言った。話をはぐらかそうとしたらしく、それからは水を向けても答えてくれなかった。

「ふう」

溜め息が出る。

結局フリーマーケットではめぼしい物は見つからなかったし、お昼が少なかったせいで、途中でお腹も空いてしまった。物足りないのはリンカも同じだったらしく、途中から盛り上げようと無理をしているようだった。

知らない町に来て、リンカにはずいぶん気を遣ってもらっている。いつか全部落ち着いたら、今度はわたしがあの子を誘おう。……でも、落ち着くって、何が？

外の空気が吸いたくなった。

置き時計を見る。

まだ外に出て心配される時刻じゃない。そろそろ夜にも暖かさが残る季節になった。ポケットに百二十円だけ入れて、そっと階段を下りていく。相変わらずの軋みで忍び足が台無しだけれど、テレビの作ったような笑い声が聞こえてくる居間から声をかけられることはなかった。

家を出る。こっそり「いってきます」と囁いて、罪悪感を薄めながら。

堤防道路に上がるか、それとも堤防に背を向けて宅地の奥に向かうか。わたしは堤防の方を選んだ。車道に上がらなければ車は恐くないし、街灯のおかげで明るいからだ。ずいぶん頑張ったつもりだけれどまだ半分宿題が残っていることにうんざりしながら、何とか気分を盛り上げようと、ハミングしながら歩いた。

堤防道路からは、坂牧市の町明かりが見える。ぽつりぽつりと小さな光が散らばっている様は、いかにも寂しい。人間が住む、夜を追い払った領域という気がしない。確かに、ちょっと救われた方がいいかもしれない。車道の脇に立てられた看板、「高速道路はすべてを救う」という言葉を思い出す。確かに、ちょっと救われた方がいいかもしれない。

夜風に混じってサイレンの音が聞こえてくる。救急車なのか消防車なのか警察なのかわからないけれど、とにかく何かが走っていく。ちらちらと回転灯も見えた。あれはどうやら、川向こうから橋を渡ってくるようだ。

と思ったら、真っ暗だった場所に突然火の手が上がった。

「えっ」

思わず声が出た。

夜のせいで遠近感が狂ったけれど、何もない場所から火が出たわけじゃない。あれは橋の上だ。鉄橋よりは遠い。……ということは、報橋だろう。報橋の上で何かが燃えている。事故かな。

野次馬になると決めて、小走りする。ランニングだと思えばダイエットにもなるだろう。

報橋に着く頃には、橋の上はちょっと騒然としていた。橋の車道には、もう通行止のフェンスが置かれている。消防車が一台、パトカーは二台見えた。さっきの出火からかけつけたにしては早いので、事故そのものはもっと前に起きていたのだろう。本当は歩行者も通行止なのかもしれないけれど、人手が足りないのか見張り役の警察官は見かけないので、そ知らぬふりをして橋を渡っていく。

燃えたのは車だったらしい。週末にテレビでやる映画だと、車に火が着くと十秒ぐらいで爆発して木っ端微塵になるから、何となくそういうものだと思っていた。だけどわたしが見た車はもう火が消えていて、爆発もせず、散らばったりもしていなかった。車のまわりには消防士と警察官が何人かいて、火が消えた後も何か調べたりしている。これ以上は近づけない。

現場にはわたしの他にも物見高いお馬鹿さんが四、五人集まっていて、無責任なことを言っている。誰かが言った、

「なんだ、終わってるのか。つまんねえな」

という言葉が、割とわたしの心境に近かった。

ただ、火に巻かれた車の塗装は黒く焦げ、そうでない場所もぶつぶつと粟立っていて見応えがある。欄干に斜めに突っ込んだらしく、車は左のヘッドライト付近が派手に潰れていた。こんな低い欄干に当たったって乗り越えもせず橋の上で止まったのだから、

運転手は運が良かったのかもしれない。

と思ったけれど、細かく砕けてほとんど原形を留めていないフロントガラスを見ているうちに、のんきな感想はだんだん消えていく。そういえば運転手はどうなったんだろう。乗っていたのはひとりだったのかな。車は白で、軽自動車じゃないふつうの大きさ。たぶん五人乗りだと思う。

まさか、焼け死んじゃったんじゃないよね。

事故現場に野次馬に来て、死人が出たかもしれないと怖じ気づくのも変な話だ。だけど実際、わたしは何だか怖くなって、そっとその場から後ずさる。何より警察官が沢山いる場所で、「あれ。君、中学生だよね」と目をつけられて補導でもされたら、大いに困る。

外に出る時は気づかれなかったけれど、帰りは見つかった。間の悪いことに、ママが廊下にいたのだ。玄関を開けたら目が合ったのだから、もう誤魔化しようもない。

「あら、ハルカ……」

絶句するママ。ここは先手を打つしかない。

「ママ、報橋で事故。車がぶつかって燃えてたの。ごめんなさい、つい、見に行っちゃった」

「事故？」

　よかった。ママはわたしが夜歩きしたことより、事故の方に気を取られてくれた。二階の部屋から事故を見て見物に行ったと思ったのかもしれない。実際は、わたしの部屋からは堤防道路が邪魔になって何も見えない。

「危ないわねえ。報橋はなんだか狭いから、怖い気はしてたけど」

「でも、もう火は消えてたよ」

「そう。なら、いいんだけど」

　そこで、ふと気づいたようにわたしを見る。

「さ、早く上がりなさい。外は寒くなかった？」

「うん」

「ホットミルク作る？」

　かぶりを振る。

「本当に寒くなかった。それに、まだ宿題がたくさんあるの」

　ママは微笑んで、「そう。がんばってね」と言った。そしてわたしがもう一度宿題に疲れた頃、階段を軋ませて二階に上がってくると、ホットミルクを差し入れしてくれた。

布団に入る頃には、わたしはもう、自分が事故を見たことも忘れかけていた。

次の日、社会の授業が自習になった。

自習を告げに来た教頭先生は、理由を何も説明しなかった。ただ「静かに勉強するように」と言っただけだ。

でもその時にはクラス中に噂が広まっていた。わたしに教えてくれたのは同じ班の小竹さん。小竹さんは、この世にこれほど面白いことはないとでもいうように、満面の笑みでこう言った。

「知ってる？　社会のうらっち、昨日事故ったらしいよ。今夜死ぬってさ！」

第七章

1

小学四年の時、担任の先生が入院したことがある。

病名は急性ナントカとしか伝わらず、先走った男子が「やべえよ、俺の爺ちゃんも急性ナントカで死んだんだ」と言い出してクラス中がパニックになった。身も世もなく泣き出す女子の一団を横目で見つつ、そこに加わるタイミングを計っているうちに、学年主任の先生が説明に来てくれた。

「急性虫垂炎です。あまり心配しないように。いわゆる盲腸です」

最初に騒いだ男子は三ヶ月ほど嘘つき呼ばわりされていた。可哀想だったと思う。

そのとき担任の先生は特別好かれていたわけではなかったけれど、クラスの誰もが先生を心配した。または、そのふりをした。代表を選んでお見舞いに行こうという提案が出され、異議なく決まった。花を買うお金として一人あたり百円出した憶えがある。一週間ほどで帰ってきた先生はみんなに花のお礼として飴をくれた。教師が学校でお菓子を配ったことが問題になって、それだけが原因ではなかったと思うけど、先生は次の年に退職した。あの先生も可哀想だった。

三浦先生の事故を聞いて、そのときのことを思い出す。何にせよ早とちりはいけない。小竹さんに合わせ、好奇心いっぱいといった笑顔で訊く。

「ほんと？　誰に聞いたの」

「リンカ」

言いながら振り返る先では、リンカが数人の子に囲まれて何やら声をひそめている。自分の名前が出たことに気づいたのか、こちらを見ると、ついと席を立って近づいてきた。

「呼んだ？」

呼んだわけではないのでそれには答えず、訊く。

「三浦先生が事故に遭ったって本当なの」

「うん」

「何で知ってるの？」

リンカはわたしの机に腰を乗せる。

「叔母さんが病院に勤めてるの。救急車で運ばれてきたひと、あたしの学校の先生じゃないかって。重傷だって言ってた」

「重傷？　重態じゃなくて？」

「重傷だよ」

「だって死ぬかもしれないって」

それを訊くと、リンカはちらりと小竹さんに目を向けた。小竹さんは悪びれもせず、

「そう聞いただけだから」

とだけ言って離れていく。どうやら小竹さんは話を大袈裟にしただけらしい。生きるか死ぬかの話ではない。そうわかった途端、わたしは溜め息をついていた。自分でも思いがけないほど、深い息だった。

その安堵をリンカに悟られたくなくて、わざと素っ気なく言う。

「交通事故ってことは、車に撥《は》ねられたとかかな」

「違うよ。うらっちは車に乗ってたって」

「……じゃあ、誰か撥ねた方？」

リンカは首を横に振った。

「あたしも詳しくは知らないけど、何かにぶつかって車が燃えたんだって。うらっちは自力で逃げて、救急車も自分で呼んだってさ」

燃えた。

報橋だ。間違いない。こんな小さな町で一晩に二台も車が燃えるものか。わたしが昨夜見たのは、三浦先生の車だったのだ。砕けたフロントガラス。左側がめちゃくちゃに潰れて、塗装は火にあぶられて粟立っていた。

「どうしたの？」

急に黙り込んだわたしの顔を、リンカが覗きこんでくる。

「ああ、うん。昨日、部屋から車が燃えるのを見たの。あれだったんだなあって」

別に隠すことではない。そつなく説明しながら、しかしわたしは血の気が引くのを感じていた。生きていてくれてよかった。車があんなに激しく壊れていたぐらいだから、三浦先生は死んでいてもおかしくなかった。一つ間違えば……。

わたしは、金曜日までふつうに話していた人の最期を野次馬するところだったのだ。

「へえ、見たんだ」

リンカは深く追及してこなかった。たぶんわたしの動揺を察してくれたのだと思う。お腹に力を入れる。

「しばらく社会は自習だね。授業、始まったばっかりなのに」

そう笑ってみせる。

「テストとか、どうなるのかな」

「さあ……。どうにかなるんじゃない」

適当な疑問に適当な答えが返る。いくら自習とはいえ、席を立っている生徒はほとんどいない。

リンカと話しながら、わたしは同時にクラスを飛び交う声に耳を澄ませてもいた。

噂は、たちまちクラス中に広まったはずだ。人間関係的に考えて、噂がわたしに届いたのはかなり遅かったに違いない。これから誰か、良識派か仕切り屋の誰かが、先生へのお見舞いを提案する流れになるだろう……。

事故のことを話す声は聞こえる。小竹さんの「死にそうなんだって!」と少しトーンダウンした話しぶりや、

「三浦、交通事故だってよ」

「へえ。運動神経悪そうだしな」

という程度の軽口も聞こえる。

だけど、降って湧いた自習を満喫する楽しげなざわつきは収まる気配さえない。だ

んだんと不安になってくる。誰もお見舞いに行こうなんて考えないのだろうか。

そう思い耳をそばだてていると、男子のものとも女子のものともつかない声が、さらりと言うのが聞こえた。

「でも、三浦ってヨソの人だから」

わたしは弾かれたように顔を上げる。目立ってしまったかもと恐れ、ゆっくり顔を伏せながら、そっと視線をめぐらせる。

だけど、声の主を見つけることは出来なかった。まるでわたしが聞いたのは特定の誰かの言葉ではなく、クラスの総意だったとでもいうように、その声は誰のものでもないようだった。

自分の顔色が変わったとは思わないけれど、少しは挙動不審だったのかもしれない。勘の鋭いリンカは、それだけでわたしの内心を読み取った。

「うらっち、心配だね」

たぶんリンカ自身は心にも思っていないのだろうけれど、彼女は不思議なぐらいわたしに優しくしてくれる。

そんなことないよ、と言うべきだったのかもしれない。三浦先生のことなんてどうでもいい、あの先生ちょっと変だし、と。それがクラスの趨勢に沿うことだ。

だけどわたしはリンカに向けて、小さく頷いた。

一歩間違えば三浦先生は死んでいたかもしれないと聞いて、わたしは初めて気がついた。

この町で、いやもしかしたらこの世でただ一人、あの人だけが大人としてわたしと対等に話してくれた。それは三浦先生が子供っぽいからかもしれないけれど、わたしは嬉しかった。

思い切って、訊く。

「あのさ。先生が運び込まれた病院、リンカは知ってるんだよね」

「うん。叔母さんが勤めてるからね」

「教えてくれる？」

リンカはちょっとだけ、嫌そうな顔をした。

「いいけど……。お見舞いにでも行くの？　正直言って、やめた方がいいと思うんだよね」

「わかってる」

深読みされないよう、付け加える。

「クラスの雰囲気ぐらい、読めるから」

リンカは沈黙する。わたしの心を見透かそうとしているのだ。三浦先生に近づかない方がいい別の理由に、わたしは気づいている。そして、わたしが気づいていることを、リンカはたぶん察しただろう。

それでも、ちょっと溜め息交じりではあったけれど、リンカは病院の名前を教えてくれた。

2

帰りのホームルーム。まさかと思ったけれど、担任の村井先生も「特に連絡はありません」と言ったきりで、学校の一日は終わってしまう。

鞄に教科書とノートを詰め込む。手早くはなかったかもしれないけれど、ゆっくりやったつもりもなかった。だけど帰り支度が済んで教室を見まわすと、リンカはいなくなっていて、その鞄も見当たらなかった。

約束はしていなくても、わたしとリンカはほとんど毎日いっしょに帰っている。今日も当然そのつもりだった。しばらくきょろきょろとしていたけれど、やっぱりいない。代わりにクラスメートのひとりが近づいてきた。

「越野さん」

クラスメートの顔と名前は、最大限の努力を払って早めに一致させている。一度も話したことのない子だけれど、松木という名前は知っていた。笑顔で応える。

「なあに？」

「リンカから伝言。用事があるから先に帰るって」

「そう。ありがと」

松木さんもにこりと笑うと、そのまま教室を出て行った。鞄は持っていなかったから、部活にでも行くのだろう。

用事なら仕方がないけれど、どうして直接言ってくれなかったんだろう。そんなに待たせたはずはないのに。三浦先生を心配したことが原因だとは、思いたくないけれど……。

三浦先生がいなくて、リンカもいない。そうなるとわたしが学校に残る理由はない。教室を出る時、もうちょっと居場所作りを頑張らないとな、と思った。リンカとは友達になれたと思うけれど、知らない土地で友達が一人きりでは、やっぱり不安定だ。

つくづく日が長くなった。帰り道、空は青くて暮れる様子もない。リンカから教わった裏路地を帰っていく。

道々考えるのは、三浦先生のこと。

お見舞いの話が出なかったのは、考えてみればそれほど不思議ではない。小学四年の時の先生はクラス担任だったけれど、三浦先生は社会を教えているだけだ。わたしはタマナヒメの話を通じて三浦先生とよく話していたから、他の子よりも距離を近く感じていたのだろう。けれどそれにしても、あれほど誰も心配しないなんてあり得るだろうか？　それともわたしが気づかなかっただけで、三浦先生はとっくに、嫌われ者に分類されていたのだろうか？

そんなことはない、と思う。クラスにそういう雰囲気があれば、わたしは誰よりも早く空気を察する自信がある。これは単に、わたしの通っていた小学校にセンチメンタルな子が多く、いまのクラスはそうでないというだけのこと。たぶん。

……本当に心にかかって離れないのは、クラスの反応ではなかった。

事故が起きた場所。報橋。なぜ、よりにもよってそこだったのだろう。

報橋には中央分離帯がない。そしてもしかしたら、道幅も少し狭かったかもしれない。事故が起きやすい場所なのだ、と説明することはできるかもしれない。

けれどどうしても、三浦先生が教えてくれた昔話を思い出してしまう。江戸時代の奉行。明治時代の役人。昭和の会社員。彼らはタマナヒメの願いを聞き、そして、報橋から落ちて死んだ。あの橋は、タマナヒメにまつわる死の舞台なのだ。

路地裏から見える空は、青いけれど細い。板塀に囲まれてじっとりする道をひとり歩きながら、苛立ちのような、どうしても落ち着かない気分を持て余す。

「まっすぐ帰ればいいじゃない」

自分に言い聞かせるように、そう呟く。

「帰って宿題してれば、一日なんてすぐ終わるわ」

けれどそう言いながら、わたしは自分の足が報橋に向くのに気づいている。見てどうするのか、何かが見つかるとでも思っているのか。そう自問しつつ、いつもと違う道を選んでいる。

引き寄せられているようだ。そんな考えがふとよぎり、冷たいものが背を走る。わたしは立ち止まり、強く首を振る。

「何もない。何もないことを確かめにいくだけ」

それに、そうだ、報橋から帰っても、そんなに遠まわりにはならない。

交通事故の現場を見たのは、昨夜がはじめてだ。だから、事故を起こした車がその後どうなるのか、わたしは知らない。ただ漠然と理由もなく、道端に落ちた枯葉がいつの間にか掃かれているように、轢かれた猫の死体が知らないうちに片づけられているように、燃えた車もすぐどこかへ運ばれていくと予想していた。

だから夕方の報橋に、ひしゃげた車がそのまま残っているのを見て、何だか決まりが悪いような気がした。理屈で考えるとおかしいに決まっているのだけれど、掃除中の友達の部屋に入ってしまった時のように、片づくまで待っていてあげればよかった、と思ったのだ。

橋を行き交う車はちょっとスピードを落とすだけで、燃えた車の横を事も無げに通り過ぎていく。昨日はそこまで気がつかなかったけれど、事故車はほとんど車道にはみ出していないのだ。その分、歩道は完全に塞がっている。塞がっている方の歩道に通行止のフェンスが置かれている。歩道は橋の両側にあるので、歩いて通るのに差し支えはない。通れる方の歩道に踏み込むと、たちまち足元から振動が伝わってくる。

三浦先生の車は、黒と黄色のテープで囲まれていた。昨夜は禍々しくさえ思ったのに、焼け焦げた車は明るい日の光の下でどこかしょんぼりと頼りなく、間が抜けているような感じがする。事故車はただの事故車であり、それ以外のものには見えない。

「ほら、やっぱり何でもないじゃない」

そう口にすると、さっきまでの嫌な予感が我ながら馬鹿馬鹿しくなってくる。壊れた車を間近で見るなんて滅多に出来ない経験だ。三浦先生には悪いけれど、まあ命に別状はないっていうし、たっぷり見せてもらおう。遠慮のない視線を黒焦げの塗装に注ぎながら報橋を渡っていく。

橋を渡るのはわたしだけではない。幾人もの小学生がわたしの前後を挟んでいるし、犬を連れている人も買い物袋を下げた人もいる。朝の通学時間ほどではないけれど、報橋は寂しい場所ではない。それにしても、つくづくよく揺れる橋だ。スクーターが走り抜けるだけでも揺れる。こればかりはサトルの言う通りだ。

そんなことを思いながら視線を事故車から外す。半ばまで来た報橋の、先の方に目を向ける。

途端、わたしは立ち止まる。すぐ後ろにいたらしい小学生が、「わっ」と声を上げてわたしの横をすり抜ける。

橋の真ん中にサトルがいた。あれほど怖がっていた報橋の真ん中で、身を縮めるようにして、じっと燃えた車を見つめている。もちろんそれだけなら、わたしは立ち止まったりはしない。この橋はサトルの通学路なのだから、サトルがいることは不思議でも何でもない。というより、サトルがどこで何をしていようがどうでもいい。

わたしの足を止めさせたのは、サトルの隣にいるセーラー服姿。

用事があるはずのリンカが、そこにいた。サトルの身長に合わせてしゃがみ込み、耳元にくちびるを寄せていた。

その時わたしが何を思っていたにせよ、報橋が怖いはずのサトルが薄気味悪いほどの無表情で、リンカの口元にぞっとするような微笑みが浮かんでいたにしても、わたしにできることは一つしかなかった。……見なかったふりをして行き過ぎるには歩道は狭すぎ、引き返すにしては橋を渡りすぎていたから。

すなわち、わたしはいつも以上に元気よく、この世のことなど何も知らないような馬鹿っぽい顔で、

「あれ、リンカ！　先に帰ったんじゃなかったの？」

と声を掛けたのだ。

こちらを向いたリンカの表情には、驚きも動揺もなかった。どうしてこれほどと思うぐらい、いつも通り。教室で「おはよう」と呼びかけた時と同じ笑顔で、

「あ、ハルカ」

と言った。

「すごいね。ここで会うなんて思わなかったよ」

リンカは、細い指先で髪をすっと梳く。

「偶然ね」

「偶然っていうか、わたしの家は川向こうだから」

「そっか、橋は渡るんだ。言われてみれば、そんなにすごい偶然じゃないかもね」

いや、すごい偶然だ。いつものわたしは別の道から帰っているのだから。リンカはそれを知っていたかな？　知っているなら、いま彼女はとぼけていることになる。どちらなのか、わたしに見抜けるだろうか。リンカの目を見つめる。

「……なあに？」

「ううん、何でもない」

真っ向から視線を合わせられれば、誰でも少しは変に思う。ちょっと不機嫌そうなリンカの声はごく自然だった。リンカはとぼけてなどいないか、とんでもなく演技がうまいかどちらかだ。

「伝言、松木さんから聞いたよ」

そう言うと、リンカは面倒そうに顔をしかめた。

「互助会の用事でさ。直接言えなくてごめんね、完全に忘れてたから焦ってて」

「それはいいんだけど。ゆっくりしてていいの？」

「まあね。慌てて飛び出したけど、考えてみれば、お父さんが先に行ってるから。早く行っても足が痺れるだけ損かなって」

「ふうん」

よくわからないけれど、まあ、そういうこともあるのかもしれない。リンカが先に帰ったこと自体は元々それほど不思議に思っていない。

「……それで」

と言いながら、蚊帳の外にいたサトルを見下ろす。さぞ、いつもの臆病が顔を出して怯えているだろうと思ったら、なんだか何も見ていないように薄ぼんやりしている。わたしが視界に入っているかすら怪しいものだ。蹴飛ばしてやりたい衝動を抑え、リンカに訊く。

「サトルが何か変なことしなかった？」

「そうそう、サトルくんね」

リンカはそう言うと、ぱっと表情を明るくした。

「見かけて、ハルカの弟だってのはすぐわかったんだけど、名前が出てこなくってさ。『ハルカの弟くん』って呼ぶしかなかったのよ。ごめんね、サトルくん。もう憶えたからね」

そう微笑む表情は、さっきわたしが盗み見たものとは違って、中学生らしい天真爛漫なものに見えた。……ということは、こちらが作った表情なのだろうか。わたしの愛想笑いと同じで？

サトルは黙って首を横に振るだけで、リンカに言葉は返さない。

リンカが言う。

「変なことなんて、別にしなかったよ。ただ、ただ……」

「ただ、何？」

「『こういう事故、見た事ある』とは言ってたかな」

たぶん、わたしの表情にはさっと影がよぎったはずだ。リンカはまるでわたしを宥《なだ》めるように、取り繕う。

「でも、よくあるよね。デジャヴ、だっけ。あたしも時々あるよ」

「そう？　わたしは、あんまり憶えがないかな」

「人それぞれってことよね」

おざなりに言って、リンカは携帯電話を取り出す。

「こんな時間か。さすがに、もう行くね」

「うん、気をつけて」

「また明日。ばいばい、サトルくん。またね」

幼稚園児をあやすように、リンカは小さく手を振った。サトルはやっぱり、小さく頷くだけ。

急ぐでもなく遠ざかるリンカの背中を見送る。川向こうに用事なら、一度家に帰って自転車を取ってくればいいのに、と思いながら。もっともわたしは、リンカが自転車を持っているかどうか知らないけれど。

リンカが充分遠ざかった頃合いで、タンクローリーが報橋を渡ってくる。波打つような振動が襲い、自然と足に力が入る。黒い排気ガスに眉を寄せながら、あえてサトルの顔も見ずにわたしは言った。

「あんた、また嘘ついたの？」

どうせサトルの言うことはわかっている。嘘じゃない、本当だよと食ってかかり、最後には泣き顔で自分が正しいと主張するのだ。

行き交う車のエンジン音と、タイヤが立てるノイズと、下校していく小学生たちのざわめき。それに佐井川の水音も混じって、サトルの声は聞き取りづらい。

「……嘘なのかな？」

「嘘よ」

「そうかな。ハルカ、ぼく、嘘ついたのかな」

「嘘よ。あんたはなにも見たりしてないんだから」

セーラー服が引っ張られる感覚。気づくと、サトルがわたしの制服の端をつかんでいる。シワになると思ったけれど、そのことは後で、泣くまで叱ればいい。

いまはこう訊いた。

「ねえ。リンカは何て言ってたの」

サトルの手に力が入るのがわかる。

「『それから？』って」

「他には？」

かぶりを振る。

「『それから？』って言われただけ」

そしてサトルは揺れるアスファルトに目を落とし、わたしのことは無視するように呟いた。

「『それから？』って言われた。何度も、何度も、何度も」

3

家に帰ると、ママは台所に立っていた。

夕飯まではまだ二時間ほどある。たぶん作り置きをしているのだろう。甘いにおいに混じって醤油が香ってくるから、何か煮物じゃないだろうか。背中を向けたママは、とんとんと包丁を使っている。

台所に入らず、ドアの手前に立って言う。

「ママ。わたし、病院に行ってくる」

「病院に？」

包丁がまな板を叩く音が途切れた。ママが振り返る。

「どうしたの。どこか悪いの？」

そして、言いにくそうに付け加える。

「新しい保険証、まだなのよ」

前の町で作った保険証では駄目なのだろうか。

ママが心配してくれるのは嬉しいけれど、わたしはかぶりを振る。

「わたしじゃない。学校の先生が入院してるから。話したでしょ、事故のこと」

「クラスでお見舞いするの？」

「うん」

ごく自然に嘘をついた。三浦先生のことをママに説明するのはたいへんだったから。いや、たぶん、ママに知られたくないと思ったからだろう。

わたしに後ろめたさがあるからか、ママの表情は曇って見えた。

「そう。夕飯には間に合いそう？」

「間に合うように帰ってくるつもりだけど、もし遅くなったらごめんなさい。先に食べてて」

「気をつけて行きなさいね。病院の場所はわかるの？」

「地図があるから」

自分の部屋に上がって、地図を見る。この町に引っ越してくるまで地図の見方も知らなかったのに、ここ数日でずいぶん慣れた。必要なことを憶えるのは早い。

外はまだ日が残っているけれど、それも長くは保たない。帰る頃には夜になっているはずだけど、ビリジアンの自転車のライトが故障してないかどうかが心配だった。お見舞いの品を買うお金はないけれど、クラスでお見舞いに行くと嘘をついた以上、ママにねだることも出来ない。三浦先生には、手ぶらで我慢してもらうよりしょうがない。

着ていく服には迷ったけれど、制服で行くことにした。学校の先生に会いに行くのに、あれこれコーディネートを考えても仕方がないだろう。

病院への道は、地図で調べるまでもないほどわかりやすかった。あちこちに案内標識や看板が出ていたし、何より遠くからでも建物が見えたからだ。

診察時間が終わっているからか、だだっぴろい駐車場は十分の一も埋まっていない。駐輪場もがらがらに空いている。クリーム色の外壁に赤十字を掲げた建物を見上げて、階数を目で数える。五階建てだった。こんなに大きな病院に入院したなら三浦先生は大丈夫だと、たいして根拠もなく安心した。

待合ロビーに並ぶベンチには、百人ぐらい座れると思う。いまは、隅っこに杖をついたおじいさんが一人、ぼうっと何もない場所を見つめているだけ。受付には明かりが点いていなくて、最初は無人かと思った。しばらくまごついていると、様子に気づいたのか受付の奥から看護師さんが来てくれた。

「お見舞い？」

「はい。交通事故で入院した三浦……三浦先生はどこにいますか」

看護師さんはコンピューターに向かって何か打ち込み、すぐに教えてくれた。

「外科病棟の、四一七号室ね。わかるかしら」

「はい。わかると思います。ありがとうございます」

実際は、それから外科病棟四一七号室に着くまでには十分かかった。わざとこうしたのかと思うほど複雑な作りで、乗るエレベーターを二度も間違えたからだ。

四一七号室は、個室だった。ネームプレートを見て、わたしは三浦先生のフルネームが三浦孝道《たかみち》だということを知った。ノックをしたけれど返事はない。聞こえなかったのかもしれないと思い、横開きのドアを開ける。鍵はかかっていなかった。

院内で迷って時間がずれて、結果的には良かったのかもしれない。ベッドに半身を起こした人の前にはトレイが置かれている。ちょうど夕飯を食べ終えたところらしかった。

ただ、その人が三浦先生なのかどうか、見ただけではわからなかった。両の頬と顎、それに右目を隠すように、真っ白な包帯が巻かれていたからだ。シーツから出ている左腕はギプスで固められ、首にも白い首輪のような何かが取りつけられている。

それを不気味だとか怖いとか思ったわけではない。なのにわたしはとっさに顔を背けてしまった。視界の外から聞こえてきた声は、いつもの三浦先生のものだった。

「越野か。見舞いに来てくれたのかな」

「……はい」

どうして目を逸らしてしまったのだろう。自己嫌悪で胸を悪くしながら、先生に向き直る。

三浦先生は、まず、笑った。

「驚くのは当たり前だ。自分でも鏡を見て、びっくりした。これじゃミイラ男のようだからね。ああ、越野ぐらいの年頃だと、ミイラ男は知らないかな」

「いえ、知っています」

「そうか。実は先生はよく知らないんだ。あれの原作は映画なのかな、小説なのかな。これからずいぶん暇になるようだから、小説なら読んでみたいね」

「はあ、探してみます」

「そうか。嬉しいよ」

だけど三浦先生は、そうしていつものように喋りながらも体はまったく動かさない。そこになんだか、ひどく違和感がある。

ただ、想像よりは元気そうだ。割と安心した。先生の声は学校で聞くのと同じで、無理をしている感じはしなかったから。でも、包帯に巻かれてベッドにいる人に「思ったより元気そう」と言うのは、馬鹿げているかな。

「お見舞いに来ました」

手は、知らないうちに後ろにまわしていた。たぶん手ぶらなのが後ろめたかったからだ。これじゃお見舞いの品を隠しているようなので、何も持ってこなかったことをアピールするため、手を前に持って来る。

「そうか。越野が来るとは思わなかったな。三人目だ」

「前に、二人来てたんですか」

「両親がね」

学校の先生にも親がいるというのは、考えてみれば当たり前なのだけど、ちょっと変な感じ。そして、同級生たちはやっぱり誰も来ていない。

首が固定されていて、こちらを向くのがつらいのだろう。先生は顔を真正面に戻し、目だけをわたしに向けようとする。わたしはベッドの足元近くに移動した。薄手のカーテンが揺れている。窓が少し開いている。

「この顔だけど」

三浦先生から、そう切り出してくれた。

「見た目ほど悪くないんだ。火傷と打撲でね。とにかく化膿するとまずいっていうんで、取りあえず抗生物質をぶちこんでる。上手くすれば痕も残らないって言ってたけど、まああれは医者の社交辞令だったかもしれない。ミイラ男状態は最初だけって言っていたから、越野にはいちばん悪いところを見られたな」

「そうだったんですか」

先生はとても美男子とは言えないけれど、それでも顔の傷が軽いというのはいいことだ。

「ひどいのは肋骨でね。ぽっきりいってるから、笑い声を上げると痛いんだ。それに、何より悪いのがクシャミでね。泣けてくるほど痛い。おふくろは花を持ってきてくれたけどね、花粉のせいで鼻がムズムズするから、持って帰ってもらった」

それで、三浦先生が「手ぶらなのはかえってありがたい」と言いたいのだとわかった。自分自身が重傷で首もまわらないのに、わたしを気遣ってくれたのだ。その心配りに気づかなかったふりをするのが、一番の礼儀だろうか。何となく、動くものの方に視線が吸い寄せられる。ひらひらとはためくカーテンを見ながら、わたしは言う。

「たいへんな事故だったんですよね。燃えた車を見ました」

「ああ、まあね……」

「どうしたんですか。車の故障とか？」

雑談のつもりで持ち出した話だったけれど、話題の選び方を間違えたかなと思った。

事故の原因を問い詰めてどうするんだ。運転のミスをいちばん後悔しているのは、三浦先生本人に決まっているのに。

　ところが先生は、意味ありげに沈黙した。やがて沈んだ声で、

「やっぱり、自損事故だと思われているんだね」

　と言う。

「自損事故って？」

「ぼくが自分で運転に失敗して事故を起こしたと、学校じゃそういうことになっているんだね」

　息を呑む。

「違うんですか」

　三浦先生は、すぐには答えなかった。自由になる右手を伸ばし、ベッドの枕元に伸びたコードをつかむ。先端のボタンを押し、言い訳のように言う。

「食器を下げてもらおう。落ち着いて話も出来ない」

　はぐらかされた。……ということは、ただの事故ではなかったのだ。

　看護師さんが個室に入ってくる。会釈をするけれど、目に入っていなかったらしく、ただ三浦先生を見ながら「全部召し上がったんですね」と言っていた。トレイを持って看護師さんが出ていくと、話が戻るのを恐れるように、三浦先生が言った。

「お見舞いありがとう。嬉しかったよ」

「いえ」

「で、それだけじゃないんだろう」

やっぱり見透かされている。

「はい。でも……」

改めて、三浦先生の姿を見る。やっぱり、痛々しくて見ていられない。笑い声で肋骨が痛むなら、話すことで負担がかかっていないはずがない。

「あの、もうちょっと具合が良くなってから」

しかし先生は微笑んで言った。

「いや。実は先生からも、言っておきたいことがあるんだ。来てくれたのはありがたい。まあ、立ったままじゃ落ち着かないだろう。そこに椅子があるから、使いなさい」

右手を僅かに持ち上げて、白い戸棚の陰を指さす。背もたれのない丸い椅子を持ってきて座るけれど、少し座面が低すぎてうまく目の高さが合わない。先生が手元のボタンを操作すると、ベッドの背が持ち上がっていく。便利なものだ。

「さて……。まずは、越野の話を聞こうか」

落ち着いた声だった。学校の授業で聞くよりも、もう少し大人っぽい。

訊きたいことはいろいろある。ありすぎて、どこから話せばいいのか、わたしはまだ決めかねていた。時間はあったはずなのに。

少し考える。

最初はやはり、これだろうか。

「じゃあ先生、教えて下さい。……常磐《ときわ》サクラって、どういうふうに死んだんですか」

五年前に死んだ、先代のタマナヒメ。

不思議だったのだ。タマナヒメも来るという例会が開かれる庚申堂、あの建物は新しすぎる。ただ建て替えただけかとも思ったけれど、三浦先生のメモに先代は「焼身自殺」とあった。

三浦先生は口をつぐみ、すぐには答えなかった。包帯に巻かれた顔は表情が読み取りにくい。先生がこの質問を予想していなかったはずはないのに、なぜ黙るのかわからなかった。

ようやく返ってきた言葉は、質問への答えではなかった。

「……やっぱり熱心だね、越野。何か理由があるのかな」

「熱心、ですか」

「君はこの町の、タマナヒメの伝承に熱心に取り組んでいる。ぼくはああいう話が好きだ。興味がある。いずれ本を書きたいとも思っている。でもね、中学一年生が同じように熱意をもって取り組んでくれるなんて、本当はそこまで信じていないんだ」

先生は以前、わたしが共同研究者になってくれると嬉しい、と言った。いま病院のベッドの上で、先生はそれが嘘だったと言っている。

それでわたしが動揺すると思っていたとしたら、それは三浦先生が間違っている。先生にどう思われようと関係ない。わたしはわたしに必要なことを聞きたいだけなのだから。

「何か事情があるんだね。この町に引っ越してきたばかりの君が、どんな事情を背負い込むことになったのか、想像もつかないことだけど」

わたしは頷く。

「はい。事情というか、理由はあります」

「そうか。本当なら、君の相談に乗ってあげるべきなのかもしれない。ぼくは教師だからね。でも、ここは学校じゃない」

「相談したいんじゃありません。質問をしたいんです」

「そうだった。だけどその前に、忠告というか、聞いておいてほしい話がある」

先生は、自分の左腕を持ち上げようとした。ギプスに固められたそれはほとんど動かず、その僅かな動きでも痛むのか、押し殺した呻き声が聞こえた。

「ぼくはね、車の運転が下手なんだ」

「そうなんですか」

「とっくに知ってます、みたいに言わないでほしいな」

苦笑しつつ、先生は左手を下ろす。

「下手だから、安全運転を心がけてる。昨日もそうだった。警察に何度も確認されたけど、報橋を渡るとき、スピードは時速四十キロ程度だった」

車の速さを言われてもぴんと来ないわたしのために、先生は付け加えて説明してくれる。

「制限時速は六十キロね。実際は、長い直線だからもっとスピードが出る。四十キロというのがどれぐらいかと言うと……」

「ちょっと後ろの車が怒るぐらい、ですよね」

「わかってくれて嬉しい」

お父さんは運転が好きだった。よく車に乗せてくれて、山とか湖とか、あんまり面白くもないところに連れていってくれた。そんなとき前を走る車がゆっくりだと、お父さんは露骨に機嫌が悪くなったものだ。「四十キロだぞ。のろのろしやがって」と毒づいたのを憶えていた。

「じゃあ、四十キロでぶつかったんですね。シートベルトしてなかったんですか」

「まさか」

先生は首を振ろうとしたらしいけれど、固定されているので、顎がぴくぴくと動くだけ。

「追突だったんだ」

「追突……？」

「後ろからぶつかった、ってことだよ」

それぐらいはわかる。でも、まさか。そんな噂は聞いていない。

先生は声を押し殺す。それで、話の前に看護師さんに食器を下げてもらった理由もわかった。これは、秘密の話なのだ。

「ぼくはあの橋を、ゆっくりと渡っていた。白状すると、よそ見はした。ここが民話の舞台か、と感慨に耽ってね。昔からここに橋があったんだろうか。それにしては佐井川の川幅は広すぎる。正確に言えば、増水時に広くなるってことだけれど。江戸時代に、こんな大河に橋を架ける例があっただろうか、と考えていた。越野は、大井川は知っているかな？」

わたしはかぶりを振った。知らないという意味と、脱線しないでほしいという意味を込めて。しかし後者は伝わらなかった。

「静岡県を流れる川でね。江戸時代、東海道がここを跨ぐんだけど、橋を架けることも渡し舟を出すことも許されなかった。軍事的な理由があったらしい。このイメージが強くて、江戸時代はあんまり橋を架けない気がしたから、報橋はいつ頃架けられたんだろうと考えてた。これは警察には内緒だ。漫然運転になるからね」

「……それでハンドルを切っちゃったんじゃないですか」

何しろ思い込みの激しい人だ。どんなことがあるかわからない。しかし先生は、語気を強めて言った。

「それはない。越野、君も授業中、退屈になって外を見ることはあるだろう」

先生に向かって、はいとは言いづらい質問だ。だけど、まあ、

「あります」

「そんなとき、いくらぼんやりしてるからって、ノートや教科書をばさばさ下に落としたりはしないだろう。同じことだ」

ぼんやりすればノートを落とすことぐらいあるんじゃないかと思ったけれど、そこを問題にしても仕方がない。先生の運転はしっかりしていたことにする。

「なるほど」

だんだんと、先生の話し方に熱がこもっていく。

「実際、橋の半ばまでは、車線の真ん中を問題なく走っていたんだ。ところが、いきなり横からワゴン車が追い抜きをかけてきた。ぼくは我に返って、ハンドルにしがみついた。ワゴン車があまりに速くて、びっくりしたんだ。そしてワゴン車はぼくの車の前に出ると、後部を振ってぼくの車のヘッドライトにぶつけた。強い衝撃だった。コントロールを失って、欄干を突き破らないようブレーキをかけるだけで精一杯だった。あれは自損事故じゃなかったんだよ」

「追突って、先生の車がワゴン車に追突したんですね」

「強いて表現するなら、そうだ。だけどぼくに言わせれば、むしろ当てられたという方が近い」

そう言う言葉に、怒りが滲んでいる。三浦先生が怒ったところはまだ見たことがなかった。

「でも警察は、事故を起こしたワゴン車は届けられていないし、車は滅茶苦茶になっていて衝突の痕跡も見つからないから、自損事故じゃないのかって言うんだ。まあ、口で言ってるだけで、実際はちゃんと調べてくれてると信じたいけどね」

話はわかった。

「それはたいへんでしたね。犯人が捕まるといいですね」

しかし、

「でも、それとわたしの質問と、関係ありますか？」

先代タマナヒメの死と、先生の事故に相手がいたこと。あんまり繋がりそうもない。

先生は、じっとわたしを見た。値踏みするように、量るように。そして言う。

「越野。いまからぼくが言うことを、君は馬鹿げていると笑うかもしれない。笑って、明日の学校で言いふらすかもしれない。もしそんなことになったら、ぼくはたぶん学校にはいられないだろう。それどころか、ほとんど間違いなく、この町を出て行かざるを得なくなる」

確かに、入院中の三浦先生から聞いた馬鹿げた話というのは、クラスである程度評判になる可能性がある。ただ、三浦先生が気づいているかどうかはわからないけれど、先生は人気がない。「昨日三浦先生がね」と言いふらしても、誰も相手にしてくれないおそれも大きい。

「言わないと思います」

「思う、じゃ不安だな。でも、これはぼくのためじゃなく、君のためなんだ」

思わず自分を指さした。

「わたしの」

「そうだ」

先生は動かない首で頷く。そして、真っ直ぐにわたしの目を見て、言った。

「ぼくは、狙われたんだと思う」

とっさに返事ができなかった。思わずまじまじと先生の顔を見つめ返したけれど、包帯の隙間からのぞく目に、冗談の色はない。

笑うかもしれないと予告されていたけれど、笑うに笑えなかった。わたしがまず考えたのは、三浦先生は事故で頭を強くぶつけたんじゃないか、ということだった。

そんな、呆れた雰囲気を感じ取ったのだろう。先生は激することなく、かえって冷静に言う。

「あのワゴン車は、ただの運転ミスじゃない。狙って、ぼくの車を車線から弾き飛ばしたんだ」

「どうしてそう言えるんですか」

「出頭してない」

「それは、車が燃えるほどの大事故になったなら、ふつうは逃げちゃうんじゃないですか」

　ふと、三浦先生の目元から力が抜けた気がした。

「越野。先生、それは感心しないな。自分の失敗で大きな事故になったら、ちゃんと戻ってきて、きっちり謝らないといけない。失敗は誰にでもあるんだ。それに、これはあんまり言っちゃいけないんだけど、下手に逃げると罪が重くなる」

「あ、はい。わかりました。気をつけます」

　学校の先生と生徒らしいやりとりの後で、先生はいかにも何気なく言った。

「それに、ワゴン車にはナンバープレートが付いてなかった」

　ちょっと言葉が出なかった。もしそれが本当なら、尋常なことではない。ようやく言えたのも、

「それ、走れるんですか」

　ということだけ。

「長くは走れない。警察に見つかれば即アウトだし、道を走ってるだけでどんどん通報されるだろう」

「ですよね」

「でも、どこかで待ち伏せして、目当ての車にぶつけるだけなら、出来なくもない」

ちらりと覗き見るように、先生の顔を見る。被害妄想だ……とは思うけれど。

「だって……。先生、命を狙われるような心当たりがあるんですか」

このひとは学校の先生だ。社会を教えていて、歴史とか民話とかが好きすぎて学校では浮いている。それとも実は大物だったりするのだろうか。

「命まで狙っていたとは、思いたくないな。脅すつもりが発火して大事になったんだろう」

「脅しだって、ふつうに生きていれば、そんな」

先生の上半身が、わずかに動いた。肩をすくめようとしたのかなと思った。

「いや、脅されたことはある」

さらりと言う。

「大学のフィールドワークである町に行って、火車憑《かしやづ》きという民話を調べたことがある。これが案外新しくてね。明治から先には遡れなかった。じゃあ最近作られた『お話』なのかと思ったら、それも違う。これはどういうことだといろいろ話を聞いて調べていたら、町中どこにいっても睨まれるようになってね。余計なことをすると無事には帰れんぞと言われた。リンチで何人も死ぬような暗い民話だったからね、不名誉な話だと思われたんだろう」

「でも、それとこれとは違うでしょう」

「違うかな」

そこで言葉が途切れる。

言わんとする言葉の意味が、少しずつ浸透してくる。わたしが何も言えなくなるのを待って、先生は先を続けた。

「越野に『常井民話考』を貸したね」

「はい」

「確かぼくは、だいじな本だから気をつけてと言って貸したと思う。実際の所、あれはとても貴重な本なんだ」

「それはわかります。あんまり売れそうもない本だし」

口元を笑うように持ち上げ、しかし落ち着いた声で先生は言う。

「いや、そういうことじゃない。確かに発行部数は少なかった。でも、この町の学校や市の図書館には納入されたはずなんだ。それが、ない。データ上はあるはずなのに、ないんだ」

少し考える。

「貸し出されたまま、返されなかったってことですか」

「いや。郷土資料はどこでも禁帯出だった。『常井民話考』もそうだったと考えられる。貸し出されたんじゃない。誰かに盗まれたとしか思えない」

「まさか」

笑い飛ばそうとするけれど、上手く笑顔が作れない。三浦先生が、あまりにまともにわたしを見るものだから。

「越野。この町は小さい。図書館や図書室は何ヶ所あると思う」

「え……。わかりません」

「公的なものだけで、二十八ヶ所だ」

わたしは内心、五ヶ所ぐらいかなと思っていた。さすがに「そんなにあるんですか？」と声が出る。

「小中高、学校には全部図書室があるし、市役所や公立老人ホームにも図書スペースがある。二十八ヶ所、全部まわった。データでは、そのほとんどに『常井民話考』は収められている。でもね越野。これは信じてもらいたい。……どこにも、一冊もなかったんだ」

存在するはずの、二十数冊の本。それが煙のように消えた。空調の効いた病室が、急に冷え込んだような気がした。

「誰かがやったんだ。一人とは限らない。集団かもしれない」

さっき先生が引き合いに出した、不名誉という言葉が頭をよぎる。

「それは、あの本に、この町の誰かの悪い噂が書いてあったからとかじゃないですか。大きなことじゃなくて、たとえば……。選挙に落ちたとか」

先生は微笑み、無理に頷こうとする。

「いいね。そう、単に坂牧市の図書館から『常井民話考』がなくなっているだけなら、そういう考え方もできたかもしれない。でも……。越野。ぼくが持っていた本は、どうやって手に入れたんだと思う？」

図書館にはなかった。もし本屋や古本屋にあったのなら、先生は何もこんなに深刻そうに話をしないだろう。

考え考え、おもむろに言う。

「たぶんですけど……。人からもらったんじゃないですか」

「八十点だ。いい線いってる。でも百点じゃない」

先生は、クイズを出して遊んでいるわけではなかった。話を引っ張らず、一言で答えを言う。

「あれは遺品だ」

「遺品?」

「大学時代、先輩が急死した。毒キノコにあたってね。顔なんか苦痛でひどいものだったって聞いたよ。民話研究が専門の院生……つまり、研究者でね。ご実家の方でいらないということだったから、蔵書を院生と学部生で形見分けした。下っ端だったぼくのところには『常井民話考』しかまわってこなかった」

ふと、言葉に懐かしむような色が混じる。

「いいひとだったけど、食べ物にはぜんぜん気を使わない不摂生な生活をしていた。あれじゃ病気になるよと噂されてたから、亡くなったこと自体はそれほど不思議じゃない。そう思っていた。ところが、どうも様子がおかしいと気づいた」

先生は中空を睨み、名前を諳《そら》んじる。

「『常井民話考』の編者は中林秀利《なかばやしひでとし》。タマナヒメ関係の記述は、高校教師だった畑清一《はたせいいち》が旧版の『坂牧市史』に載せた物を中林が子供向けにリライトしたものだ。畑は昭和五十一年、藤下兵衛に取材した」

「知らない名前ばかりです」

「ぼくだってそうだ。大事なのは……ぼくが『常井民話考』を受けとり、興味を持ってこの町に来た四年前の時点で、この全員が死んでいたということだ」

自由になる右手で、先生は指を折っていく。

「藤下兵衛は九十歳で亡くなった。年齢だけ聞けば大往生だが、聞いた話によると、冬なのに掛け布団もなく寝ていたところを、冷たくなって発見されたらしい。中林秀利は、趣味の渓流釣りに行ったまま連絡が途絶え、捜索の結果、滝壺に浮いているのが見つかった。そして畑は食中毒。原因はキノコだった。藤下はともかく、他の二人の件は新聞に出ている。越野が調べても、すぐに確かめられるはずだよ」

首筋を誰かに撫でられたように、全身に寒気が走った。

ドアがノックされた。

くぐもった声が喉まで込み上げ、わたしはそれを辛うじて呑み込む。三浦先生が「どうぞ」と声をかけると、さっき食器を下げに来た看護師さんが入ってきた。

「検温です」

「はい、お願いします」

渡された体温計を、先生は右手だけで器用に脇に挟む。

「きちんと十分間ですよ」

「はい」

苦笑気味の返事だ。すると先生は、検温を短めに切り上げた前科があるのかもしれない。看護師さんが出ていくと、先生は顎をしゃくってわたしの背後を示した。手を動かすと体温計がずれるのだろう。

「冷蔵庫にカップゼリーがある。よかったら食べてくれないかな。とんでもない量を買って寄越されて、困っているんだ」

夕飯前に間食はしたくない。だけど、手持ち無沙汰を気にしてくれたのだとわかるから、わたしは素直にお礼を言った。小さな冷蔵庫の中には確かにカップゼリーがたくさん入っていて、蜜柑《みかん》と葡萄《ぶどう》と桃が同じ数ずつあるようだった。葡萄を選ぶ。

病室備えつけの冷蔵庫は、何かの配慮なのか、あまり冷えないようだ。ゼリーは冷えてはいたけれど、ちょっとぬるいような感じもする。

「あの」

「遠慮せずに食べなさい」

「いえ、そうじゃなくて、スプーンはどこにありますか」

「ああ……。冷蔵庫の上が戸棚になってるんだ」

そうして食べた葡萄のゼリーは、やっぱりぬるくて少しすっぱいけれど、甘みにほっとする。一口食べるごとに、さっき先生が話してくれたことが頭から抜けていくような気がした。ぜんぶ、先生の悪い冗談。事故で大怪我を負って、ベッドで寝ているのも退屈だから、ただ一人お見舞いに来たお人好しな生徒をからかって遊んだんだ。そう、自分に言い聞かせようとする。

お腹が空いていたわけではないのに、止まらなくてあっという間に食べきってしまう。検温はまだ終わっていなくて、先生はぴくりとも動かない。スプーンを持って立ち上がると、

「ああ、いいよ、置いておけば」

と言ってくれたけれど、立つことも出来ない人に言われても説得力がない。個室を出て、外科病棟ナースセンターの看護師さんに洗い物ができる場所を訊く。

スプーンを洗って拭いて、病室に戻ったところで体温計のアラームが鳴った。先生が「いつもナースコールじゃ悪いし、呼んできてくれるかな」と言うので、またナースセンターに戻る。

先生が差し出した体温計を見て、看護師さんは首を傾げた。

「うーん。三浦さん、本当に十分間測りましたか？」

「十分かどうかは数えてないのでわからないですが、アラームが鳴るまで身動きもしませんでしたよ」

「そうですか……」

どうも、疑っているようだ。首を傾けたまま看護師さんが病室を出るのを待って、訊く。

「どうしたんですか？」

先生は困ったように笑った。

「平熱が低いんだ。途中で抜いてるんじゃないかと疑われてるんだよね」

「へえ。何度ですか」

「三五・二度」

本当に低い。何かの病気なんじゃないですかと訊きたかったけれど、さすがに失礼な気がして言わなかった。

そうして静かになって、もう一度背もたれのない椅子に座ったときには、わたしも落ち着いて話ができる状態になっていた。敢えて明るく、学校で「宿題はないんですよね」と言うような調子で、

「つまり」

と切り出した。

「『常井民話考』に関わった人が、次々に死んでるってことですよね」

「まあ、そういうことになるね」

　先生も飄々と答えるけれど、こっちは無理をしている感じがしない。やっぱり大人は違う、と、変なところで負けた気になる。

「さっき言いかけたことがある」

　これも気負いなく、さらりと言う。

「『常井民話考』の後に、旧・常井村以外の坂牧市からも民話を収集した『坂牧民話集』が出ている。より分厚く、値段も高い。ただ、これは普通に出まわってるんだ。そのへんの本屋にはないかもしれないけど、注文すれば買えるよ」

「あれ。そうなんですか」

　安心できる材料には、我ながらあまりにあっさりと食いついてしまう。弾んだ声に、しかし先生は続けて言った。

「この『坂牧民話集』には幾つもの伝承・考察が新しく加えられている。……ただし、抜け落ちたものもある」

　そう聞けば、いくらわたしでも先はわかる。

「タマナヒメ関係の記事が、なくなっているんですね」

　先生は何も言わず、身じろぎもしなかった。頷きが小さすぎて見えなかったのかもしれない。日が傾いたのか、それとも雲がまた出てきたのか、病室はいつの間にか薄暗がりに沈んでいる。

「どうして」

言いたくなかったことだけど、これだけはどうしても、言ってしまう。

「そんなことになってると知ってて、どうして先生は平気で調べていたんですか？　わたしにまで本を貸したりして。巻き込んだってことですよね？」

三浦先生の包帯まみれの顔が、沈痛そうに歪む。

「まさかと思っていた。そんなことがあるわけないって。自分が、こんな目に遭うまでは」

ギプスに固められた左手。頷くことも出来ない首。肋骨は折れて、笑うと痛いのだという。

わたしだって、いま怪我を負ったのが三浦先生だということぐらいわかっている。自分自身はまだ、薄気味悪さ以上のものは何も感じていないのだということも。だったらどうして、先生を責めてしまったのだろう。

だけど、話を聞いたいまですら、半信半疑どころか八割は疑いに傾いている。

先生は言った。

「だから、話の前に、越野にはどうしても確認する必要があった。確認というより、忠告だ」

「はい」

「先代タマナヒメ常磐サクラの件について、君が考えている通りぼくはいろいろ知っている。ただ、ぼくはタマナヒメに関わったためにこんな目に遭ったのではと疑っている。坂牧市は小さいけれど、一つの世界だ。外の人間に嗅ぎまわってほしくないこともあるだろう。ぼくはその認識が甘かった。最悪でも嫌な顔をされる程度だと高を括っていた。でもナンバープレートを外したワゴン車なんてものを見てしまったら、自分が間違っていたと反省せざるを得ない。越野、君はまだ中学生だ。大人しく帰って、明日の授業に備えた方がいいんじゃないか？」

確かにそうだ。

未来が見えるタマナヒメ。わたしはどうして、この昔話に関わってしまったのか。

理由ははっきりしている。……サトルが、未来が見えるなんて言うからだ。事実、その予言通りに事件が解決したことがあるからだ。

サトルが「見たことがある」と言うだけなら、そんなのは知ったかぶりか、でなければありがちな既視感だと一蹴できた。ただでさえ馬鹿なんだから馬鹿の上塗りをするなと言って、あんまりしつこければ頭の一つも叩いて、あとは無視していればよかった。たとえ予言の一部が本当に当たったとしても、偶然で片づければよかった。

でも、サトルは未来が見えるだけではない。この町に見覚えがあるだけではない。あいつは怖がっている。怖がって、泣いている。入るなと言われたわたしの部屋の前に立ちすくんで、ふるえている。

わたしの服の裾をつかんで、ふるえているのだ。

いまさらためらったりはしない。わたしは言う。

「大丈夫です。聞かせて下さい」

三浦先生は、重ねて止めることはしなかった。わたしは事情を聞き、知って、その上で判断した。そして三浦先生はわたしを、判断力を備えた大人として扱ってくれる。

「一九九八年五月十二日。時刻は八時過ぎだったと思う。木造のお堂、庚申堂から火が出た。人の話によるとその年は異常気象で、春雨もろくに降らず空気は乾燥していたらしい。火の手が見えたかと思うと一気に燃え上がり、消防が来たときにはもう、庚申堂全体が火に包まれていた。

庚申堂では、ある特定の日に集会が開かれる。幸い、火事の日は集会日には当たっていなかった。正確には、集会日の前日だった。ただ、建物の中には女の子がいたと思われた。常磐サクラ、君も知っている通り、先代のタマナヒメだ。

鎮火したのは日付が変わる前後だったらしい。現場の捜索で遺体が見つかった。本人確認がどう行われたのかまではわからない。ただ、当時の新聞には、亡くなったのは常磐サクラだとはっきり書かれている。

火事の原因は不明だ。ただ、当時の庚申堂では照明に蠟燭を用いていたし、一番燃えているのが遺体周辺だったから、常磐サクラによる失火という説で落ち着いた。達《だる》磨《ま》ストーブを使っていたから、それが原因ではとも言われたらしい。……ところが、いつ頃からか、妙な噂が流れはじめた」

そして先生は、ふいに右手で胸を押さえた。折れた骨が痛むのだろうか。わたしが立ち上がりかけると、

「大丈夫だ。ああ、でも、水を取ってくれないか」

と言う。冷蔵庫に入っていたペットボトル入りのミネラルウォーターを、キャップを開けて渡す。先生はそれを、一気に半分近く飲んだ。

ゆっくりと長い息を吐き、そして再び話しはじめる。

「亡くなった常磐サクラの気管から、煤《すす》が出なかったというんだ」

「煤、ですか」

「そうだ。火事で死んだ人間は、死ぬ間際までの呼吸で煤を吸い込む。ところが検屍解剖の結果、煤は出なかった。

これは、常磐サクラは火災の前に死んでいたことを意味する。しかし死の原因はわからない。他殺か自殺か、病死かもしれない。越野、君にとって五年前は夢のように昔のことかもしれない。でも、大人にとっては違う。この町の人たちはいまでも、先代タマナヒメがなぜ死んだのか、疑心暗鬼にかられている。

……いや、それは言いすぎだ。この町の人たちは口が堅い。いまでも疑っている人は間違いなくいる。だけどもしかしたら、ほとんどの人は単に昔の不幸な火事だと片付けてしまっているのかもしれない。それは、余所者にはわからないことだ。だけど越野。この話には明らかにあやしい所がある。それはわかるかな?」

わたしは、ほとんど即座に答えていた。

「はい」

「どこだろう」

「解剖をしたら煤が出なかったなんて結果が、町の中に広まるのがあやしいです。誰かのでたらめか……」

そこまで言って、口を閉じる。誰かのでたらめか、捜査の途中で警察から流れた噂か。お父さんが職場のお金を盗んだことは、逮捕状が出る前からなぜかアパートのみんなが知っていた。

途絶えた言葉を、先生が引き取る。

「でたらめか、でなかったらリークだ。ただ、警察の方で失火か事故だと片づけているのに、警察からリークがあったというのはおかしな気がする。ぼくはやっぱり、これはでたらめじゃないかと思う。とにかくそんな噂が流れたせいか、ぼくが話を聞いた人は誰一人、その火事が失火だとは思っていなかった。みんな、あれは放火だったと信じている」

ここまでの話を、わたしはゆっくりと理解する。庚申堂の炎上。常磐サクラの死。出所のわからない、あやしい噂。

しかしこの話にはまだもうひとつ、大事な要素があるはずだ。

「先生。先生が書いてくれたメモには、過去のタマナヒメの亡くなり方が書いてありました。町のために尽くして、役目を終えると……」

先生は、ごく小さく頷いた。

「そうだ。民話が伝えるところによれば、彼女たちは役目を終えた後、自ら死ぬ」

「もし庚申堂の火事が、前に起きたことと同じだったとすれば、もう一人死んでいるはずです」

暗くなってきた部屋で、先生は目を細めてわたしを見る。恐ろしい話をしているのに、それはなんて優しい目だったろうか。

「不幸なことだが、そうなるね」

わたしはその人の名前を言える。

でも、その名前は三浦先生のメモに書かれていなかった。先生は知らないのだろうか？　そんなはずはないと思う。何か理由があって、わざと書かなかったのだろう。

水野忠良名誉教授。この町に高速道路を誘致するために招かれた先生。報橋から落ちて溺死している。

あれは何日の出来事だっただろう。わたしは三浦先生のように、その日付をすらすらと思い出すことは出来ない。

ただ、不思議で仕方がない。気がつくと、わたしは訊いていた。

「どうしてでしょうか」

「何がかな」

穏やかに先を促され、ずっと考えていたことが言葉になって出ていく。

「江戸時代の奉行も、明治時代の役人も、先生のメモに書いてあった昭和の会社員も、みんなこの町のために役立ったひとたちです。それがどうして、死なないといけなかったのか」

彼らがタマナヒメから受けた「陳情」がどのようなものであったとしても、彼らは役に立っている。税金を安くしてあげたり、工場を誘致したり、ちゃんと坂牧市のために役立った。水野教授だって、町の噂によれば、ちゃんと報告書を完成させている。何もしなかったなら、ある程度の罰を受けても仕方がないかもしれない。でもそうではなかった。

なのに彼らは死んでしまう。報橋から落ちて、溺れて死んでしまうのだ。それはなぜか。

三浦先生が、ふと鋭い目をした。

「そこだね。実に興味深いポイントだ。ぼくもそれについてはいろいろ考えたんだが、ヒントになりそうな民話がある。越野は『姥皮《うばかわ》』という民話を知っているかな？」

かぶりを振る。

「そうか。絵本ではあんまり見かけないかな。『姥皮』というのは老婆の皮だ。皮というと物騒だが、変身用の着ぐるみと考えていい。

正直な若い娘が、訳あってそれをかぶって奉公に行く。ある日、姥皮を脱いで風呂に入っているところを奉公先の息子に見られてしまう。息子は娘に一目惚れし、娘は嫁になる。とまあ、簡単に言えばこういう話だ」

「はあ」

「だがぼくが問題にしたいのは、このクライマックスの前日譚《たん》とも言うべき部分だ。『姥皮』にはいろんなバリエーションがあるが、その中の一つにこういうものがある。この正直な娘は、元は農家の三人姉妹の末娘だった。父親は真面目に働く農民だったが、ある日、彼の田んぼで水が涸れてしまう。困った父親は『誰か水を引いてくれたら、娘を嫁にやってもいい』と呟いてしまう。そして翌朝、田んぼには満々と水が張られていた」

黙って相槌を打ち、先を聞く。

「田んぼに水を引いたのは沼に住む大蛇だとわかった。大蛇は父親の願いを聞き届けたのだから、約束は果たされなくてはならない。大蛇と結婚してくれと頼まれて、末娘はそれを承諾する。ただ、娘は嫁入りに当たっていくつかのものを要求した。ひとつは瓢簞《ひょうたん》。ひとつは針。ひとつは綿。

娘は沼に行くと瓢簞に綿を詰め、針を刺した。そして、大蛇の嫁になると宣言して、その瓢箪を沼に投げ込む。大蛇は瓢箪に巻きついて水中に引きずり込もうとするが、綿が詰めてあるので浮き上がってしまう。何度も試すうち、針が全身に刺さって死んでしまう。こうして娘は大蛇を仕留めたけれど、家にも帰りづらく、いろいろあって姥皮をかぶって奉公に行く、という流れになる」

姥皮はどこで手に入れたのだろう。

それはともかく、先生の言いたいことはわかった。

「大蛇の立場からしたら、ちゃんと田んぼに水を引いてあげたのに、騙し討ちで殺されてしまうんですね」

「そうだ。さすがに、要点を把握するのが早い」

三浦先生はそう言うと、かすかに笑った。

「大蛇は、たしかに村の役に立った。だけど役目が済んだら、しょせんはバケモノ。もう用はない。大事な財産である娘をやる理由はないから、殺してしまう。似た話はいろいろとある。猿の嫁というパターンもあるし、グリム童話には悪魔の嫁というパターンもある。広く考えればハイヌヴェレやオオゲツヒメにも共通したものを感じる。ハイヌヴェレは宝物を、オオゲツヒメは食べ物を排出することができたが、それを受け取った相手に殺されてしまうんだ」

「バケモノじゃないが、ヨソモノだ。大事な財産をやれないという点では、似たようなものなのかもしれないな」

「でも、奉行はバケモノじゃないです」

大事な財産。姥皮の話になぞらえるなら、それはタマナヒメということになるだろう。奉行や役人たちはヒメという報酬を約束され、常井のために尽くした。しかし用が済んだら、ヒメを与えられることなく殺されてしまう……。

なんだか、悪い夢を見ているような気分になってきた。

先生は本当に、水野教授たちは『姥皮』のように殺されたと思っているんですか。そう直接訊けたらよかったのに。だけどわたしは、どうしてもそれを言うことが出来なかった。蛇ならともかく、新聞記事にも出るような人間が「殺された」と口にすることは、取り返しのつかないことだという気がしてならなかったのだ。

それに、わたしが本当に訊きたかったことは、水野教授の話ではない。

先生の体調は悪くなさそうだし、来客もない。病室には時計が見当たらなかったけれど、ママと約束した夕飯まで、まだ少し時間があるだろう。

口ごもりながら、わたしはそれを訊いた。

「では先生……。もしこの町に、本当に過去と未来を見通す『タマナヒメ』が実在したとして、それは本当に神様だと思いますか?」

わたしはどんな答えを期待していたのだろう。

それは神様だね、願いを叶えてくれるよ、と言ってほしかったのだろうか。

だけど先生はあっさりと、

「それは妄想だろうね」

と答えた。

言葉の意味が浸透してくるまで、少し時間がかかった。

「えっ。でも、先生は……」

先が続かない。三浦先生は、諭すように言う。

「越野。お話と現実を混ぜちゃいけない。この町にタマナヒメの伝承が伝わっているのは事実だ。だけどそれは、あくまで『そう信じられている』というように捉《とら》えられるべきだ。本当にそうなのだと思ってしまっては、学問は魔法になってしまう」

「だって、先生はタマナヒメがいると信じているんでしょう?」

「そりゃ、いるよ」

ギプスで固められた体を身じろぎさせ、先生はもどかしそうだ。

「五年前に死んだ常磐サクラはタマナヒメだったし、いまもヒメはいるはずだ。だけどそれが未来を予知するとか転生するとか、そう考えるべきじゃない。ヒメが庚申堂で果たしている役割については、『常井民話考』に記述がある。越野は読まなかったかな？」

首を横に振る。お朝の話を読んだだけで本を返してしまったことは、先生も知っているはずなのに。

「タマナヒメは、庚申日の七日前から肉と魚と五葷《ごくん》を断って身を清める。特に庚申日の前日は斎戒沐浴《さいかいもくよく》して身を清め、庚申堂で徹宵《てつしょう》する……。わかる？」

ほとんどわからない。

「庚申はわかります。虫が神様に言いつけるのを邪魔するんですよね」

「おお、すごいな。そうだ。神様じゃなくて天帝だけどね。斎戒沐浴は、要するにお風呂に入ることだ。五葷は匂いの強い野菜で、ニンニクやネギやニラのことを言う。ただ、国内で一般的に広まっている庚申信仰で、身を清めるプロセスは聞いたことがない。代表者が前日に一人だけで徹夜するのも、ぼくは類例を知らない。ふつう庚申信仰と言えば、天帝をダシにしてみんなで酒盛りするか、真面目なところでもせいぜい集まってお経を読んだりするだけのものだ。

ぼくが思うに、タマナヒメ伝承……信仰と言ってもいいけれど、それは本来、庚申信仰とは関係がなかったんだろう。いつの頃からか、おそらく対外的に信仰の正当性をアピールする目的で庚申が引き合いに出された。そんな気がする。

つまり、確かにタマナヒメの由来ははっきりしない。もしかしたら昔、本当にそういう姫が逃げて来たことがあったのかもしれない。だけど、だからといっていま存在しているタマナヒメが本当に神様に憑依《ひょうい》されているなんて考えるのは、別の話だよ」

先生の話を聞きながら、わたしは少しぼうっとしていた。ひとつ、まさかと思うことを思いついたからだ。それは三浦先生とは関係のないことだけれど。

病室は静かだ。細く開いた窓から吹き込む風は、なんだか生ぬるい。部屋の明かりを点けたくなるけれど、そろそろ帰るべき時間だ。

最後に、わたしは訊いた。

「常磐サクラが亡くなった火事ですが、目撃者がいませんでしたか」

三浦先生は、不思議そうに言う。

「そりゃあ、いたよ。町中の火事だし、そんなに夜遅くでもなかった」

「いえ、ただ見ただけじゃなくって。もっと、なんというか、よく知っていそうな目撃者が」

思い当たったらしい。先生は「ああ」と呟いた。

「そんな話は聞いたよ。火事の直前まで庚申堂にいた人間がいるって。でも、証言はとれなかったらしい。理由は知らないけど」

椅子から立つ。重傷患者の見舞いにしては、ずいぶん長居をしてしまった。しかも手ぶらで来たというのに。隙間風が不快かもしれないと思い、窓を閉める。揺れていたカーテンが、ゆっくりと動きを止めていく。

最後に、先生はぽつりと言った。

「常磐サクラは十六歳で亡くなったんだ。やりきれないね」

4

夕食はハンバーグだった。ずいぶん久しぶりだ。

お父さんがいた頃は、サトルの好物ということもあってよく食卓に出ていた。わたしは肉だけを食べるというのが苦手だし、何よりハンバーグのたびにサトルがはしゃぐので、ハンバーグにはあまり思い入れがない。

ただ、この町に来てからはじめてのハンバーグは、前の町で食べたものとはレシピが違う。台所でママを手伝ったわたしには、挽肉と同じぐらいか、もしかしたらそれ以上のオカラが混ぜ込まれていることがわかっていた。カロリーは低いだろうからダイエットになる。もっともママがオカラを混ぜたのは、食費を抑えるためだけれども。帰り道の報橋でリンカと話してから、ちょっと変だったサトルは、ハンバーグを見ていつものバカに戻った。

「やったあ！」

甲高い声を上げて満面の笑みになる。勇んでフォークを振り、大きく切り取ったハンバーグを一口では食べられなくてこぼしている。もうちょっと行儀良く食べられるだろうと思うのだけど、本人は至ってご満悦で、

「久しぶりだね、また作ってね！」

と早くも次回をねだっている。混ぜものに気づいた様子はない。ママは優しく、「そうね」と言っている。サトルにはいつか、あんたの喜びの半分はあんたの嫌いなオカラだったと教えてやろう。

越野家では夕食中にテレビをつけることはない。お父さんが決して許さなかったからだ。テレビが大好きなサトルにとってはつらいことだろうけれど、一度身についた習慣はそれなりに規範になるらしい。サトルが異議を唱えることもなく、お父さんが

いなくなったいまでも、何となくそのルールは続いている。

だけどこの日、わたしは言った。

「ねえママ、テレビつけてもいい？」

「えっ。どうしたの、ハルカ」

「昨日、事故を見たって言ったけど、あれが出てないかなって思って」

ママは箸を置き、わたしをじっと見た。

「いいの？」

何を訊かれているのかわからなくて、わたしは戸惑い気味に頷く。

「そう。ハルカがそれでいいのなら」

そして、手近にあったテレビのリモコンを差し出してくれる。受け取り、スイッチを入れる。

途端、コマーシャルの騒々しい音楽が流れ出してきた。女性向けの新しい車がどんなにオシャレか、軽快なリズムで教えてくれる。サトルが目を丸くした。そしてわたしは、ママが何を言いたかったのかをいまさらながらに知った。

静かな食卓は、お父さんがまだ重んじられていることの象徴だったのだ。決まりは破られ、それを叱る人は誰もいない。明日からサトルがテレビを見たいと言っても、もう止めることは出来ないだろう。お父さんの決まりは消えてなくなり、テレビの音が大きければ大きいほど、お父さんの不在は際だっていく。

ママは、テレビをつけたらこうなるとわかっていた。わかっていて、わたしがそれでいいのならと反対しなかった。わたしはバカだった。お父さんがいなくなってからも静かな食卓を保っていたのは、ママのわたしに対する配慮だったのだ。いま、ママはほっとしている。……そしてもしかしたら、心のほんの片隅で、自分からお父さんの幻影を葬ったわたしを哀れんでいるかもしれない。

くちびるを嚙みそうになるのを、かろうじて堪える。「わたしは結果を考えず決まりを破ったのではない。結果がどうなるか、いまお父さんはいないのだとどれほど強く思い知らされるかを知っていて、それでも平気なぐらい強いのだ」とママに思わせるため、わたしは涼しい顔で「ニュースよね」とリモコンのボタンを押していく。

やがて、チャンネルは地域のニュースに合う。どこかの幼稚園で園児たちが何をどうしたとかいう微笑ましいニュースが流れる。オカラでごまかしたハンバーグを呑み下し、わたしは言う。

「あの事故、うちの学校の先生が起こしたらしいの」

「そう」

「三浦って言うんだけど」

「そう」

聞くふりをしてくれるけれど、それはママが優しいからで、話に興味があるからではない。それがわかったから、わたしはテレビに集中するふりをする。

明るいニュースの次は暗いニュース。全国ニュースに比べると色が薄い気がする地域のニュースは、事故と事件の話題に移っていく。

今日も、あきれるぐらいたくさんの事故が起こっている。

高速道路の追突事故で、三歳の女の子を含む一家三人が死んだ。

飲酒運転で電柱にぶつかって、七十一歳の男性が意識不明の重態になった。

火事のニュースもあった。古いアパートから火が出て、子供一人が死んだそうだ。現場にいたひとがビデオカメラを持っていたのか、「視聴者撮影」の火事の映像が映る。燃え上がる炎はアパート全体を包み込み、無責任な野次馬の「うわ、すげえ」なんていう声も録れている。それはいいからもっと交通事故を報じてよと思っていたら、ママが言った。

「ハルカ。悪いけど、他のニュースにしてくれない？」

「え？」

何でだろうと思ってママを見ると、ママは視線をサトルに動かす。

その途端、わたしはびくっとした。サトルの様子がおかしい。普段からテレビを見るのが好きなやつだとはいえ、いま、異常にらんらんと目を見開いてニュースに見入っている。

「なによサトル。どうしたの」

その自分の声も、少し詰まり気味になった。

サトルは答えもしなかった。映像をじっと見つめたまま、手にした茶碗を置きもしない。

考えてみれば、サトルがよくテレビを見ていることは知っているけれど、テレビを見るサトルを見ることはあまりなかった。わたしが自分の部屋に行ってしまうからだ。こいつ、普段からこうなのだろうか。ママはそれを知っていたのだろうか。

とにかくママの言うことを聞こうと、リモコンに手を伸ばす。ちょうどそのタイミングで火事のニュースが終わり、今度は明るいニュースになった。どこかで名物なんとか焼きそばを売り出すらしい。

「ふう」

と、サトルが小さく息を吐く。そして何事もなかったかのように、またご飯を食べはじめる。

わたしはママに、もの問いたげな目を向けた。こいつ、いま変じゃなかった？ なんで？ と。だけどママは、わたしの視線に気づいているはずなのに、

「先生のニュース、やらなかったわね」

とはぐらかした。

「……うん。だね」

すっかり冷め切ったハンバーグを無意識にフォークで突き刺し、わたしはそう呟く。坂牧市の燃えた車のニュースは、なんとか焼きそばよりも価値がなかったようだ。

「ありがとう、消すね」

そう言って、改めてリモコンを手にする。たちまち、さっきとは別の熱意をあらわに、この隙を見逃すものかと言わんばかりにサトルが食いついてきた。

「そのまま！ 次はぼく！」

構わず消してしまうことも出来た。だけどその後、「夕食の時はテレビを消す決まりでしょ」と言っても、それはあまりに虚しい抵抗だ。

明るい音楽が、新しい洗剤がどれほど油汚れを落とすのか教えてくれる。

わたしはサトルの希望を叶えた。

代わりに手を合わせ、「ごちそうさま」と言う。これもお父さんが定めた決まりであり、こちらはまだ、かろうじて破られてはいない。

自分の部屋に戻ると、矢絣柄のカーテンが僅かにそよいでいた。空気が流れているのだ。カーテンを開けて窓を確かめると、確かに木枠の窓が少し開いている。取っ手に指をかけるけれど建て付けが悪く、ちょっと持ち上げるようにしないと閉まらない。気づかなかった。窓が細く開いていたのに寒いとも思わなかったのだから、春らしい。

部屋着の裾を払って、座布団に座る。卓袱台に向かい、わたしは鞄からノートとシャープペンを取り出した。

白紙のページを開き、殴り書きのような字で書いていく。

〝常磐サクラは五年前に焼け死んだ〟
〝水野教授は五年前におぼれ死んだ〟
〝サトルが言ったこと——報橋で人が死んだ。庚申堂のそばに住んでいた〟
〝ママが言ったこと——サトルがこの町に来たのは初めて〟

〝水野報告　賞金〟

字はどんどん雑になっていく。

〝三浦先生が言ったこと——自分は殺されかけた〟

〝少なくとも二人死んでいる　五年前に〟

〝たった五年前！　昔話じゃない！〟

〝タマナヒメは特別な存在である　特別な存在ではない　どっちを信じる？〟

〝宮地ユウコ　三浦先生　どっちを信じる？〟

そして、自分自身でも読めないような滅茶苦茶な字で、最後に書き添える。

〝越野ハルカはカミサマを信じるか？〟


「あははっ」

とうとう声が出た。声を上げて笑いながら、プリントをくしゃくしゃに丸めていく。小さな紙屑になったそれを鷲づかみにして、押し入れに向けて投げつける。

ぽふっと軽い音を立て、紙屑が跳ね返る。畳に座ったまま手を伸ばしてそれを拾い、もう一度投げつける。ぽふっ。また投げる。ぽふっ。二、三度繰り返すうちに、手元に戻るよう跳ね返る角度がわかってくる。面白くて、投げ続ける。

前にもこんなことをした記憶がある。前の家に住んでいたときのことだ。丸めた紙を壁に投げつけ、跳ね返らせて遊んだ。あの時は何を投げたんだったかな。いまより、もっと力一杯投げていた気がする。

「……あれ、いつだったかなあ。どうしてだったかな?」

思い出しかけているビジョンが、はっきりしないまま、たちまち薄れて消えていきそうになる。それが気持ち悪くて、わたしは紙屑をつかみ、記憶の中の自分と行動を合わせた。それを力一杯投げたのだ。ぱふっ、と少し強い音を立て、紙屑は勢いよく戻って来る。つかみ取り、もう一度。もう一度。

……ああ、そうだった。

投げたのは置き手紙だ。書いたのはママ。

休みの日、外に遊びに行って、帰ったら家に誰もいなかった。もう夕方近かったと思う。置き手紙には、サトルが急に熱を出して病院に行くと書いてあった。夕飯は冷蔵庫の中に作ってある、とも。冷蔵庫の中身は憶えていない。食べなかったのかもしれない。お父さんが帰ってきてから一緒に食べようと思っていた気がする。

でもお父さんは外が真っ暗になっても帰ってこなかったし、ママも帰ってこなかった。わたしはお腹を空かせて、腹が立って悔しくて、それでママの置き手紙を丸めて投げたのだ。

そう、あのときと同じように丸めた紙屑を投げるほどに、どんどん思い出す。冷蔵庫に入っていたのは、焼いた鮭だった。いま考えると、サトルを病院に連れて行こうと慌てているのに、わたしのためにグリルを使ってくれたのだからたいへんな気遣いだ。でも、そのときのわたしには理解出来なかった。バターかマーガリンで焼いたらしく、冷えた脂がまとわりついて気持ち悪かった。……それを憶えているということは、結局食べたらしい。

コツがつかめた。押し入れの上ぎりぎり、鴨居のすぐ下を狙うと、うまい具合に手元まで戻ってくる。不思議なもので、こうなると逆に面白くない。

あのときのコツはどうだったかな。さすがに、そんなことまでは思い出せそうもない。ただ、いまのように畳に座ってはいなかった。部屋はフローリングで、黄緑の絨毯を敷いていた。わたしはピンクのクッションに座って、クローゼットの白い扉に紙屑を投げたのだ。

扉は観音開き。友達はお洒落と褒めてくれたけど、扉の廻る範囲には物を置けなくて使いにくかった。開けようとして床のものが引っかかるたびイライラするのに、あの家の収納はぜんぶクローゼットだった。あまり奥行きがなくて、衣更えのたびに苦労した。子供部屋の収納はまだマシで、居間のクローゼットに入っていた掃除機の出し入れが一番面倒だった。いつの間にか、掃除機が台所に出しっぱなしになったのも無理はない……。

そう考えると、前の家もそんなに住み心地は良くなかったかな。それにしてもあのときのクッション、いったいどこに行ったんだろう。引っ越しのとき捨てたわけじゃないと思うんだけど。

最後にもう一度、力いっぱい紙屑を投げつける。りきんで角度がずれてしまい、勢いの割に紙屑はあまり跳ね返ってこなかった。

「……」

何かおかしい。

紙屑が戻って来なかったことじゃない。いま、何かがおかしいと思った。それは何だったのだろう。確かに、何かに気づきかけたのに。

もう一度、さっきの真似をすれば思い出すかもしれない。そう思い、腕を伸ばして紙屑を取る。力いっぱい、押し入れに向けて投げつける。ぽふんという間の抜けた音が鳴り、紙屑が転がる。

そうだ。やっぱり、そうなのだ。

台所、居間、お父さんたちの寝室、わたしとサトルの子供部屋、お風呂、トイレ。一部屋ずつ、間違いのないように思い出す。そうしてみると、ほんの数ヶ月前のことなのに、驚くほどいろんなことが曖昧になっている。子供部屋にかかっていた矢絣柄のカーテンは、いまわたしの部屋で使っている。でも、居間のカーテンは何色だっただろう。壁紙が白かったことは思い出せるけど、寝室のドアは押して開けるんだったかな、引いて開けるんだったかな。

ただ、どう考えても間違いないことが一つある。

前の家に押し入れはなかった。ただのひとつも。

指先がじんじんしてくる。腕を強く振りすぎて、血が指先に溜まってしまったのだろうか。これだけで痺れるんだから、ソフトボール部の子とかすごいよね。

紙屑を拾って、広げる。手の平を押し当ててシワを伸ばす。

シャープペンを手にとって、並んでいる自分の疑問に一つ書き足した。

〝なぜサトルは未来が見えるなんて言うのか？〟

お風呂の順番がどうなっているのか聞こうと、自分の部屋を出る。

まったく急がないので、ここ数日の研究を更に試すことにする。軋む階段を無音で下るにはどうしたらいいか、ずっと試行錯誤していた。

真夜中にトイレに行きたくなったとき、あんなにぎいぎい軋むのでは安眠の邪魔になる。サトルはともかくママに申し訳ない。……それに、もうたぶんそんなにやらないことだとは思うけれど、夜の散歩に行くときも足音は殺したい。この家とは長い付合いになるだろうし、調べておいて損はない。それに何というか、忍者ごっこみたいでちょっと面白い。

踏み板の真ん中あたりを踏むとよく軋むことは、経験的にわかっている。踏み板の出来るだけ深い場所に、爪先からそっと体重を掛けていく。みしりと音が立つけれど、それはほんのちょっとだけ。完全に無音ではないものの、上々の第一歩だ。

二段目、三段目と下って、上から四段目が曲者だ。建て付けが悪いのか、この段は他と比べてもよく軋む。なんというか、踏み板の下にそういう楽器が仕込んであるのではと思うほどだ。

昨日まではこの段をなんとか鳴らさないようにしようと骨を折った。でも、よく考えれば、そこだけが問題なら飛ばしてしまえばいい。

この古い家では、明かりまでもが暗い。階段を照らすのは豆電球ひとつだけ。引っ越してきたときに残っていたもので、いつのものともわからないけれど、ちゃんと光るので取りあえずそのままにしてある。橙色の弱々しい光の中、わたしは膝を曲げてしゃがみ込み、そろそろと足を伸ばしていく。……この階段は急だ。万が一にも転げ落ちたら、たぶん死んでしまう。

上から五段目に足を乗せ、そっと体を移す。下り一段飛ばし、成功。すっくと立って、あとは踏み板の真ん中を避けて下りていく。

廊下の明かりは点いていない。居間の襖はしっかり閉まっているけれど、薄く光が漏れている。忍び足が癖になって、そのまま近づいていく。

そしてわたしは、おかしなことに気づいた。

テレビの音が聞こえてこない。サトルはまだ一階にいるはずで、サトルが居間にいてテレビが消えているなんてほとんど考えられない。

台所も静かだ。明かりも消えている。

普通に考えれば、サトルがお風呂に入っていて、ママが居間にいるのだろう。ママはテレビがついていれば大抵つけっぱなしにするけれど、うるさいと思えば消すこともある。おかしいような気がしたけれど、そんなにおかしくもなかったかな。

そう思いながら、わたしは足音を殺すことをやめなかった。心のどこかで違和感を覚えていて、それで忍び寄るような真似をしたのだろうか？　それともただの気まぐれか、悪戯心だったろうか。居間の襖をほんの少し開けて、中の様子を窺った。

ママが見えた。サトルもいた。

二人は座布団に座って、向かい合っている。ママの両手が伸びサトルの肩にかかっている。まるでこれから強く揺さぶるような姿勢だけれど、ママの動きは緩慢だ。襖を閉じていたら聞こえなかったはずだ。ママの声はひどくしゃがれて、疲れていて、小さかった。

「サトル。お姉ちゃんに訊かれたでしょう。答えてちょうだい」

角度が悪くて、サトルの顔は見えない。その分、ママの顔はほとんど真正面にある。もしママが顔を上げたらわたしと目が合うだろう。でもママはサトルを見つめていて、こちらに気づく様子はない。

「無理はしなくていいのよ。ただ、あなたが見たことを話してくれればいいの」

「壊れた車を見たよ」

出し抜けに、サトルがそう言った。ママはサトルの肩から手を離さない。

「ええ、そうね。そして？」

「ハルカが来た」

ママの顔が歪む。もどかしそうな、責めるような顔。あまり見たい顔ではなかった。

疲れが色濃いことはあっても、ママはいつも微笑んでいたのに。

「そうね、ハルカが来た。それから？」

「あのひとが何て言ったか訊かれた」

「そうなの。それから、どう答えたの？」

「『それから？』って、何度も訊かれたって言ったよ。……いまのママみたいに」

その言葉は、どうしてだかママの痛いところを衝いたらしい。ママの腕から力が抜けていくのが、はっきりとわかる。サトルの肩から手を下ろし、ママが言う。

「……そう。ごめんね。さ、お風呂に入りなさい」

それで話は終わったと思った。わたしも、そ知らぬふりで居間に入ろうと襖に手をかけようとした。

けれど、ひどくぼそぼそとした声でサトルが言った。

「青い毛布」

「えっ」

「青い毛布をかぶったひとがいたって、あのお姉ちゃんには話したよ」

「毛布？　それ、事故の後で？」

サトルが頷く。

「ぼく、見たことある。車が川に落ちそうになって、それから、青い毛布を見たんだ。綺麗な青で、羨ましかった。それから……。それからどうなったんだろう?」

「いい子ね!」

ママが膝を詰める。いまにもサトルにむしゃぶりつきそうに。

「それから」

「それから?」

「……わかんない」

ママが溜め息をつく。そしていきなり、サトルが叫んだ。

「わかんない、でも怖い! 怖いよ!」

あまりに急で、しかもその声はぞっとするほど甲高い。思わず後ずさる。

「もうやだ! この町へんだよ。おかしいよ。ママ、帰ろうよ!」

同感だ。

サトルと意見が合うとは思わなかった。この町は確かに、どこかおかしい。どこがとはっきり言える訳じゃないけれど、なんだか異様だ。帰れるものなら帰りたい。わたしだって、帰りたい。あのアパートは仮住まいだったかもしれないけれど、わたしにとっては生まれてからずっと住んでいた、ただ一つの家だったのに。

隙間の向こうで、ママがサトルを抱きしめる。

「ごめんね、ごめんねサトル。でもわかって、ママの帰る場所はここしかないの」

「やだ！」

「駄々をこねないで。そう、ハルカに聞こえるわよ。ハルカが聞いたら、サトルは相変わらず弱虫だって笑うわよ」

なんてところで人の名前を出すのだろう。

「……ハルカ？」

「ええ」

しかも効いた。後ろ頭しか見えないが、サトルは肩をふるわせながらも、それ以上声を上げることはなかった。

「さ、ママが悪かったわ。お風呂に入っておいで」

「うん」

わたしは飛び退くように襖から離れた。ママの視線がぎりぎりでわたしを捉えた気がするけれど、何も言われなかったのでたぶん見られていない。

いや、絶対気づかれてないはずだ。

大丈夫。大丈夫。

第八章

1

矢絣柄のカーテンから、弱々しい光が差し込んでいるのを見た。

朝というにはまだ暗く、わたしは自分がいつ眠ったのか混乱した。もしかして昼寝をしてしまい、いまは夕方なのかと思ったのだ。時計は五時半を指している。午後じゃない。だんだん思い出してきた。そうだ、昨日はふつうに寝たはずだ。

こんなに早く目が覚めたことはなかった。妙なだるさがある。手足が重い。

布団の中でうつぶせになる。熱っぽい額を布団に押し当てると、少しひんやりとして気持ちがいい。体は少しおかしいけれど、意識は変に醒めていてもう一度眠ることはできそうにない。しばらくそうして悶々としていたけれど、外の空気を吸いたくなった。そのまま膝を折って、掛け布団をはね除けるように起き上がる。

軋む階段を静かに降りるやり方にも慣れてきた。まだ暗い家の中は静まりかえって、自分の呼吸音さえ耳に届く。階段を下りきったら素足のままでスニーカーを履き、玄関の戸に手をかける。からからという音と共に戸が開いていくと、冷えた空気が頰に当たる。新聞受けには、もう朝刊が来ていた。当たり前だけれど、わたしがこの町で一番早く目を覚ましたわけではないらしい。

寝間着から着替えてもいないので、ゆっくりはできない。誰かに見られたら恥ずかしい。わたしは左右をうかがって誰もいないのを確かめると、玄関脇で大きく背伸びをした。

そこには、ボール紙で間に合わせに作った表札が、画鋲で留めてある。「越野」。

越野はお父さんの、そしてわたしの苗字だ。この表札は、自分がこの家にいてもいいただ一つの理由になっている気がする。ボール紙だから燃えるゴミ。それはわかっているけれど。

部屋に戻って、まだ自分の温かみが残る布団に潜り込み、眠ろうと努力した。けれどやっぱり目が冴えて、ぐるぐると埒もない考え事が頭を巡って、ちっとも寝つけそうにない。しばらく無意味に寝返りばかりを打っていたけれど、とうとう諦めた。いま起きたような顔で、今度は気も使わずに階段を下りていく。神経に障る軋みは、まるで目覚まし時計のように家中に響き渡る。これでサトルが目を覚ます分にはいいけれど、ママを起こしたら申し訳ない。やっぱり少しは工夫して降りればよかったと、降りきってから後悔した。

薄暗い居間で、わたしはやっぱり明かりを点けなかった。夜明けってこんなに薄暗いのかと、少しだけ楽しかったのだ。新聞受けから朝刊を取ってくる。暗い中で、音に気をつけながら新聞を広げる。「暗いところで字を読むと目が悪くなるからやめなさい」と、お父さんに叱られる心配はない。

たっぷり挟み込まれたチラシを見る。そう言えばお父さんは、裏面が白いチラシを毎朝選り分けていた。落書きや字の練習に使えるからだと言っていたけれど、実際に何かを書くことはほとんどなかった。いま思うと、少しは喜んで使ってあげれば良かったかもしれない。

今朝のチラシの中には、裏が白いものは一枚もなかった。貼り替えたばかりの障子紙から透けてくる光は、少しずつ明るくなってくる。一番上のチラシは、常井商店街の大売り出しを告げるものだった。

ふと、手が止まった。

「……あれ？」

チラシはカラーで、商店街を大写しにした写真を使っている。遠慮無く紙を横切る「大売り出し!」の文字が邪魔だ。この写真の場所は見たことがある。それは当然だ。たいして買う物もないとはいえ、商店街には何度も行っている。ただ、何か引っかかった。

アーケード街。大売り出しのチラシ用でさえ、シャッターが降りた店が見える通り。通行人の顔も隠すことなく写っている。その中に知っている人がいるのかと思い、丹念に見ていくけれど、知らない顔ばかりだ。何だろう、ちょっと違う気がすると首を傾げているうちに、本当に違和感があったのかどうかわからなくなってきた。

「気のせいか」

呟いて、記事に目を移す。ほんの数分経っただけなのに、文字が見やすい。薄暗さに目が慣れたのか、それとも夜明けから朝になったのか。外はいまにも雨が降りそうな空模様なのに、新聞に出ている天気予報では「午後から晴れ」だった。

襖が開く音が聞こえた。ママが起きてきたのだ。

わたし一人だけの夜明けは、もう終わってしまったらしい。

やがて、目をこすりながらサトルが起きてきて、顔も洗わずにテレビをつける。ちょうど映し出された天気予報でも、雲は次第に晴れていくと言っている。そして、続く占いコーナーで、能天気なアナウンサーがこう言っていた。

「今日一番のラッキーさんは、天秤座のあなた！　ずっと待ってた手紙が届くかも！」

天秤座のわたしは、いったいどんな手紙を待っているだろう。続く「今日一番のアンラッキーさんは、牡羊座のあなた。大好きなひとに叱られちゃうかも」という占いに、牡羊座のサトルが嫌な顔をした。


三浦先生の不在は、わたしに意外な影響を及ぼした。

「どうしたハルカ、元気ないね」

昼休み、リンカにそう肩を叩かれた。

「あ、うん」

自覚はあった。その日の社会の授業には代わりの先生が来ていて、授業は滞りなく再開していた。代わりの先生は三浦先生とはまた違った意味で初々しい女の人で、教壇に立つとまず「三浦先生がお戻りになるまで、よろしくお願いします」と頭を下げていた。それで何となく、三浦先生は五日や十日では復帰しないんだなとわかった。

代わりの先生は綺麗だったので、たちまちクラスの人気をかっさらってしまった。

「うらっち、戻って来なきゃいいのにね」と笑う声も聞いた。三浦先生の命が危ないわけじゃないとわかっているので、そんな軽口では動揺しない。ただ、どうにも気持ちが沈むだけだ。

天気予報には裏切られた。午後になっても、重く垂れ込めた雲は消えなかった。放課後、今日もリンカは一足先に帰ってしまい、わたしは帰り道でひとりだった。

何故だか、すぐに帰りたくないと思った。いつもの道に顔を背け、見知らぬ道へと足を向けた。雨に降られたら困るなとも思っていた。考えなければいけないことがあるはずなのに、雨のことばかり心配していた。

どれぐらい経っただろう。家からも学校からも離れ、帰り道があやしいぐらいに遠くまで来てようやく、このあてどない寄り道のわけに気づく。わたしは、わたしだけの場所に向かっている。

幼稚園児の時、それはいつもひとけのない公園の、ペンキが剝げたゾウの滑り台だった。滑り台の下のじめっとした土をいつまでもいじり、時にはアリを踏んで潰すのが好きだった。

小学生の頃、それは近所の廃屋の庭だった。日に日に荒れ果てていく庭で、力強く伸びる雑草に囲まれて息苦しそうに咲く花を見るのが好きだった。気分がささくれ立った日にそんな花をぷつりともいで、数日後に泣きたいほど後悔したこともある。

そしていま、この町でわたしは、わたしだけの場所を探している。誰にも見つからないところ。誰も知らないところ。誰にも気をつかわなくていいところ。一人きりになって、全部の感情を一時停止して、ぽかんとしたまま時間が過ぎていってくれる場所を探している。

だけどこの町はどこまで行ってもよそよそしく灰色で、錆びたトタンに囲まれた路地も、誰もいない道で点滅する黄信号も、わたしを受け入れようとはしない。店を閉じ看板を下ろした跡がもの寂しい民家や、いつのものとも知れないチラシが破れて糊の跡だけ残った電柱、そうしたものから目を逸らす。前の町に帰りたかった。わたしはただの子供で、あの町にひとりで残ることは出来なかった。学校でもアパートでも、犯罪者の娘であるわたしに優しくしてくれる人はいなかった。だけどあそこには少なくとも、わたしに優しい場所があったのだ。

気がつくと、見覚えのある場所に来ていた。赤いノボリと小さな鳥居。お稲荷様の祠だ。いつかリンカと、ここで待ち合わせをした。「おみくじ引いた？　結構当たるよ」というリンカの言葉を思い出す。立ち止まり、何かのために持ち歩いている百円玉を賽銭箱に入れると、六角形のおみくじ箱を持ち上げる。逆さに振るのかと思ったけれど、どうやら蓋を開けて勝手にくじを引くらしい。手を入れて指に触った最初のくじを引き、開いていく。

——大吉。待ち人は来る。

そんな言葉も、いまさらのおべっかのように見えた。


他に行く場所も見つからず、ママの家に帰りつく頃には日が暮れていた。目の前で街路灯が点灯する。

家は暗かった。残照だけに頼って靴を脱ぐ。暗がりに沈む家は静かで、居間からも台所からも明かりが洩れてこない。テレビの音もしない。誰もいないのだろうか。わたしの帰りが遅いから、ママはサトルを連れておいしいものでも食べに行ったのだろうか。だとしたら、それはとてもいいことだ。たまには親子二人で過ごす日があってもいい。

だけどそれは思い違いだった。ママは家にいた。居間の畳に座布団も敷かずに座り込んでいた。帰ってきたわたしに、気づいてすらいないのではないか。うつろな顔で、夜が迫る部屋で明かりも点けずにいた。

これはわたしのせいなのだろうか。心にそんな怯えがよぎる。夕飯に間に合うように帰るという暗黙の約束を破ったからママは怒って、怒りすぎてこんなふうになっているのだろうか。ママに心配させる権利なんて、わたしにはないのに。

だから、

「ただいま」

の一言でさえ、ふるえ声で絞り出すことになった。

ママはゆっくりと顔を上げる。わたしを見る目は異様だった。きょとんとした不思議そうな眼差しは、「この子は誰だったかしら」と考えているよう。きっと暗いからだ。こんなに日が落ちてきたのに明かりも点けないから、ママはぼんやりしているんだ。それで、電灯の紐を引っ張って、明滅の後に居間が明るくなると、ママの眼が赤くなっているのがわかった。

「おかえりなさい」

その声だけはいつものように、優しく響く。けれどその優しさは、どうにも場違いだ。わたしはママを心配させるほど遅くまで帰って来なかったはずなのに。

「ごめんなさい」

何を言われるよりも先にそう謝ったのは、いっそ叱られて普段通りの夜に戻さなくてはと思ったからだ。まだ焦点が定まらないママの眼は、わたしの危機感を駆り立てる。そういえば夕飯はどうなったのだろう？　台所からは何の匂いもしない。

ママは、わたしを叱らなかった。ぼんやりとした顔のまま、

「ハルカ、いまちょっといい？」

と訊いてきた。

「うん」

「悪いわね」

説教だといいな、と思いながら座る。ママと同じように、畳に座布団も敷かないで。正座はすぐに足が痺れるから、少しだけ崩して。

そしてわたしは、テーブルの上の封筒に気づく。最初からそこにあったはずなのに、まるでいま突然現われたように思えた。封筒はハサミで綺麗に開けられて、切り残しが端から無造作に伸びていた。裏返しに置かれていて、宛名は見えない。

何を話したいかさえ、ママは決めていなかったのではないだろうか。わたしを座らせたはいいけれど、それが何のためかもわかっていないようなうつろな顔で、ママは黙っている。どうしたの、と促そうとして、わたしの言葉は喉で止まる。訊けば、聞きたくない話が始まるに決まっているからだ。

前のアパートから持って来た壁掛け時計が、じいっ……と不愉快な音を立てている。

もういい加減に古いのだ。

お腹が空いた。なけなしの百円でおみくじなんか引くぐらいだったら、どこかで肉まんでも買えばよかった。

数学の宿題が終わっていない。明日は数学の授業があったかな。たぶんあったと思う。ママの話が終わったら、早く取りかからないと。

細く長い溜め息がママの口から漏れていく。

「ハルカには感謝してるのよ」

と、ママは言った。

「家の手伝いもしてくれるし、わがままも言わない。いい子だと思ってる。ハルカがいてくれるおかげで、安心して仕事に行けるわ」

わたしは奥歯を嚙みしめる。

「いまは職場の人にお願いしているけど、忙しい時期になったら、休みの日も出なきゃいけなくなると思うの。ハルカのおかげで、本当に助かってる。三年生にもなって、サトルももう少ししっかりしてくれるといいんだけど、ほら、あの子はあんなでしょう?」

目を逸らして、ママは話す。わたしを見ずにわたしを褒めている。

「あの子は小さい頃から人見知りが激しくて、学校生活に馴染めるかしらと心配したのよ。引っ込み思案だから言いたいことも言わないし、いじめられるんじゃないかって……。でも、ハルカのおかげであの子もずいぶん明るくなって、はきはき喋るようになって。ハルカがいてくれなかったらと思うと、空恐ろしいぐらいよ」

サトルは確かに、人見知りをした。それはいまでも変わっていないけれど、程度は軽くなったかもしれない。口数も少なかったが、それは引っ込み思案というより臆病だったからだ。いまは、少なくともわたしに向けては相当生意気な口を利くようになった。外でも同じように話せているかどうかは知らない。いずれにしても、サトルのことでママにお礼を言われる理由なんて一つもない。

「あの子は気が弱いけど、ハルカに意地を張ろうと思って頑張ってるところもあるのよ。だからね、ハルカには本当に……」

「ママ」

その一言で、ママは口を閉じる。ママ、そうじゃないでしょう。何か他に言いたいことがあるんじゃないの。きっとそれは、テーブルの上の封筒に関係しているんじゃない……？

そんな思いは、言葉にするまでもなく伝わった。ママはそっと目尻を拭い、「そうね」と呟く。わたしの見たところ、別に涙が出ているようでもなかったけれど。

封筒に手を伸ばし、ママはそれを少しだけわたしに押しやる。中身は想像できなかった。嫌なものが入っていることだけはわかるけれど、わたしとママの関係で起こり得る嫌なことには心当たりが多すぎる。裏返しに置かれた封筒を、表に向ける。

郵便番号。住所。そして、ママの名前。きれいな大人らしい字で宛名が書かれている。右ハライが跳ね上がっている、その字には見覚えがあった。一瞬、息をするのを忘れた。胸を小突かれたような気がした。お父さんの字だ。

お父さんからの手紙。でもどうしてママに宛てているのだろう。わたし宛てのはずなのに、間違えたのかな。とにかく無事でいてくれてよかった。いまどこにいるのかは書いてないだろうけど、無事だということさえわかればそれでいい……。

だけどママの手前、浮つき焦る気持ちは押し隠す。つまらないものを扱うような顔を作るけれど、くちびるの端がぴくぴくと動くのは止められなかった。封筒の中身を取り出す。ぺらぺらの紙が、三つ折りになって入っている。便箋は一枚だけなのだろうか。お父さんは作法にうるさくて、手紙は用事がなくても二枚以上の便箋を入れるものだと言っていたのに。

しかし封筒から出てきたのは、便箋ではなかった。

「……何？」

思わず声に出てしまった。緑の文字が印刷された紙だ。三つ折りのそれを開く前に、ちらりと上目にママの顔を見た。

あれは何だろう。見たことのない顔だ。ママはうなだれて、何もないテーブルに眼差しを落としている。その横顔はおそろしく疲れ切っている。肩に力がなく、体は一回りも二回りも小さくなったよう。あの綺麗なママが、この一瞬でまるで数十歳も年をとったようにさえ見える。脱力と言えばそれまでだけれど……。

紙を開く。その左上の文字を見て、わたしはママの顔の意味を悟る。

あれは安心だ。安心しきって、肩の荷が下りて、ほっとしすぎて放心状態になっているのだ。紙にはこう書いてある。「離婚届」。

「夫」の欄に書かれた名前は、右ハライが見覚えのある形に跳ねている。判子は何かの見本のように真っ直ぐ押されている。住所欄には、前に住んでいたアパートの住所が、そのまま書かれていた。

「それ、出そうと思うの」

と、ママは言った。

まだ市役所に出していないから、まだママと呼んでもいいはずだ。だけど離婚が成立したところで、ママは越野ヨシエから、旧姓である雪里《ゆきさと》ヨシエになる。というか、戻る。

怒るとか、悲しいとか、そういう感情は一切湧いてこなかった。ただ馬鹿みたいな薄ら笑いを浮かべて、「離婚届かあ。それはちょっと予想外だったなあ」などと思っていた。

わたしがこの家にいてもいいのは、まだ辛うじて、わたしたちが家族だったからだ。でも、それももうすぐ終わる。ママが解放されるのはいいことだ。お父さんが盗んだお金の恩恵を、ママは一円だって受けていない。それなのにいつまでも日陰者でいる必要はない。さぞかしすっきりしただろう。手を握って「よかったね！」と言ってあげたい。

……あれ？　でももしかして、わたしってお父さんに見捨てられたのかな？

「でもね！」

ママは言葉に力を込めた。離婚届をじっと見つめてにやにやし続けるわたしに、嘘っぽいほど力強い言葉で言う。

「ハルカは、この家にいていいからね。わたしもハルカに助けてもらっているんだから、それはお互いさま。安心してね。ちゃんと、中学を出るまでは面倒を見るからね」

ああ。どさくさに紛れて、それを言いたかったのか。誤魔化そうったってそうはいかない。中学を出るまで。うん。生活が苦しい雪里さんとしては、破格の好条件だよね。こんなに優しい人はいない。本当に。

わたしは、離婚届をそっとテーブルに置く。大事な書類だ。万が一にも汚したりできない。そして、

「じゃあ」

と言いかけるけれど、声が喉に絡まった。ゴホンと咳払いして、改めて言う。

「じゃあ、どうしようかなあ。おじいちゃんの家は無理だし」

父方の祖父母は、さすがお父さんを育てたひとたちだけあって建前に厳しい。あの人たちの理論によると、子供は親と住むもので、そこに例外は一切認められない。お父さんがいなくなった後、寡黙なおじいちゃんの横で、おばあちゃんは「でも、子供は親のそばにいなくちゃいけない。うちは狭いしねえ」という台詞を十五回繰り返した。でもおばあちゃんは親のそばにいないじゃん、と言いたくなったことを憶えている。この世に祖父母に育てられた人間は一人もいないとでも言いそうなほど、おばあちゃんは建前を押し通した。家が狭いしお金もないし気乗りもしないと、はっきり言えば五分で済んだのに。そんなところも、実に、お父さんの親らしい。

「そうねえ。でも、伯父さんがいるでしょう」

「ん……」

いるけれど、わたしは会ったことがない。顔も見たことがない。おじいちゃんやお父さんと仲が悪かったのは知っている。そういえば名前も知らない。会ったこともないけれど姪ですから今日からよろしく、か。ちょっとたいへんな話し合いになりそうだ。それ以前に連絡先さえ知らないのだから、幽霊のお世話になると言っているのと大差ない。ママだってそんなことはわかっているだろう。このひとは単に、そこまでは知らないよと言っているのだ。

卒業まで三年。家族から居候になって、いまでも割と小さくなっていたつもりだけれどさらに頭を引っ込めて三年過ごして、その後は特に予定無し、か。

生きるってたいへん。

「それでね」

ママの声が弾んでいるように聞こえたのは、たぶん気のせいだ。

「こういうことになったでしょう。だんだん、相談もしていかないとと思っているの」

「相談？」

「だから、その」

もじもじとして、笑みを向けてくる。いつもの優しい笑顔ではなかった。何となく媚びるような、嫌な笑い方だ。家族に向ける顔じゃないよね、と思った。これから三年間、こんなことを思い続けるのだろうか。

「学費もかかるし、お米もただじゃないから……」

ああ、それに気づかないのは馬鹿だった。確かにママの言う通りだ。そのことについては、絶対に相談しないといけない。

「いくらかな」

「金額は、また、今度ね。大丈夫、無理は言わないから。ちょっと手伝ってくればいいの」

「アルバイトしないと」

「そうね」

ママは親身に言ってくれた。

「いいお仕事がないか、職場の人にも訊いてみるわ」

学校はアルバイトを認めてくれるだろうか。校則がどうなっているかは知らない。ただ、事情が事情だし何とかなる気もする。禁止だと言われても、どうにかして稼がないことには仕方がないのだけど。三浦先生がいちばん話しやすいけどいまは半死半生だし、担任の村井先生に相談するしかない。ただ正直頼りなさ過ぎて、味方になってくれる気はしないけれど。

中学生じゃコンビニでも使ってくれないだろうし、やっぱり新聞配達かな。道も憶えられそうだ。生活費を払いながら、いつかこの家を逃げ出すだけのお金を貯められるだろうか。ちょっと考えてみたけれど、アルバイトでいくら貰えるのかわからない以上、計画の立てようもない。

ふと気がつくと、わたしはくちびるを嚙んでいた。じんじんと痛むほど強く。いまボンヤリと状況に流されたら、取り返しのつかないことを決められてしまう。無意識にそれを恐れ、痛みで意識を繋ぎとめようとするように。ただ、やりすぎだ。口の中に鉄の味が広がる。

手を伸ばし、ママは鞄を引き寄せる。財布を出すと、テーブルに千円札を置いた。

「ごめんね、ハルカ。ママ疲れちゃった。今日は何か、外で食べて来てちょうだいね」

一食千円は贅沢すぎる。お釣りを返せばいいのだけれど、それにしても。ためらうわたしに、既に腰を浮かせながらママは付け加えた。

「二人でね」

するとサトルもまだ夕飯を食べていないらしい。居間を出ていくママはふらふらと足元も頼りなかったが、はっと気づいたように振り返ると、置きっぱなしだった離婚届に飛びつく。茶封筒をお守りのように胸に抱くと、ママはわたしに向けて、照れ笑いをしてみせた。

2

軋む階段を上り、自分の部屋に戻る。

最初はとうてい馴染むとは思えなかったこの部屋にも、だんだん慣れてきていたところだった。前のアパートに比べてフローリングから畳に、ベッドから布団に、本棚がついた勉強机から卓袱台に変わっているけれど、これも自分の部屋なんだなと思いはじめたところだった。

でも、もう違う。ここはわたしの部屋じゃない。わたしが雪里さんから間借りしている部屋だ。いつか遣り切れないことが降りかかってきても、この部屋の物に当たるのはやめておこう。

ただ、矢絣柄のカーテンは違う。あれはお父さんが買ってくれたものだ。アパートの六畳間をサトルと二人で使っていた。そのとき窓にかかっていたカーテンは、ゾウだのキリンだのカバだのが描かれた、どうしようもなく子供っぽいものだった。結局そのカーテンはわたしとサトルのスペースを仕切るのに使われ、窓には新しいカーテンを買うことになった。「もう子供っぽいのは嫌」とわたしは言った。「もっと、綺麗なのがいい」。次の日、お父さんは矢絣柄を買ってきた。「どうだ、綺麗だろう」と誇らしげに。こういうのじゃないんだけど、と言いたいのは山々だったけれど、そんなことを言ったらお父さんがどんなに怒るか想像できたので黙っていた。

お父さん、か。

わたしはのろのろと、押し入れに向かう。引っ越しの後まだ開けてない段ボール箱が、いくつか放り込んだままになっている。

一つめの箱には、夏用の服が入っていた。そうだ、これを出し忘れていた。こんな片づけ方をしていてはカビが生えてしまう。気づいてよかった。でも、いまは蓋を閉じる。

二つめの箱には、本が入っていた。漫画雑誌ばかりだ。どうしてこんなものを、あの大急ぎの引っ越しの中で持っていこうとしたのだろう。いまのところ邪魔になってないからいいけれど、いつか縛って資源ゴミに出すことになるだろう。蓋を閉じる。

三つめの箱には、あれこれ雑多なものが入っている。綺麗だと思ったビーズ、使いかけのガムテープ、小学校の最後のクラスで作った文集、まだ使えるかどうかわからない乾電池。そんなあれこれに混じって、綺麗な缶がある。

平たくて四角い缶。きらきらした、宝石のようなものが描かれている。キャンディボックスだ。何かのおみやげにお父さんが持って来て、飴を食べた後はわたしがこっそりもらった。サトルもこの缶を欲しがっていて、なくなっていることに気づいた後は一悶着《ひともんちゃく》あった。どこに行ったか知らないかと訊かれても知らんぷりを押し通し、勉強机の鍵がかかる引き出しにしまい込んでから、このキャンディボックスはわたしの宝箱になった。この家に来てからもすぐ取り出し、眺め、隠すようにまたこの段ボール箱に戻しておいた。それを、そっと取り出した。

畳にぺたんと座り、キャンディボックスを置く。引っ越しの時どこかにぶつけて歪んだのか、蓋がかたい。左手でしっかり箱を押さえて、右手の指を引っかけて蓋を持ち上げる。ぱこんという、ひどく間の抜けた音を立てて蓋が開く。

数十枚の紙切れが、ていねいにシワを伸ばして収められている。難しい漢字がずらずら並ぶ、ひどくもったいぶった紙切れ。おみくじ。

相場　機を待てしばし。

恋愛　柳に風。

転居　吉日撰《えら》ぶべし。

そんなことはどうでもいい。気にしたこともない。大吉、中吉、小吉、末吉、吉、いろんな言葉が並ぶのも無視している。わたしが見ている項目は一つしかない。

……小学六年生だった時、お父さんの犯罪が誰の口からか広がって、友達はみんな離れていった。お父さんが具体的に何をしたのか誰も知らなかったのに、わたしは泥棒の子と呼ばれた。

一人で帰る道すがら、六年も気づかなかった神社を見つけた。打ち捨てられたようにぼろぼろの神社の境内に、おみくじの小さな自動販売機があったのだ。

錆びたのを塗り直したのか、自動販売機はひどく毒々しい赤色だった。正直なところ、触るのも嫌だった。だけどわたしは、なぜだかふらふらと近づくと、夕飯代として渡されていた小銭から百円を投入口に入れた。埃をかぶったレバーに指を伸ばし、指の先ぎりぎりで押し下げていく。がちゃんという重い音がしたけれど、落ちてきたおみくじは小さく軽かった。糊づけが思ったよりしっかりしていて、爪を切ったばかりの指で広げるのに手間取った。

そうして広げたおみくじに「大吉」と書かれているのを、わたしは自分でも予想しなかったほど冷ややかな目で見ていた。だけど「待人　来たる」と書いてあるのを見つけたとき、わたしはそれを抱きしめた。待人は来るに違いない。おみくじにそう書いてあった。わたしは心からそう信じ、笑顔で家に帰った。

わたしの待人。お父さん。きっと帰ってくると思っていた。

帰ってくるはずだ。おみくじにそう書いてあった。

その日は、お父さんは帰ってこなかった。何かの間違いだと思って、次の日もおみくじを引いた。今度は大吉ではなかった。でも、「待人　来たる」と書いてあった。

何回、何十回くじを引いても、その項目だけは変わらなかった。何十回の「待人　来たる」。何十枚のおみくじ。シワを伸ばし、キャンディボックスに入っていたビーズやガラス玉やヘアバンドを散らかして、大事に大事に取っておいた。

裏切られ続け、おみくじなんてただの印刷物だと自分に言い聞かせるようになってさえ、この「待人　来たる」を捨てることだけはできなかった。希望を持っていたのだ。いつか、このおみくじの山がわたしの願いを叶えてくれるかもしれないと。お父さんが帰ってきて、また家族で暮らせるようになるかもしれないと。

馬鹿だ。

わたしは本物の馬鹿だ。

こんな……こんなものに、紙きれに、ほんの少しでも救いを感じていたなんて！

破る。

「嘘つき!」

叫ぶ。

キャンディボックスに手を突っ込み、「大吉」や「中吉」や「小吉」のおみくじを鷲づかみにする。破る。ぺらぺらの紙だ。何枚束ねたって、手応えなんかない。破る。

ゴミだ。お腹が空くのを我慢して捻り出した百円玉を何十枚も使った。期待したかった。何度裏切られても、望み通りの文字が出てくると信じたくなった。宝物だと思っていた。でもゴミだ。ほら、こんなに簡単に破れる!

叫び続けている。そんなつもりはなかったのに、意味をなさない叫び声を上げ続けている。数十枚の紙くずを破り続ける。

これ以上破れなくなると、畳に積もった紙くずを握り込む。強く、強く。爪が白くなり、手の平に食い込むほど。手がふるえ、腕がふるえるほど。そしてわたしは、畳を殴った。中学生にもなって、こんな紙くずに希望を託していた自分が馬鹿馬鹿しくて、憎くて、わめきながら握りこぶしを振り下ろし続ける。

自分の叫び声と騒々しさのせいで、気づくのが遅れた。肩に手が置かれるのを感じて振り返ると、ぐしゃぐしゃの涙と鼻水にまみれた顔があった。

「ハルカ！　やめてよハルカ！」

声もやっぱり情けない。そういえば、ずっと耳元で叫ばれ続けていた気がする。やめてよ、と。

手の痛みに気づく。いったん気づくと、我慢できないほどの痛みが広がっていく。見ると、まだ握ったままの手は青黒くなっている。

肩に置かれた手を振り払う。まだ制服を着たままなのだ。明日も着るのに、鼻水のついた手で触らないでほしい。

そう、だいたい、

「なによ。入るなって言ったでしょ！」

けれどサトルは生意気にも、

「ハルカが泣くのが悪いんだ！」

と反論してきた。

「誰が泣いてるのよ」

「ハルカ！」

「泣いてない」

「泣いてるよバカハルカ！」

それはサトルの見間違いだ。紙くずを握り込んだこぶしを広げようとするけれど、手が動かない。痛いというより麻痺している。サトルがぐずついているのをいいことに、手をそっと背中に隠す。

息が苦しい。泣いてはいないけれど、ちょっと興奮はしてしまったかもしれない。大きく息を吸うけれど、その呼吸が胸に詰まって苦しかった。

しゃくり上げながら、サトルが訊いてくる。

「ハルカ、もう泣いてない？」

「最初から泣いてないってば」

どうせまたわめき散らすんだろうなと予想できたから、手が動くなら耳を覆いたかった。

でも、サトルはそうしなかった。やせ我慢らしくくちびるを引き結んで口をもごもごさせていたが、やっと落ち着いたのか、にくたらしく笑った。

「よかった」

絞り出すようにそう言うと、サトルはみっともない泣き顔を取り繕おうとしてか、深呼吸を続けていた。

とにかく時間は稼げた。強張っていた手の筋肉がほぐれてくる。サトルさえいなければ、指に嚙みついて一本一本伸ばすこともできたのだけど。それでも少しずつ開いた手から、破った紙くずが落ちていくのがわかる。

サトルの視線は、からっぽのキャンディボックスに注がれている。これは騙し取ったものなので、いくらサトルが相手とはいえ、さすがに少しばつが悪い。「これぼくの」とか言い出したらどうしようか。

やがて呼吸を整えたサトルは不満そうに口を尖らせ、甘えた声で言った。

「ハルカ……。お腹空いた」

サトルにしてはいいことを言う。ふと時計を見ると、もう八時になっている。確かにわたしもお腹が空いた。

ポケットには夕食代の千円が入っている。外はもう、真っ暗に違いないけれど。

「食べに行くよ」

「えっ？」

「ご飯、食べに行くよ」

「夜なのに？　ママも？」

同じことを何度も言わせないでほしい。サトルを睨みつけ、もう一度はっきりと言った。

「ご飯を食べに行くよ。嫌なの？」

するとサトルは、見たことがないほどの笑顔になった。「ほんとに？ いいの？」

としつこく繰り返しながら、さっきまで泣いていたことなんて忘れたように浮き立っている。見れば、着ているのは半袖に半ズボン。家の中ではいいけれど、四月とはいえ夜の外を歩くには寒そうだ。

「長袖に着替えておいで。もたもたしたら、置いていくからね」

「うん」

せっかちに頷いて、サトルは部屋を飛び出していく。ほっと息をついた瞬間、またひょっこり顔を出して言った。

「ハルカ、顔洗った方がいいよ」

腹立たしいことに、それはとても適切な助言だった。


明るい夜だった。

昼間はずっと垂れ込めていた雲は、いつの間にか吹き払われている。月は満月。あまりに煌々と照るせいで、星がほとんど見えない。街灯の明かりに蛾が一匹誘われている。大きな蛾だ。それを見つけて、サトルが少し、車道側に寄った。

風が吹く。お腹が空いているせいで寒く感じるけれど、何か食べて温まったら、ちょうど気持ちのいい風だと思うだろう。

月は明るく風は涼しい。わたしなんかにもちろん関係なく、その日はとても、いい夜だった。

手が痛い。まだ指がまっすぐ伸びないので、両手ともパーカーのポケットにつっこんでいる。だんだん痛みは引いていくから、骨とかにはたぶん異常なさそうだ。もし前のアパートだったら、フローリングの硬さのせいで骨折していたかもしれない。畳バンザイだ。

何も考えていなかったけれど、気づくとわたしは通学路を歩いていた。歩き慣れた道ではあるけれど、行き先は中学校だ。夕飯は出してくれそうもない。どうしようかなと思っていたら、サトルが訊いてきた。

「ねえ、なに食べるの」

「ん。なに食べたい？」

素っ頓狂な声が返ってきた。

「決めてないの？　じゃあ、なんでこっちに行くの？」

「あっちに行かなかったから」

そう煙に巻くと、サトルは難しい顔で黙り込んだ。まあ、市街地もこっちの方なのだから、間違った道には来ていない。

手だけでなく、実は喉も痛い。叫びすぎた。泣いても喚いても仕方がないことなのにね。いまさら、どうにもならないんだし。取りあえずのお金のことはアルバイト先が見つかってから考えるとして、三年後はどうしようか。……などと考えていて、ふと気づく。わたし、いま別に無理してないよね。どうしてこんなに、さばさばと将来のことが考えられるんだろう。こんなに切り替えが早い女の子だったかなあ。

「ハルカ、笑ってる」

「そう？　笑ってないよ」

「バカハルカ。泣いても泣いてないって言うし、笑っても笑ってないって言う」

手が平気なら、サトルの後ろ頭をはたいてやるところなんだけど。いまのところは、肘でつっつくぐらいしかできない。

……たぶん、わたしは覚悟をしていたのだろう。お父さんは自分で言っていたほど、そして他人にも要求していたほどには、正しい人ではなかった。わたしはお父さんが好きだし、いまでも戻って来て欲しいとは思っている。でも心のどこかで、あのひとは「これも仕方がないことなのだ」と自分に言い聞かせさえすれば、わたしを捨てられるひとなのだと気づいていた。

それなのに希望を持ち続けていたのは、そう、例の紙くずのせいに違いない。「神様のお告げなんだから帰ってくるんじゃないかな」と思ってしまったのだ。あれさえなければ、もっと早く見切りを付けていたような気がする。

神様はいない。でも、信じたかった。

堤防道路に沿って歩き、鉄橋が近づいてくる。さて、どこに行こう。何もかも忘れて、このままどこかに消えてしまいたいのは山々だ。ただ、そうするためには問題が三つある。一つ。手持ちのお金が千円だけ。二つ。サトルが邪魔。三つ。そんなことよりお腹が空いた。

「で、決めた？」

自分では何も考えていなかったことを棚に上げて、サトルに訊く。

「えっ」

「え、じゃないでしょ。なに食べたいか決めたかって訊いてるの」

「ぼくが決めていいの？」

そう言われると、よくない気がしてきた。なんでわたしの夕飯を、サトルに決められなきゃいけないのか。

やっぱりこっちで決める、と言おうとしたけれど、サトルが異常に食いついてきた。普段は笑うのにもどこかひねくれた感じがするくせに、この晩だけは混じり気なし、満面の笑顔で大声を出した。

「ラーメン!」

「えー……」

「ラーメンがいい!」

サトルはにやけた顔のまま、人差し指を立てて左右に振った。なにその気障《きざ》な仕草。馬鹿にするより先に馬鹿馬鹿しくなって、ついわたしも笑ってしまう。

「夜中のラーメンはロマンなんだよ」

「どこで憶えたの、そんな台詞」

「テレビ」

見栄も張らずに引用元を自白する。何というか、他愛ない。

そういえば、夜にサトルが家を出たことはほとんどない。夜のあいだ、テレビを独占する。わたしは自分の部屋に行くから、なにを見ているのかは知らないけれど。

「ところで、いいの? 見たいテレビがあるんじゃないの?」

するとサトルは、こちらを見下すような顔をした。

「別に」

「だってあんた、いっつもテレビ見てるじゃない」

「つまんないよ。何となく見てるだけ。暇だから」

ポケットの中で指を動かす。うん、ずいぶん感覚が戻ってきた。右手をポケットから出して、サトルの頭を平手でたたく。鈍い痛みが残っているから、いつもよりずっと弱く。

「いたっ」

「勉強しな。あんた馬鹿なんだから」

きんきん声の反論を予想したけれど、それは外れた。サトルは頭をさすりながら、上目遣いになって言った。

「じゃあハルカ、教えてくれる？」

「なにを」

「勉強」

「なんでわたしが。自分でやりなさいよ」

途端にうつむいて、たいして痛くもないはずの頭をしつこく撫でながら、

「バカだから教えられないんだ。バカハルカ」

などと呟いている。

鉄橋まで来た。ラーメン屋なんてどこにあっただろうと考えて、思い出した。そうだ、図書館に行く途中で見た。あそこならチェーン店で、雰囲気も悪くない。子供二人で行っても、アルバイトの店員さんはわたしたちを問答無用で追い出したりはしないだろう。それに安い。千円で二人分の注文が出来るだろう。

「生駒屋に行くよ」

「えっ？」

信じられない福音でも聞いたように、サトルは疑い深そうに眉を寄せ、それから次第次第に笑顔になっていく。

「生駒屋？　ラーメン？」

「うん」

「だって、生駒屋は前の町のお店だよ」

「バカね。チェーン店って言って、ああいうお店はどこにでもあるの」

サトルは飛び跳ねた。

「やったあ！」

はしゃぎすぎの子供のそばにいるのは恥ずかしいので、わたしは先に歩き出す。いまは八時半ぐらいだろうか。あんまり遅くなると、お巡りさんが怖い。とにかく町の方へ向かうため、鉄橋を渡りはじめる。サトルはすぐに横に並ぶ。

「言っておくけどね。わたし、頭いいよ」

「嘘だよ」

そういえば言ったことがなかったかもしれない。サトルはわたしの成績を知り得ないし、わたしも別に話したいとも思っていなかった。お父さんがいなくなってからはなおさら、ママに遠慮して成績の話はしなかった気がする。

「本当よ。あんたぐらいの学年だったら、テストは全部百点だった」

「嘘だ」

「成績良すぎると嫌われる空気だったからね。気を遣ったもんよ。それでも学級長とかには真っ先に選ばれて、出来る子はつらいわーって思ってた」

サトルは、何か苦いものでも噛んだような顔をしている。気分がいい。

橋を渡る車の量は少ないけれど、軽自動車一台でも通れば、僅かな振動が足元から伝わってくる。川面を吹いてくる風は、少し冷たい。手の痛みのためではなく肌寒さのため、わたしは手をポケットに戻す。

橋の半ばまでサトルは口を開かなかった。振動が怖いのかと思ったけれど、そうではなかった。不意に「ハルカ」とわたしの名を呼んで、俯き気味にこう言った。

「バカは嫌い？」

考えたこともない問題だ。

うん、そう、真正面から訊かれると、案外そうでもないかもしれない。

「少なくとも」

と、慎重に答える。

「成績が悪いから嫌いかって言えば、そんなことはないかな」

小学校で一番仲がよかった子は、お世辞にも成績がよかったとは言えない。でもわたしは、その子の成績を気にしたことすらなかった。いまごろどうしているだろう。泥棒の娘と呼ばれ陰湿な嫌がらせが繰り返される中、あの子だけはずっとわたしを励ましてくれた。

まあ、それも最後には教室の空気に負けて、申し訳なさそうな顔でわたしから離れていったけれど。

「そっか」

呟きが聞こえた。

橋の向こうから自転車のライトが近づいてくる。わたしとサトルは横に並んで歩いていたから、これでは邪魔になる。無言でサトルの前に出る。自転車に乗っているのは、でっぷり太った男の人だった。いまどき夜中に出歩く子供なんて珍しくもないだろうに、いかにも「けしからん」と言いたげにじろじろと見てくる。すれ違いざま、男のひとは「まったく」と聞こえよがしに言い捨てる。まったく最近の若い者は、とでも言いたかったのだろうか。お酒の匂いが、遅れて鼻をつく。

気分が悪くなった。黙っているのが嫌で、どうでもいいことを訊く。

「それでサトル、どんなラーメンがいいの？」

わざとらしく腕を組み、サトルは首を傾げた。

「ええと……。ふつうの」

「いろいろあるでしょ。醤油とか味噌とか。よく知らないけど」

「なるとが乗ったやつがいい」

「なるとって、蒲鉾《かまぼこ》みたいなやつ？　あんなのが好きなの？」

「別に好きじゃないけど」

そこでなぜか、サトルは急に言葉を切る。なるとに何か深遠なこだわりでもあるのだろうか。どうせバカなこと考えてるんだろうなと、さして気にもしなかった。

やがてサトルは、小声で言った。

「前に食べたのがいい」

「前？」

小さく頷き、サトルはぽつりぽつりと話し出す。

「前に生駒屋で食べたの。夜中に……ママと、ハルカと」

そうだった。外食嫌いのお父さんが出張のとき、こっそり行ったのだ。

「タバコくさくて、うるさかった。……ママが小さなお皿をもらってくれたんだ。そこにラーメンを入れてくれた。でも、それだけじゃ嫌だった。なるとが欲しくて、それから……」

サトルはわたしを見上げて、変な笑い方をした。

「忘れちゃった。ラーメン食べたら、思い出しそう」

似たような事は、たぶんわたしにもあったのだろうと思う。お父さんは厳しい人だったけれど、子供のわたしに食べ物を取り分けてくれたことも一度ぐらいはあったはずだ。

でも、忘れてしまった。サトルはよく憶えている方だろう。それはサトルが、まだ幼児期に片足を残しているからかもしれないけれど。

ふうん、と生返事をする。

そしてわたしは鉄橋の上で夜風に吹かれながら、自分が色んなことを知っていると気づく。

この町のこと。ママのこと。サトルのこと。

高速道路誘致の看板。真新しい庚申堂。「水野報告」。タマナヒメ。

押し入れがなかったはずの部屋。『常井民話考』。

フリーマーケット。出店で食べた昼ご飯。文化会館。「がちゃな連中」。

報橋。三浦先生の先輩。三浦先生の事故。

カブトムシ型の看板。商店街のチラシ。

離婚届。

大事に集めたおみくじ。

サトルはなぜ、この町で起きるさまざまなことを「見たことがある」のか？

わたしはそれらを結びつける道筋を知っている。そのことに、いま気づいた。あまりにも明らかで、笑ってしまう！

だけどその真実は、率直に言って気分のいいものではなかった。わたしにとっても愉快ではないけれど、それ以上に、たぶん……。

「ハルカ？」

様子がおかしかったのか、サトルが心配そうな声をかけてくる。

サトル。何を言ってもつっかかってくる、鬱陶しい弟。いや、弟ですらない。「雪里さんの息子」であって、わたしとは関係のない人間だ。

こいつはバカなので、自分がどういう状況に置かれているのか理解できないだろう。お気の毒さまと一言残して、後はしらんぷりでもいいのだけれど。

「バカは別に嫌いじゃないけど」

サトルの方は見ずに、わたしはそう言った。

「弱い子は嫌い。泣く子は嫌い」

「ハルカだって」

途端に声を詰まらせながら、サトルが言い返してくる。

「さっき泣いてた」

「そうね」

泣き喚いていた。

「そんなこともある。でも、あっちでもこっちでも泣いて、誰かに見られたらおしまいよ。一旦《いったん》あいつは弱いんだって思われたら、それはもう酷い目に遭うんだから。だから泣きたいときでも平気な顔して、ふとももつねって我慢するんじゃない。それを、あんたはすぐにめそめそして、自分じゃなんにもしない。もっと頑張りなさいよ。意地を張って恰好つけて、大威張りしてみなさいよ。男の子でしょ？」

「だって……」

ぼそぼそと言い訳をする。

「怖いんだもん。ハルカには、わかんないよ」

「なんでわたしにわかんないのよ」

「ハルカは強いから」

「バカじゃないの。あんたは人の話をどう聞いてたのよ」

喉の痛みを忘れ、わたしは叫ぶ。

「強くないから、強いふりするんでしょ！」

見るとサトルは背中を丸め、体を小さくしている。なんて姿勢だ。

サトルの腰に左手を当てる。右手は顎にかける。

「ちゃんと立ちなさいよ！」

無理矢理、体を起こさせる。すると、サトルの身長は思ったより低くない。もっとちびだったはずなのに。間違って踏んづけてしまいそうなほど、小さな子供だったはずなのに。

こちらに顔を向けさせる。まだいまのところは、わたしの方が背が高い。たちまち涙が溜まっていくサトルの目を真っ正面から睨みつける。

「聞きなさい。よく聞いて、憶えるの。泣くのはひとりの時だけ。それができないうちは、お子様よ」

何を言われても理不尽に叱られたと思い込むサトルだが、このときだけは違っていた。くちびるを強く引き結び、息を詰めて、わたしを睨み返してくる。まだまだ弱々しい顔だけど、涙がこぼれなかったことだけは褒めてあげてもいい。

「わかった?」

と言うと、ひどく苦しそうに頷く。

「わかった」

「よし」

手を離す。

「よろしい。……じゃ、ラーメン食べに行くよ」

そう言った途端、わたしのお腹がぐうぐうと鳴りはじめる。

いったい、なんて間の悪さだろう！

第九章

1

翌朝、洗面所でいつもの倍は時間を使った。

昨夜はよく眠ったつもりだったのに、鏡を見てびっくりした。目は赤く、その下には隈ができていて、心なしか頬も細くなっている。ひどい顔だけれど、最後の一つは痩せたようにも見えて悪くない。いくら学校がお互いの弱味を探り合う場所だからといって、顔つきひとつで何があったか見抜かれるようなことはないはず。でもまあ、いちおう、念には念を入れて顔を洗う。

朝ごはんは、普通に用意されていた。ご飯と味噌汁と卵焼き。きんぴらごぼう。ごく普通の、家族の朝ごはんといった感じだ。ママが離婚届を市役所に出すのは、早くても今日のはず。朝ごはんは遠慮なく食べる。その食べっぷりを見て、ママが「安心したわ」と呟いていた。「ショックでご飯が食べられません」なんていう芝居は、わたしには似合わない。来るべきアルバイト生活に向けて体力をつけないと。

家は、サトルと一緒に出る。報橋を怖がるサトルに付き添うことになっているからだ。でも、もう何だか馬鹿馬鹿しい。

「あんた、ひとりで学校行けるでしょ」

ごねたら置いていこうと思いつつ言うと、サトルは案外あっさりと、

「うん」

と頷いた。

家での立場がどう変わろうと、ママとサトルの苗字が変わろうと、学校生活には関係ない。幸い、家庭事情を話すほど仲良くなった相手はまだいない。自分の頬をひとつ叩いて、学校へと向かう。いつも通り多数派にくっついて、笑顔でいれば何でも乗り切れる。わたしはわたし、何も変わらない。

そう思っていたのだけれど。

クラスの様子は、朝からどこかおかしかった。

昼休みに入る頃には、わたしは空気の違いをはっきりと感じていた。そこそこうま

く立ちまわってきたつもりだけれど、わたしはまだ、この教室に地位を確立できていない。出身小学校ごとに集まる派閥に食い込むには時間が足りなかった。いまのところわたしとクラスメートたちの関係は、事実上、在原リンカひとりを窓口に成り立っていると言っていい。班が同じ小竹さんも栗田さんも、まだ頼りにできるほど関係を作れていないのだ。

自分の立場が危ういことはわかっていた。よそ者であるわたしが一度でも白い目で見られたら、それを跳ね返すカードを用意するのは難しい。知っていたのに。

誰も、わたしと目を合わせようとしない。偶然かと思ったけれど、だんだんとそうじゃないことがわかってくる。昨日まで三つ離れた机に集まっていたグループが、今日は教室の隅に集まっている。小竹さんの席はわたしの斜め前だけれど、朝は机の上に鞄を置いたきりどこかに消えた。そして休み時間になるたび、露骨に急いで席を離れていく。

決定的なのは栗田さんの振る舞いだ。栗田さんはクラスの中で、「大人しい子」のグループに属している。ヒエラルキーの一番下に近い。それだけにわたしは、栗田さんには近づかないようにしていた。距離を置かれていることは、彼女もわかっていたはずだ。それなのに今日、ほんの一瞬事故のように目線があった時、栗田さんはわたしを哀れむように見たのだ。

開いたノートに走り書きする。

『最悪の一日！』

根まわしされた。

今日、学校が始まってからだろうか。それとも昨日のうちに？　誰が首謀者かはわからない。このクラスに、クラス全員を煽動できるようなリーダーがいるようには見えなかったのに。

目をつけられた理由には心当たりがある。

三浦先生だ。

先生の事故――先生自身は事件だと言っているけれど――は、クラスに娯楽をもたらした。みんな、特別な経験に飢えている。担当の先生が交通事故で死ぬなんてことになったら、それは大興奮を巻き起こしただろう。

しかし先生は重傷で済み、命には別状がなかった。誰も口に出しては言わないけれど、がっかりしたひともいただろう。

こういう空気感は、わたしも確かに摑んでいた。……ただ、その評価を誤ったかもしれない。

三浦先生の病室にひとりでお見舞いに行ったのが、ばれたのだ。そうとしか考えられない。

中学校の三年間はまだ始まったばかりだ。三年間もこの状態が続けば、いずれエスカレートするのは目に見えている。対処するなら早いうちでないといけないのに、事態は最悪だった。今日、リンカは学校を休んでいる。

ついてない。空席になっているリンカの椅子を恨めしげに見ながら突破口を探すけれど、誰ひとり話しかけられる隙を作らない。こんなに早くクラスが団結するなんて予想外だ。やっぱり、リンカがいないことには這い上がる糸口さえ見つからない。結局誰とも一言も交わせないまま、一日の授業が終わる。

だけど、学校の終わりが一日の終わりではない。わたしは、自分が書いた『最悪の一日!』という言葉が本当だということに、しばらく気づかないでいた。

もっと早く気づくべきではあったのだ。わたしが家に帰った四時半、サトルはまだ帰っていなかった。

ママは五時半に帰ってきた。両手に買い物袋を提げて。わたしの顔を見ると何よりも先に、「まだ出してないわよ」と言った。

夕飯の仕度がととのったのが六時半。ママはわたしに、優しく言った。

「ハルカ。ご飯だから、サトルを呼んできてちょうだい」

たぶん、わたしの顔からはさっと血の気が引いていったと思う。

最悪の一日。

サトルが帰ってこなかった。

2

どうして、サトルが帰ってないことに気づかなかったのだろう。

わたしは自分が家に帰ってから、ただぼんやりと「明日からどうしよう」と考えていた。きっとそのせいだ。わたしが、自分のことばかり考えていたから。

あいつは道草を食っているのだろうか。これまでサトルが夕飯に間に合わなかったことはない。それどころか、そのずっと前から居間に陣取ってテレビの前に座り、見るものがなければニュースにすら見入って夕飯を待つのが常だった。けれどあいつだって、いつかは成長する。一人の時間が欲しくて帰りが遅くなる日が来るはずだ。それが今日だったのだろうか？

「探しに行ってくる」

そう言ったわたしを、ママがやんわりと止めた。

「慌てないで、ハルカ。友達と遊んでるだけかもしれない」

「でも」

「心配ないわ。大丈夫よ」

何をのんきなことを！

けれど勢い込んで見たママの顔は、ぎょっとするほどに白かった。それなのに、わたしには慌てるなと言う。きっとママは、自分に落ち着けと言い聞かせているんだろう。それがわかったから、わたしは小さく頷き、二階へと駆け上がる。

自分の部屋では電灯も点けなかった。

卓袱台には、三浦先生からもらったメモが置いてある。明るくなればそれが目に入る。嫌な話ばっかりが載っているメモが。あんなものは見たくない。背を向けて、膝を抱えて座る。

身じろぎもできない。矢絣柄のカーテンが、少しだけ開いている。わたしは夕焼けを見ながら帰ってきた。いま、カーテンの隙間から見える空はどこまでも群青色で、それもすぐに暮れていくだろう。

わたしは昨夜、サトルに「泣くな」と言った。だけど本当は、「気をつけろ」と言うべきだったのだ。この町で何が起きているのか、そこにサトルがどう関わっているのか、わたしには察しがついていた。それなのに、わたしは一言の警告もしなかった。どうして気がついてあげられなかったのか。あいつはバカだから、自分では何も気づかないだろうとわかっていたのに！

……そのまま、一時間も経った気がする。実際に過ぎた時間はもっと短かったのだろうけど、時計を見ていなかったからわからない。不意に、階段が軋む音が聞こえてきた。サトルが帰ってきたのかもしれないとは、全然思わなかった。あいつが階段を上るときは、もっと軽い音がする。いま上がってくるのは大人だ。やがて襖を開けたのは思った通りママで、これも予想通りに、

「電気ぐらい点けなさい」

と言った。

「うん」

「どうしたの、ハルカ。ご飯も食べないで。サトルと喧嘩でもしたの？」

ああ、そうか。そう考えるのが自然なんだ。サトルが帰ってこないのはわたしと喧嘩したせいだ、と。

首を横に振る。

「別に。ただ、食べたくないだけ」

そう言いながら、願う。ママ、どうかわたしの予想を裏切って。

だけどママは、いつも通りに優しかった。

「そう。食べられそうなら下りてきなさいね」

「……うん」

「おにぎりにしたら食べられそう？　作ろうか？」

「いい。いまは、いい。ちゃんと後で食べるから」

わたしは、ママをじっと見て言った。

「ごめんなさい。わがまま言って」

ママは戸惑い、そして微笑んだ。

「いいのよ。あの子のこと、心配してくれているのね。大丈夫よ」

「何時……」

「え、なあに」

何時まで帰ってこなかったら警察に通報するか、それを決めておけば気が楽になる。いつまで待てば次の行動に移れるかわからないのは、宙ぶらりんでつらい。でもわたしは、出かかった言葉を呑み込んだ。

たとえ日付が変わるまで待っても、ママは決して通報しないだろうから。

「ううん。なんでもない」

「そう。……とにかく、電気だけでも点けなさい。目が悪くなるわよ」

襖を閉めかけて、ママは思い出したように付け加える。

「やっぱり少し、まわりを探してくる。ハルカは留守番していてちょうだい。あの子が帰ってきたとき、誰もいないとかわいそうだから」

頷く。そして、だんだん遠ざかる階段の軋みを、耳を澄まして聞いていた。やがて、玄関の戸を開け閉めする音が聞こえてくる。

膝を抱えた腕をほどく。わたしはゆっくり、立ち上がる。

ママは優しい。いつも通りに。

それがおかしいのだ。


外はもう完全に夜で、窓のない階段には月明かりさえ届かない。廊下も真っ暗で、物音ひとつしない。

夜の家に誰もいなかったことが、これまであっただろうか。

はっきりとは憶えていない。でも、わたしがほんの子供だった頃、一度だけあったような気がする。夜中に目が醒めて、布団から抜け出した。家の中はいまと同じように暗く、探しても誰もいなかった。とても悲しくて、窓を開けて外を見ていた。お父さんもお母さんも、わたしを捨ててどこかに行ってしまった。きっともう会えないんだ。声を上げたくなるのを必死で我慢して、わたしは窓辺でしゃくりあげていた。

そうだ。やがて帰ってきたお父さんたちは、おみやげを持っていた。焼き鳥だった。すっかり冷めて、白く固まった脂がタレに浮いていた焼き鳥。お父さんは外食が嫌いだったくせに、外でお酒を飲むことは好きだったのだ。お父さんは「こんな時間に起きるなんて」とわたしを叱った。不思議だ。こんな昔の話、思い出したこともなかったのに、「誰もいない夜の家」という繋がりだけで次々に思い出す。

居間の襖は薄く開いている。わたしは台所へと向かう。ママが夕飯を作ってくれてから、もうずいぶん時間が経っているはずだ。食べ物の匂いはしない。

台所のテーブルには、埃除けのラップをかぶせた皿と小鉢が一つずつ置いてある。暗がりの中、炊飯ジャーの保温スイッチが光っている。台所には、窓から街灯の明かりが差し込んでいる。その光を頼りに、わたしは茶碗にご飯を盛る。しゃもじが釜の底に当たる。ちょうど一膳で、ご飯はなくなった。後で洗うことを考えて、釜に水を張っておく。

今日のおかずは、鰈《かれい》の煮付けだった。ママは煮付けを作るとき、いつも生姜を利かせすぎる。わたしは最初、それがとても苦手だった。いまは慣れた。小鉢の中身はきんぴらごぼう。朝とおなじ。これはママが作ったのではなく、スーパーで売っている総菜だ。

一人分の夕食をお盆に乗せる。煮付けの煮汁がこぼれないよう気をつけながら、暗い廊下を居間へと戻る。

目が慣れて、居間もそんなに暗く感じない。テーブルに夕飯を並べてラップを剝がし、無言で食べはじめる。

食欲はなかった。でも、食べておかなければいけないと思った。今夜はきっと、とても長い。

箸で鰈の身を剝がす。ご飯に乗せ、口に運ぶ。煮付けは冷めているけれど、まだほんの少し温かい。その生ぬるさが気持ち悪いけれど、熱いご飯に乗せるとちょうどいい。今日の味付けも、やっぱり生姜がよく利いている。いつものママの味だ。

ママはいつでも、わたしに優しくしてくれる。

でも、今日はそうすべきではなかった。サトルが帰ってこなくて、わたしは二階に閉じこもってしまった。ママは「サトルと喧嘩でもしたの？」と訊いた。そこまでは、自然だと思う。

だけどその後、ママは間違った。

もし、サトルが帰ってこなかったのが一昨日だったら、わたしはママの優しさを理解できなかっただろう。事によると、そんなときでもわたしを気遣うママに、かえって疎外感を覚えたかもしれない。

だけど、いまはそうでもない。


夕飯の片づけも後まわしで、まずわたしは電話をかける。

五回のコールの後、聞こえてきたのは「ただいま留守にしております」の冷たい声。これは計算の内だ。「ぴーという発信音の後にメッセージをどうぞ」。ここで噛んだら恰好悪いなと思い、ちょっと慎重に、こう言った。

「探しているものを持っていく。交換して」

時間を決めていなかった。時計を見る。九時だった。二時間もあれば、足りるだろうか。

「今夜十一時。庚申堂で待ってて」

3

夜が更けるほど冷えてくるはず。着替えには薄手の長袖を選ぶ。手持ちの長袖で、生地が薄いものは二着ある。片方は白で花柄の縫い取りがある。もう片方は灰色だ。飾り気もない灰色なんて部屋着にしかならない。わたしはこれを着て外に出たことはなかった。でも今夜は別だ。そっと袖を通す。下は綿のパンツ。財布は持っていかない。でも何があるかわからないので、右のポケットに五百円玉を、左のポケットには百円玉を、それぞれ一枚だけ入れた。ふと気がつくと、靴下が白だった。これは別にいいかなと思ったけれど、何が命取りになるかわからないと思い直す。黒い靴下は持っていなかったと思うけど、紺ならあった。履き替えて、ひとつ息をつく。

上手くいけば、こんな準備は全部無駄になる。ぜひともそうなって欲しいけれど、今夜ばかりは、万が一のことを考えないわけにはいかない。

数分後、わたしは自転車を漕いでいる。

月が明るく、わたしの姿は昼間よりも目立っているような気がする。鉄橋を一息に渡って、目指すのは町の中心部。むかし常井村と呼ばれたあたりだ。気は急《せ》くけれど、めちゃくちゃに急いだりはしない。事故に遭ったり、可能性は低いと思うけどお巡りさんに見咎《みとが》められたりしたらたいへんだから。

夜になって様相が変わっても道に迷わないぐらいには、わたしもこの町に慣れてきた。家を出て十分ほどで、常井商店街に着く。月明かりの中、どこまでも閉じたシャッターが続いている。たまたまなのか、それとも何か理由があるのか、見える限り人間の姿はない。記憶を辿り、角を一つ曲がる。

悪い夢を見ているような気がする。引っ越してきてからずっと、この町には何かおかしなところがあると思っていたけれど、それがこんなふうに牙を剝いてくるなんて思ってもみなかった。三浦先生の忠告を、もっと真剣に受け止めるべきだったのかもしれない。

頂上に庚申堂が建つ小高い丘。その丘を登る坂道の途中で、わたしは立ち止まる。

「……ここだ」

呟いた自分の声は、ちょっとだけ震えていた。

コンクリート塀に囲まれた家。二階建て。屋根は青かったはずだけど、月明かりの下でそれはむしろ濃紺に見える。椿の植え込みに遮られ、家の中の様子はわからない。

表札には、「森元」と出ている。

すうっと息を吸う。

コンクリート塀に呼び鈴は見当たらない。狭い庭に、飛び石が玄関まで伸びている。ドアの上には大きな電球が据えられているけれど、いまは暗い。ここまで来てためらうことはできない。わたしは森元家のドアをノックする。

二度、三度。

ドアの材質のせいなのか、それともわたしの気のせいなのか、乾いたノックの音は百メートルも先まで届くのではと思うほどに響いていく。

くちびるを噛んで待つ。……誰も出てこない。もう一度、今度は少し控えめに、ノック。

数分後、わたしは溜め息をついた。

「最悪」

こんな夜中なのに、森元さんは留守だ。できれば話し合いで穏便に済ませたかった。だけど、いないものは仕方がない。まだ手詰まりじゃない。これも予想の範囲内だ。このために、闇に紛れる灰色の服と紺の靴下を選んだのだ。念のため後ろを振り返り、コンクリート塀と椿の植え込みのあいだから誰も見ていないことを確認してから、わたしは森元家の外壁に沿って歩き出す。

リビングに面したテラス窓。そっと手をかける。これは開かない。

台所に通じているだろう勝手口。ガスメーターの目盛りはぴくりとも動いていない。

ノブに手をかける。これも、開かない。

そして、ちょっとだけ匂う換気ファンの下に立つ。お風呂場ならよかったのだけど、この匂いはたぶんトイレだ。窓は高い位置にある。背伸びして、人差し指の爪を窓枠にひっかける。

「……ああ」

漏れた声は、安心したからか、緊張したからか。やっぱりそうだった。森元家のトイレの窓は、油を差したばかりかと思うほど何の抵抗もなく開いていった。

窓枠に手をかけ、懸垂の要領で力いっぱい体を持ち上げていく。窓は小さかったけれど、頭に続いて肩を押し込むことにも成功した。

最後にこのトイレを使ったのは、男の人だったのだろう。洋式便器の蓋が、便座ごと上がっている。このまま頭から下りていったらたいへんなことになる。不安定な体勢で蓋をつかみ、ゆっくりと下ろしていく。

指が滑った。

プラスティック製のトイレの蓋が、陶製の便器に叩きつけられる。もし自分の家で鳴ったら何事かと駆けつけるような、とんでもなく大きい音が響いた。大丈夫、隣の家はかなり離れている。それに、トイレの蓋が倒れたからって覗きに来る隣人はいない。森元さんが帰ってこない限り大丈夫。大きく息を吸いたくなったけれど、わずかなアンモニアの匂いにためらってしまう。閉じた蓋に手を乗せて、残りの体も慎重に潜り込ませていく。

タイル張りの床に、マットとスリッパが置かれている。これまで動かしたこともないような筋肉を使って体をくねらせ、靴を脱ぎ、なんとかスリッパの上に着地する。トイレから出たところで、念願の深呼吸。

そして、自分でもわかるぐらいにやにやしながら呟く。

「さ、これでわたしも、晴れて犯罪者だね」

わたしは法律に詳しくない。ええと……なんだろう、住居侵入罪とかあったような。名前はともかく、いまお巡りさんに踏み込まれたら逮捕は確実。それとも、補導で済むのかな。いずれにしても「ああ、やっぱり親子なのね」と、お父さんと並べられることは間違いない。考えてみれば、それも悪くないかもしれない。そう思ったら気が楽になった。

さて、ここからだ。

知らない家で明かりもなく、スイッチのありかはわかっても迂闊《うかつ》に電気を点けることもできない。懐中電灯を持って来ればよかったと思いつくけれど、どっちにしてもうちにそんなものはなかったと思う。

まずやることは決めていた。外壁に沿って歩いた感覚からこっちだろうと当たりを付けて、台所に向かう。廊下は板張り。こんなに暗くても、光沢があるように見える。森元さんの掃除は行き届いている。

思った通り、一度で台所に辿り着く。大きなテーブルと、窓からの明かりに輝くボウルや鍋。わたしが前に住んでいたアパートや、いま住んでいる雪里家の倍以上は広いんじゃないか。これは台所ではなく、ダイニングキッチンというものなのだろう。噂には聞いていたけれど、初めて見た。たちこめる匂いから、今晩のメニューが完璧にわかる。間違えようがない。カレーだ。

わたしの身長よりも大きい冷蔵庫の横に、意外にこぢんまりとしたアルミドアがある。勝手口だ。鍵を開け、靴を置く。出来たら入った場所から出たいけど、いざとなったらここから逃げる。

森元さんはタバコを吸うのだろう。ダイニングテーブルの上に、灰皿とライターがある。

「これ、百円ライターだよね」

そう自分に言い聞かせる。明かりがいるのだ。自分でも驚くぐらいためらいなく、わたしはそのライターを手に取った。百円のものなら借りてもいいだろうと思うあたり、わたしもなかなかロクデナシだ。

ダイニングキッチンには、壁掛け時計があった。明かりを消した状態でキッチンに来ることなんてほとんどないだろうに、なぜか針がぼんやりと蛍光に光っている。おかげで時刻が見えた。零時。

もうそんなに？

「まさか。一時間も経ってない」

自分に言い聞かせる。あの時計は狂っているんだ。大丈夫、まだ時間はある。ダイニングキッチンを出る。

この家は家捜しされているはず。だけど目当てのものは見つからなかった。じゃあここにもないのかというと、わたしにはたった一ヶ所だけ心当たりがある。

全部の部屋を漁るのは時間がかかるし、怖い。もし二階に上がっているときに森元さんが帰ってきたら万事休す。目星をつけたい。

廊下を歩く。床板は軋まない。まあ普通はそうだよねと思いながら、玄関の近くまで来る。玄関脇に目当てのものを見つけた。

「あった。階段」

階段には踊り場がなく、まっすぐ二階へと伸びている。いま住んでいる家も階段の角度は急だけど、この家もかなりのものだ。幅は狭く、手すりもない。この階段は危ない。子供部屋が二階にあったとは思えない。

「すると、一階かな?」

静かな家の中に、わたしの囁き声が通っていく。本当は黙っていたいのに、つい何か口に出してしまうのは、たぶん静寂が怖いからだ。

床は軋まないとわかっていても、音を殺そうとすり足になっている。一番手近な部屋には、ガラス戸がついている。この部屋はリビングだ。白いテーブル、大きなテレビ、暗くてよくわからないけれどたぶん赤色のソファー。快適そうな部屋だ。

中に入るまでもない。この部屋じゃない。

この家はそれほど大きくない。一階は既に、トイレとダイニングキッチン、リビングを見た。お風呂も一階だろうから、部屋はあと一つか、せいぜい二つだろう。

玄関から、廊下を奥へと戻っていく。トイレとキッチンを横目に、鉤《かぎ》の手に曲がったその先へ。

金色のノブが暗がりでも目立つドアがあった。その隣には、松が描かれた襖。ドアは小さく、襖は二枚横に並んでいる。

「……こっち」

襖の方を選ぶ。あれだけノックして誰も出てこなかったのだから大丈夫と思いつつ、それでも音がしないようゆっくりと、襖を開けていく。

埃の匂いが鼻を突く。直感的にわかった。ここ最近、森元一家はこの部屋を使っていない。

部屋に入る。靴下の裏に埃がつきそうだ。襖に手をかけて、閉じようかと迷った。閉めた方が、万が一のときに時間を稼げるとは思うけど……。

やっぱり、開けたままにしておく。いま閉ざされた部屋でひとりになる勇気は、どうやらわたしにもないらしい。

部屋は六畳。

正面にある障子から月明かりが差し込んでいて、慣れた目は不自由を感じない。

右手には縦に大きな両開きの扉がある。白い紙が貼られていて、扉の取っ手には房がついている。中身は仏壇だな、とすぐにわかった。

ということは、ここは仏間だ。三歳児の普段使いに仏間というのもおかしな気がするけれど、考えてみれば問題は、子供部屋がどこかではない。目当てのものがどこに隠されているかだ。隠し場所として普段入らない仏間を選ぶのは、むしろありそうなことだと思い直す。もっとも、ママもこの部屋を仏間として使っていたかはわからないけれど。

左手は、一面が押し入れだ。唾を呑む。

「ここ、かな?」

このあいだ、サトルは国語のテストを押し入れに隠した。たしか六十五点。良くはないけれど、恥じるほど悪くもないのに。

あいつの隠し場所は、正確には押し入れではなかった。押し入れの襖の裏紙を破り、そこにテストを押し込んでいたのだ。それを見つけるためには、押し入れに頭を突っ込んだ後、襖の裏側を見なくてはいけない。素晴らしい隠し場所だとまでは言わない。でもまあ、サトルにしてはそこそこ、気が利いていた。

あのとき、サトルは言っていた。……前にも同じように隠したことがある、と。

でも、この町に引っ越してくる前に住んでいたアパートは洋間ばかりで、どの部屋の収納もクローゼットだった。襖がある押し入れは一つもなかったのだ。ではあいつは、どこの押し入れに隠したことがあるのか。

お父さんとママが結婚する前にも、サトルは生きていた。そして、どこかには住んでいた。その家に押し入れがあったのだろうと当たりはついていた。

まさかその家に忍び込む羽目になるとは思わなかったけど。襖の引き手に、手をかける。

「……ふう」

こわい。手を離す。

わたしの考えは当たっているだろうか。どこかに思い違いはないだろうか。あるいは全てが考え通りだったとしても、五年の間に誰かが目当てのものを持っていった可能性はないだろうか？　この襖が五年前から交換されていない保証はあるだろうか？

何か一つでも上手くいかなければ、わたしは目当てのものを手に入れることは出来ない。そうなったら、サトルを取り返すための切り札は何もない。

もし用済みになったら、あいつも報橋から落とされるのかな。サトルは泳げただろうか。そんなことさえ、わたしは知らないのだ。

首を横に振る。いまからそんなことを考えていても仕方がない。この部屋になくたって、二階にも押し入れはあるかもしれない。とにかく急がなくてはいけないのだ。もう一度、引き手に手を伸ばす。

その時だった。

傍若無人な物音に、わたしの喉で悲鳴が凍る。女の人のおどけた声が、それに続く。

「ただいまー！」

帰ってきた！

男の人の声も聞こえてくる。

「ああ、疲れた」

「なによ、楽しかったじゃない」

「そりゃね。でも、とにかく風呂に入りたいよ」

「はいはい。すぐに沸かすわよ」

弾むような声だ。この世に憂いは何一つないというような、楽しそうで明るい声。何をしていたのか知らないけれど、そんなに楽しかったのなら一晩中でも遊んでいればよかったのに！

胸の内で毒づいた分だけ、動きが遅れた。廊下にぱっと明かりが点く。眩しさにやられ、目をつむってしまう。

とんとんと足音が近づいてくる。入口の襖は開けっ放しだ。逃げようか？　いや駄目だ、いったん諦めるとしても、足音はダイニングキッチンへの道をふさいでいる。体がこわばる。舌の先までしびれが走る。

廊下は鉤の手に曲がっているから、まだ見られていない。でも、足音があと一歩でも近づいてきたらおしまいだ。わたしにできることは、もう、さらに固く目をつむることだけ。

が、そこで男の声が聞こえてきた。

「おい、ちょっと手伝ってくれ。お、落ちる」

含み笑いに続いて、

「一度に持つからよ。一回下ろして」

「いや、そっち側を支えてくれよ」

「はいはい」

足音が遠ざかる。

いまだ。腕を伸ばし、入口の襖を閉めていく。焦って勢いがつけば、襖がばたんと鳴って一巻の終わり。恐怖が体を縛りつけ、完全に閉めることは出来なかった。僅かに開いた隙間から、光の帯が六畳間に差し込んでいる。

「はい、これでいいでしょ。お風呂ね、お風呂」

足音が戻って来る。

今度は隠れなくては。隠れ場所は一ヶ所しかない。捜索するはずだった押し入れを引き開ける。押し入れの中は二段になっていて、下の段にはみっしりと布団が詰まっている。でも、上の段には毛布が数枚畳まれているだけで、スペースは空いている。わたしはそこに、飛び込むように体を持ち上げる。

襖を閉める。暗がりに身を潜めて少しは落ち着いたのか、今度はちゃんと、ゆっくり最後まで閉じることが出来た。

「大丈夫」

声に出さずに、口の中だけで呟く。

大丈夫、大丈夫。それは確かに、この仏間の襖はちょっとだけ開いている。勝手口にはわたしの靴が残っているし、ライターはなくなっている。でも、大丈夫に決まっている。わたしが家に帰ったとき、もしどこかのドアがうっすら開いていたとしても、そんなことに気づくわけがない。卓袱台に出しっぱなしだったヘアバンドがなくなっても、どこかに忘れたのかなと思うだけだ。靴は……知らない靴があったら……。大丈夫、こんな夜中に、用もないのに勝手口を見たりしない！

足音が止まった。

わたしの呼吸も、たしかに一瞬止まった。

女の声が、さっきよりもずっと近くで上がる。

「ねえ」

大丈夫、ぜんぜん関係ないことだ。明日の朝ごはんは何がいいかとか、お風呂の湯加減はぬるめにするかとか、そんなことに決まっている。

「仏間に入った？」

神様！

真っ暗な押し入れで、わたしは両手を強く組み合わせた。そして、たちまち恥じる。いないものには頼らない、絶対に！

でも、じゃあこの息苦しい押し入れで、わたしは誰に願えばいいのだろう？

男の声が答える。

「どうした？」

「襖が開いてるの」

すっと開ける音。独り言も、間近に聞こえる。

「おかしいわね」

中に入ってくる。

見つかったら、そうだ、ちゃんと説明しよう。それが最初に考えていたやり方だった。この家を訪ね、森元さんに会って、家の中を捜させて下さいとお願いするつもりだった。ちょっと出会い方が不幸になっただけで、最初の予定通りだ。

じゃあ、自分から出ようか。隠れているところを見つかるよりも、まだしもマシなんじゃないだろうか？

でも、手は祈りの形に組み合わされたまま、ぴくりとも動かない。爪が皮膚に食い込んでいく。

女のひとの気配は、押し入れの前を通り過ぎる。何かが滑る音。すぐに障子だとわかる。

「鍵は、かかってるわよね」

続いて、ばこん、と戸を開く音。仏壇が入った観音開きの扉が開いたとわかる。がちゃがちゃと何かをいじる音。

「通帳、よし」

明らかに安心した声だった。

森元さんは預金通帳を仏壇に隠していたらしい。わたしは通帳なんかに用はない。

これで出ていくだろうか。押し入れには気づかず、出ていってくれるだろうか。

「うーん、おっかしいなあ」

声は、こちらに近づいてくる。女のひとは押し入れに近づいてきている。開いた瞬間、殴りつけて逃げてしまうのはどうだろう？　捕まりさえしなければ、わたしだってことはわからないはず……。

さっきまで事情を話そうとしていたことを忘れ、腕に力を込める。そのつもりだったけれど、それはわたしの体をいっそう小さく丸めただけだ。

……誰か！　神様でもなく、わたしを見捨てたお父さんでもなく、優しい笑顔を作り続けて疲れ果てたママでもなく、誰かわたしを助けて！

「あ、そういえば、入った」

男の声が聞こえてくる。おそろしいほどにあっけなく。

「え？　入ったの」

「うん」

何のためにとは、女の人は訊かなかった。疑念がぜんぶ吹き払われたすっきりとした声で、

「なんだ。襖はちゃんと閉めてよね」

と言う。そして入口の襖が開け閉めされる音に続いて、足音が遠ざかっていく。やがて聞こえてくるのは、風呂の湯を溜めているのだろう水音。

ようやく、体から力が抜ける。組み合わされた指をほどいていく。

暗闇の中でわたしは笑う。助けてくれたのは神様でもお父さんでもママでもなく、森元さんの旦那さんだった。

ま、そんなものか。

隠れ場所の襖を開け、そっと畳に下りる。不思議だ。さっきはあれほど不安だったのに、いまはなぜか、この襖の中に目当てのものがあることをこれっぽっちも疑っていない。

風呂場はこの部屋に近いらしい。どうどうと轟く水音を聞きながら、襖の裏を覗きこむ。

裏紙は斜めに破れている。もちろん、そうでなくてはいけない。手を差し込む。

何か、紙のような物に触った。ちょっと尖っている。親指を動かすスペースはないので、人差し指と中指でつまむ。引っ張り上げる。

「……はずれ」

それは、折り紙で作った手裏剣だった。隠されているのがこれだけとは限らない。

もう一度、手を差し込んでいく。

二度目に指に当たったのは、硬質な感覚。何か小さいものだ。

取り出したそれを手のひらに置く。

パソコンのことはよくわからない。でも、これが何かは知っている。お父さんが使っているのを、見たことがある。

「MOディスクだったんだ」

手のひらに、わずかにごわついた感覚が伝わってくる。障子を開けて、月明かりを呼び込む。

プラスティック製の外装の一部が、粟立つように変形している。高熱に晒され、溶けかけたのだ。

中身は大丈夫かな。まあ、それはどうでもいいことか。

これが、この町が五年間探し続けている宝物。百万円になると聞いた。

「あのバカか百万円か、か」

暗闇の中で、わたしはそう呟いた。

4

森元家から脱け出す際にちらりと見たダイニングの壁掛け時計は、零時から動いていなかった。狂った時計では、約束の時間を計れない。

わたしは時計を求め、丘を下りていく。コンビニの場所は知っていた。でも、何となく明るい店に入るのが嫌で、近づけなかった。そうして辿り着いたのは、毎日通う中学校。校庭に時計つきのポールが立っている。月が明るいおかげで、閉まった校門を乗り越えなくても針が見える。時刻は十時半。思ったより、時間が余っていた。

庚申堂は、森元家から更に坂を登った場所にある。学校からは歩いても十五分で着くはず。自転車なら時間が余りすぎるぐらいだ。ひとけのない場所で長く待つのは嫌だ。自転車から降りて、わたしはしばらく学校を眺めた。

夜の学校は恐ろしい、という話をよく聞く。忘れ物を取りに戻った子がオバケを見たというような噂は定番だ。だけどいま、目の前にある中学校は、怖くもなんともない。ひとがいない学校なんて何が怖いものか。ライター一つで、簡単に焼け跡にしてしまえそうなほど無防備だ……。そう思ったら、明日も気軽に学校に行けそうな気がしてきた。

そのまましばらく、ぼうっと月夜の学校を眺めていた。そよ風が吹きはじめる。四月の夜。こんな夜中にこれほど長く出歩いたことはなかった。それでもわかる。今夜はいい夜だ。

「……そろそろかな」

十時四十五分になるのを見て、自転車に跨る。

そう、まるで、友達に会いに行くような気分で、自転車のペダルを踏み込む。

庚申堂。

きれいな月夜だけれど、月の明かりは鬱蒼とした木々に遮られて届かない。真新しいお堂からは、何の光も洩れていない。街灯もない。夜というものは、こんなに暗かったのか。

けれど、そんな暗闇の中でも、人が立っていることぐらいはわかる。

向こうはとっくに気づいていたのだろう。話すにはまだ遠い距離から、手を振ってくれた。手を振り返しながら近づいていく。声は、わたしからかけた。

「ごめんね、リンカ。こんな夜中に呼び出して」

在原リンカは微笑んだ。

「ううん。近いから」

「今日、学校休んだよね」

「うん」

「リンカがいないから、わたしたいへんだったよ。いじめって程じゃないけどさ」

するとリンカの眉がきゅっと寄った。

「え？ そうなんだ。それひどいね。優しくしてあげてって、みんなに言っておいたのに」

「やっぱり目の前で見てないと難しいってことかな」

「うーん、やな話だよね」

「ね」

何が嫌な話なのかよくわからないまま、相槌を打つ。

そしてリンカは、腰に手を当てて言った。

「で、こんな夜中に何の用なの。いきなり電話してくるから、びっくりしたよ」

リンカがどういう態度でこの場に臨むのか、いくつかのパターンは考えていた。あっさり認めるパターン、怒り出すパターン。どうやら正解は、しらばっくれるパターンだったらしい。

わたしは敢えて、冗談を聞いたように笑ってみせる。

「やめてよ。今夜、徹夜するんでしょ? たいへんだよね。でも、長い夜になるんだったら、少しぐらい付き合ってくれてもいいじゃない」

「あたしが徹夜? これでも、夜は早い方なの。いまもう、眠くて眠くて。どうしてあたしが徹夜するなんて思うの」

「だって」

笑みを含んだ声で言う。

「今日は庚申の前の日じゃない」

リンカはどんな顔をしただろう。その顔を見たかったのに、残念ながらまだ目が慣れていなくてよく見えない。

優しく諭すように、リンカが言う。

「ハルカ、勘違いしてるよ。庚申の前の日に徹夜するのは、タマナヒメでしょ」

「そうだった。ということは、その庚申堂の中にはいま、ユウコさんがいるのかな」

返事がない。

やっぱり、この場所を話し合いに選んでよかった。庚申の前日、タマナヒメはひとりで庚申堂にこもるそうだ。ということはユウコさんがここにいるわけはない。

「いないよね」

「……」

「だって、あのひとはタマナヒメじゃないもんね。三浦先生から聞いたよ。タマナヒメは庚申の前の七日間、肉も魚も食べないんだって。だけどあのひとは、サラミ食べてた」

「いまどき、精進潔斎《しょうじんけっさい》を守るなんて流行らないよ。講の人が見てなきゃ、ユウコさんだって手抜きするでしょ」

「そうかもね。でも、先生は他にも教えてくれたんだよね。食べないのは肉と魚と、ええと、ごふん？」

かまをかけたつもりはなかったけど、結果的にはそうなった。リンカが訂正してくれたのだ。

「五葷《ごくん》」

「そうそう、そうだった。よく知ってるね。ニンニクとかニラとか、ネギのことなんだってさ」

だんだん暗がりが見えるようになってきた。

「ところでリンカ、フリーマーケットで、おそばのネギを抜いてもらってたよね」

「よく憶えてるなあ……」

あきれたような声に続いて、リンカは言う。

「ネギが苦手なの」

わたしに信じさせようともしていない、茶化した口ぶりだ。

「違うよね。そうじゃない。リンカはネギを食べるわけにはいかなかったんだよね」

わたしの言いたいことが何なのか、見抜いたことが何なのか、リンカはとっくに察しているはずだ。だからいまさら言わなくてもいいとは思うけど、これもけじめ。わたしは、暗がりに沈むリンカの目を見て、言う。

「リンカがタマナヒメなんだよね」

意外なことに、リンカはまだ降参しようとしなかった。もっとさばけた子だと思っていたのに。

「ネギ抜いたぐらいでタマナヒメにされても、困るな。それだけなの？」

もちろん、違う。首を横に振るけれど、その仕草がリンカに見えたかどうかはわからない。

「土曜日、ここに連れて来てくれたよね。ユウコさんに紹介してくれた」

「いいひとだったでしょ」

「うん。いいひとだった。座布団まで敷いてくれた」

それだけでリンカは、話の先を読んだらしい。右手をひたいに当てるのが見えた。

「ああ、あのときかあ。ハルカって本当によく憶えてるし、よく見てるね。ちょっと侮ったかな……」

これでもう、認めたも同然だ。けれど念のために言う。

「上座だよね」

ユウコさんは座布団を敷くため立ち上がると、自分はわざわざ最初に座っていた場所から移った。入口である障子のすぐ近くに座ったのだ。リンカはちょっと嫌そうに、でなければ困ったように、床の間の前に座った。

お父さんはマナーに厳しい人だった。テレビを見るルールをきっちり決める一方、常識的なマナーも教えてくれた。床の間の前は上座だ。ユウコさんは、わざわざリンカにその席を譲った。

「ユウコさんよりリンカの方が偉いんだって、後で気づいた。本当はその場で気づいてもよかったんだけど」

正しくは、三浦先生からヒメは庚申の前に五葷を食べないと聞いて、もしかしたらと思ったのが最初だ。そこから遡って考えて、ユウコさんが席を譲ったことに気がついたという順番になる。

リンカは頭の後ろで手を組んだ。

「ああいうことしないでって言ってんだよ、ずっと。でも、やめないんだよね。しつけがいいのも考え物だわ」

「ずっと？　ユウコさんはわたしに見せるために呼んだんじゃないの」

「あ、それは違う。うーん、影武者？」

なるほど。

「三浦先生みたいなひとへの対策なのかな」

「だね。本に載っちゃってから、かぎまわる自称学者が増えちゃって。あたしはどうでもいいと思うんだけど、『講』が嫌がるのよ」

リンカは「互助会」ではなく、「講」と言った。本当はその方が言い慣れているらしい。

本というのは『常井民話考』のことだろう。すると、この町の図書館から『常井民話考』がなくなっているというのも、もしかしたら「講」のひとたちの仕業なのだろうか。そう思ったけれど、それは訊かないことにした。本の行方に興味があるのは三浦先生であって、わたしじゃない。

足元の土を蹴っ飛ばし、リンカは不満そうに言う。

「まあ、いいか。で、もしそうだったら？　わたしがタマナヒメで、庚申の日には乾杯の挨拶をする係だったら、どうだっていうの」

まだそんなことを言う。

「タマナヒメなら『講』に繋がりがあるでしょ。知らない大人たちと取引するのはたいへんだから、リンカと取引したいの」

「取引、ね」

リンカは腕を組んだ。細かい表情までは、まだ見えない。でもなんだか、笑っているような気がした。

「電話でもそんなこと言ってたね。交換して、とかなんとか。何のことかな。交換してあげられるものなんて、日記ぐらいしかないよ」

「交換日記も捨てがたいけど」

余裕ありげな態度はリンカの作戦だ。それに呑まれてはいけない。乗せられてはいけない。

「先に、サトルを返して欲しい」

「サトルくん、ね。弟だったよね。行方不明なの？　心配ね」

挑発に乗ってもいけない。わたしは、強いて冷静な声を作る。

「取引って言ったでしょ。損はさせない。なのにそんなにしらばっくれたら、話も出来ない」

「と言われてもね。まるで、『講』がサトルくんを誘拐したみたいじゃない。どうしてそんなこと、しなきゃいけないのかな」

みたい、なんて言ってない。だけどリンカは、とことん往生際悪く振る舞うようだ。何故だろう。いまさら、わたしが「そう、勘違いだった」と引き下がるわけもないことは、わかっているだろうに。

もしかして、と一つ思い当たる。もしわたしがこのやり取りを録音しているとしたら、犯罪の証拠になる。この町の大人たちが、ごっそり警察に捕まりかねない。そう考えると、リンカが警戒するのも無理はないかもしれない。

なら、交渉する気になるまで手札を切っていくまでだ。

「じゃあ、言おうか」

口の中で、そっとくちびるを舐める。

「この町には、高速道路を誘致するっていう夢があった。途方もない、馬鹿げた夢だよね。だけどそのために、『講』は大学の先生を呼んだ。水野というその先生は、招きに応じてこの町に来た。そして、ちゃんと報告書を書き上げた。

ところが水野教授はこの町で死んでしまった。橋から落ちて、溺れ死んじゃった。それだけなら、『講』にとっては単にヨソモノの死で済んだかもしれない。でも、受け取ったはずの報告書、水野報告が行方不明になっていたから、話は違ってきた。教授は死んでしまったし、調査の内容を知る人は他にいない。

それから五年間、『講』は水野報告を探していた。嘘か本当か、百万円の賞金がかかってるなんて噂もあったよね。あれは本当なの？　もし水野報告が見つかったら、『講』は本当にお金を払ってくれるのかな」

リンカは、醒《さ》めた口ぶりで答えた。

「払ってもいい、払うぐらいの心意気で、ってことだと思うよ」

そんなところだろう。

病院で三浦先生と話したとき、わたしは先生が挙げた『姥皮』のたとえを、嚙み砕いて理解することはできていなかった。先生にとってはわかりやすい言いまわしだったのかもしれないけれど、嫁とか村の財産とかハイヌヴェレとか、関係ないことばかり言うから惑わされてしまった。

江戸時代の奉行、明治の役人、昭和の会社員。彼らが常井に利益をもたらしながら報橋から落ちてしまった理由を、三浦先生はあのたとえ話を持ち出して、こう説明していたのだ。――最初は払うつもりだったけど、いざ仕事が終わると払いたくなくなったから、死んでもらって踏み倒した。

お話を持ち出すよりも、わたしにとっては即物的な方がわかりやすい。それが「講」の歴史だとしたら、水野報告を見つけて持っていったところで、良くても「ありがとう」の一言で追い返され、悪くすれば佐井川に浮かぶことになりかねない。

わたしは泳げるけど、暗い川で泳ぐのは好みではない。肩をすくめて、先を続ける。

「そして同じ五年前、この庚申堂は火事になったんだって。五年前にタマナヒメだった常磐サクラさんは、その火事の時に死んでしまった。かわいそうだよね」

庚申堂は見るからに新しい。最近になって再建されたのは明らかだ。火事の事実そのものは隠されていない。もしかしたら常磐サクラがタマナヒメだったという点を否定されるかと思ったけれど、リンカはそこは認めた。

「そうね」

「ところで、ひとつ不思議に思っていたんだけど」

沈黙の中に、リンカが話に引き込まれた気配がある。この場の主導権は、わたしが握りつつある。この調子だ。

「水野教授のノートパソコンは解析できなかったって言ってたよね」

「……うん」

「ということはノートパソコンは残されていた。たぶん、旅館かホテルに。それなのに、それとは別に水野報告が存在すると信じられている。それっておかしいよね。調査の中身はノートパソコンに入っているのに、持ち運びできるような報告書が他にあるなんて。万が一のためのバックアップだったのかな？　でもそんな個人的な行為を、『講』が知るわけはないよね。

　調査は終わって、報告をまとめた何かが存在することを『講』は知っていた。だからそれを探していた。何で知っていたのか？　それはもちろん、水野教授がそう言ったからだよね。電話して、出来たから持っていくよと言ったんだ。受け渡しが決まっていたから、『講』はノートパソコンの他に水野報告があると知ることができた」

　暗がりから、リンカの溜め息が聞こえる。

「すごい。その通り。そんな些細な手がかりから考えたの？」

　やった。百パーセントの自信はなかったけれど、当たっていたらしい。だけど得意になるのはまだ早い。

「考えたことはそれだけじゃないよ」

少し息をつく。

「水野教授の死は、新聞で調べた。常磐サクラの死は、三浦先生から聞いた。後でまとめてびっくりしたよ。どっちも同じ日に死んでるんだね。三浦先生は、常磐サクラが死んだ日を、『集会日の前日』って言ってた。庚申堂での集会と言えば庚申日。その前日だったら、庚申堂にはタマナヒメがひとりでいたはず。

さっきリンカは、タマナヒメは乾杯の挨拶係って言ったよね。さすがに、それはもう信じないよ。文化祭のシンデレラっていうのも信じない。

五年前、水野教授が死に、先代のタマナヒメも死んでいる。これって、過去に何度も起こったことの繰り返しだよね。まるで再話みたい。ほんの五年前まで続いていたその繰り返しが、いまはぱったり途絶えているなんて、そんなの信じないよ。

タマナヒメは『講』の代表的存在。普段の役目は乾杯の挨拶係かもしれないけど、何か外部の人の助けが必要になったとき、町の顔になる。そこで、わたし考えたんだ。……水野教授は報告書を、タマナヒメに渡したんじゃないか、って」

リンカの身振り、息づかいはわかる。でも表情までは読めない。せめてこの鬱蒼とした木々も五年前の火事で焼けていたら、月明かりでリンカがどんな顔をしているか、わかったかもしれないのに。

水野教授は報告書をヒメに渡した。すなわち「講」に渡した。だからこそ、水野教授は用済みになった。あとは先例通りだ。

「受け渡しの場所で、報酬をめぐってトラブルになった……というのは、さすがに邪推かな。先代まで、照明は蠟燭を使っていたんでしょう? 危ないよね。ちょっと倒しただけで火事になってもおかしくない。でも庚申堂が原因不明の火事で焼け落ちたのは事実で、この町にヒメは火事の前から死んでいたって噂が流れてるみたいだから、わたしの邪推もそんなに外れてないかも。どう?」

そう問いかけるけれど、リンカは答えなかった。そこまでサービスはしてくれないらしい。まあいいや、そんなに期待はしていなかった。

ここまでは、知らない町で知らない人同士の間で起きた事件だ。ここからが、わたしにとっての本題。

「その火事のとき、目撃者がいたんだってね。でも証言は取れなかった。なんでかな」

「……」

「ところで、ここから少し下ったところに森元さんって家があるよね。そこで、サトルがバカなこと言ってたんだ。前にあの家に住んでたことがある、って。あと、家の近くでいまのわたしぐらいの女の子に、森の中みたいな場所で遊んでもらったとも言ってたかな。

ねえリンカ。どうして『講』がサトルを誘拐しなきゃいけないのかって訊いたよね。それはわたしの方が訊きたいぐらいだけど、わたし自身はこう考えてる」

勝負に出る。

「サトルが五年前の火事の目撃者だったから」

もしサトルの身に何も起きなければ、わたしはこんなことを考えはしなかっただろう。たとえ思いついても、まさかと笑い飛ばしてしまったに違いない。

だけど、サトルが帰ってこなかったことで、かえって疑いを深めた。あいつが誰かに狙われたというその事実から逆に考えると、思いつく理由はこれしかなかった。

「あいつ、火事のニュースのときだけ異常に昂奮するのよ。それに五年前、火事の目撃者から証言が取れなかった理由は、目撃者があんまり幼かったからかなあって」

「だとしたら」

と、リンカが言葉を割り込ませてきた。

「警察はサトルくんに話を聞きたいかもしれないよね。それとも、消防署なのかな。だけど、『講』は関係ないんじゃない？」

わたしも最初はそう思った。単に火事の目撃者だというだけなら、何もサトルを狙うほどのことはないだろうと。だけどそうじゃない。より根本的には、サトルが火事を見たことが問題ではないのだ。

「あいつが火事の目撃者だということは、五年前の庚申日の前日に、この庚申堂にいたってことになるよね。ということは、あいつは常磐サクラに会った最後の人間かもしれない。……水野報告の行方を知ってるかもしれないよね」

「かもしれない、か」

「わたしは『かもしれない』としか言えない。だけど五年前の関係者は、もっと確信を持っていたはず。火事の直後だったら、あいつ自身がヒメに会ってたとも言っただろうし」

「そのために、子供を誘拐したっていうの？」

水野報告のために。プリントアウトしたら、紙切れ一枚程度のものかもしれないのに。それが見つかったからって、なにかが良くなる保証はどこにもないのに。

わたしだったらそう思う。リンカもそう思っているかもしれない。

だけど。わたしは声を高くする。

「リンカが教えてくれたんじゃない。この町では、高速道路は最後の希望だって。ろくな会社もなく、商店街のお店はほとんど潰れてて、学校はどんどん閉校になって、残った学校でも空き教室だらけのこの町で、高速道路は神様なんだって。

わたしは、馬鹿みたいだって思うよ。鼻で笑ってやる。だけどこの町のひとたちはそう考えないって、リンカが言ったんだよ」

フリーマーケットに行った日、トイレを借りようと迷い込んだ文化会館で、わたしは『誘致を考え直す会』のチラシを掲示板に貼り直した。それだけでわたしは、薄気味の悪い男の人に全身舐めるように見られた挙句、勘違いだとわかってからも紛らわしいことをするなと叱られた。

それだけなら、大したことじゃない。この町にも怖い人がいるというだけだ。だけどもっと恐ろしいことがある。

「三浦先生、事故に遭ったよね。わたし、お見舞いに行って聞いたの。自分は狙われたんだって言ってた」

「あの先生、変だからね」

わたしは強く首を横に振る。

「そうじゃない。思い出したの。『誘致を考え直す会』のチラシをどこで見たか。あれは先生から借りた本に挟んであった。先生はああいうひとだから、見に行くとしてもただの好奇心だったはずなのに。『考え直す会』があった日曜日、先生はナンバープレートを外したワゴン車にぶつけられて死にかけた。変なのはどっち?」

先生自身は、自分はタマナヒメ伝承を調べているから狙われたのだと考えているらしい。

わたしはそうは思わない。『常井民話考』に関わった人が死んだと言っていたけれど、生きていればいつかは死ぬ。偶然だろう。本当に研究が原因なら、この町で先生をやりながら研究も進めるなんてことをしていた先生が、日曜日まで何の危ない目にも遭わなかったのはおかしい。

わたしの考えはこうだ。三浦先生はヨソモノのくせに、「がちゃ」だから。ヨソモノのくせに、町の希望そのものである高速道路誘致にケチをつける連中に肩入れしたと思われたから、嫌がらせで車をぶつけられたんじゃないか。それがクラスに伝わったから、三浦先生と関わっていたわたしもあれほどいきなりクラスで白眼視されたんじゃないか。

「悪いけど、わたしには高速道路が希望だなんて思えない。そんなの狂信だよ」

葉叢《はむら》から僅かに漏れる月明かりと、暗がりに慣れた目のおかげで、わたしはリンカが小さく頷くのを見た。

「……狂信だから、大学教授を呼んで都合のいい報告書を書かせることもするし、反対派の集会を潰すためにフリーマーケットを急に開いたりもするし、子供も誘拐する、か。手厳しいね、ハルカ」

だけどその声は、不思議にどこか優しい気がした。

「短いあいだに、よくこれだけの材料を揃えたよ。本当に、あたしちょっとハルカのこと甘く見てた。でも、あたしのせいだけじゃない。聞いてた話と違うよ」

聞いてた話？

リンカのシルエットが、小さくお手上げのポーズをする。

「ハルカはサトルくんを嫌ってる。何かあっても手を出してくるおそれはない。そう聞いてたんだけどね」

その言葉を、わたしは自分でも意外なほど冷静に受け止めることができた。リンカがとうとう、サトルを誘拐したのは「講」だと認めたのに。そしてもう一つ。わたしの情報が「講」に流れていたというのに。

前者については、ほとんど確信があったからいまさら驚かない。

そして後者についても……。そんなことだろうと思っていた。

「もちろん嫌いよ。だけど。だけどさ」

わたしは、言葉を探す。

サトルには味方がいない。

――お父さんがいなくなってから、わたしは強く強く神様にお願いした。何十枚ものおみくじが「待人　来たる」と教えてくれた。

そしてお父さんから届いたのは、離婚届だった。

経験的に言って、神様はいない。

神様がいないのなら、タマナヒメもいない。

過去と未来を見通し、女の子を依代に存在し続けるタマナヒメなんていない。三浦先生が貸してくれた民話集は神様の存在を語るものではなく、賄賂と殺人の記録に過ぎない。

そんな当たり前のことに気づけば、なぜサトルがこの町のことを知っているのか、この町で起きた様々なことを「見たことがある」と言ったのか、馬鹿馬鹿しいぐらいに明らかだ。

サトルが、本当にそれを見たからだ。

五年前、サトルをこの町から逃がしたのはママだ。ママは、タマナヒメの物語では、ひいては「この町の発展」に関わる話の中では、幾つもの死が出てくることを知っていただろうか？　直近の水野教授の死も、何度も繰り返された同じパターンの一環だと知っていただろうか。わたしは、知っていたのだろうと思う。そしてママはサトルを守るため、この坂牧市を脱出したんじゃないか。

やがてママは、わたしのお父さんと出会って再婚する。お互い再婚同士、それなりに仲がよかったような記憶がある。わたしはよく知らないけれど、幸せだったんじゃないだろうか。少なくとも、経済的な問題はなかった。

だけどお父さんはいなくなった。行き場をなくしたママは、サトルに加えてわたしというお荷物を抱えた状態で、逃げ出したはずのこの町に戻らざるをえなかった。

思えばいまの家は、ずいぶん簡単に借りられた気がする。ママの仕事も、とてもあっさりと決まった気がする。

ママを助けたひとたちがいた。わたしはそれに気づいていたけれど、ママの昔の知り合いなんだろうなと思う程度だった。けれど、多分そうではなかったのだ。そういえば、引っ越してきた日の夕飯はおそばだった。昔の知り合いの店から出前してもらったと言っていたけれど、よく見ておけばよかった。たぶんその店は、リンカの実家だっただろう。

……サトルが帰ってこなかったとき、ママはわたしに優しくした。

どうして優しくできたのだろう?

わたしが何かを知っていそうな素振りを見せているのだから、ママはわたしに優しくしている場合ではなかったはずなのだ。ママはわたしの襟首をつかみ、平手うちして、泣きながら大声で怒鳴るべきだったのだ。「あんた、何を知ってるの!」と。その点でママは失敗した。

どうして優しくできたのだろう。

それは、サトルが帰ってこないことをあらかじめ知っていたからだ。その理由も、誰の仕業なのかということも知っていたからだ。覚悟していたからだ。

サトル。わたしとお父さんのささやかな生活に割り込んできた、バカな子供。何もかもを自分への理不尽な批難だと思い込み、見え透いた虚勢を張らなかったりありふれた愚痴を言わなかった日はなく、ちょっとつらくあたるとすぐに泣く、始末に負えない小学生。

そんなサトルが泣いたとき、ママはいつも優しく抱き止めてあげていた。

だけどママは……サトルを売ったのだ!

古いけれど広い貸家と、土日に休めて夕飯の準備にも間に合う仕事。ママにとって、それはどれほど魅力的だっただろう。逃げて来たはずの故郷から「サトルと話をさせてくれれば、家も仕事も用意しよう」と持ちかけられれば、それを撥ねつける気力はもうなかったはずだ。あるいは、ママの方から連絡したのかもしれない。「お金に困っているんです。助けてくれたら、サトルの件は考え直します」と。

それでもママは、後ろめたかったに違いない。自分を守るために、わたしに嘘をついた。——サトルはこの町に来たことがない、と。

大嘘だ。その嘘に振りまわされた。

この町に来て、サトルは自分の記憶に怯えた。見覚えがあるのに、もっとも信頼する母親から見たはずがないと言われて混乱した。あいつが泣いていても、ママは「大丈夫よ。あなたはそれを実際に見たのだから、怖がることなんてない」と言わなかった。ママは天使のように優しくしてくれる。でもやっぱり、天使じゃなかった。

神様はいないとわかって初めて、ママの言葉を疑うことが出来た。ちょっぴり意味ありげだなとは思う。

そして、ママがサトルの味方ではないのなら。

この町そのものがサトルを責め立てるというのなら。

本当に嫌だけど、わたしが味方をするしかないではないか。

なぜなら、これも本当に嫌なのだけれど……。

「いちおう、お姉ちゃんだからね」

その声はとてもとても小さかったので、リンカには届かなかったはずだ。

リンカは、なだめるように言った。

「心配するのはもっともだけど、大丈夫。ほんのささやかなテストが終われば、丁重に家まで送るから。サトルくんが水野報告の隠し場所を思い出せばよし。思い出せなくても、それはそれで仕方のないこと。ヨシエさん、サトルくんのママもわかってくれてる。ハルカがそんなに昂奮しなかったら、ぜんぶ平穏に終わるのよ」

ふざけている。

「信じられると思う？　この町の、『講』の役に立ったひとたちがどんな目に遭ってきたか。本に書いてあることが全部でたらめだったとしても、水野教授が死んだことだけは動かせない。それでも平穏に終わるなんて、わたしが信じるわけないってわかるでしょ。『講』はおかしいわ。サトルの記憶を引き出すために何をするか……」

そこまで言って、わたしは気づいた。

記憶を引き出すために何をするか。

まさか。

「あなたたち、もしかして。サトルの『未来予知』って」

思い出せそうで思い出せないことを、思い出すコツがある。

たとえば、引っ越しのときに二階でしなきゃいけないことがあったとする。玄関に駆け込むときに気づいたのだけど、それがなんだったか忘れてしまった。そんなときどうするか。

わたしだったら、もう一回、玄関に駆け込んでみる。

丸めた紙屑を投げていて、前にもこんなふうに紙屑を投げたことがある気がするけれど、いつだったか思い出せない。そんなときは、もう一回、紙屑を投げてみる。

当時と同じ状況を作って再現することで、あのときはあんなことを考えていたなと思い出す。

暗闇の中でも、リンカが笑ったのがはっきりわかった。

「そうよ。サトルくんがこの町にいたときに起こった出来事を再現してる。サトルくんが思い出す手伝いをしてあげてるの」

商店街での置き引き事件。あれが最初で、一番大がかりだった。

だけどそれだけじゃない。いま住んでいる家は、報橋を渡らないと小学校に通えない。あの橋を渡ることで、サトルは水野教授の死を思い出した。太った先生が死んだと言い、後には河川敷に広がる「青い毛布」を見たと言った。青い毛布が何を意味するか、いまならわかる。──死体を覆ったブルーシート。

いまの森元家、つまりサトルが前に住んでいた家への誘導も巧みだった。「悉皆」と書かれたカブトムシ型の看板。あれは、サトルが住んでいた頃には実際に掲げられていたのだろう。だけど、いまは店が潰れて看板も下ろされていた。商店街の大売り出しを知らせるチラシには、その看板が写っていなかった。それなのに、サトルが商店街に来るタイミングで再度掲げられた。子供の頃、サトルはその看板を目印に家に帰っていたのだろう。

「町ひとつ、丸ごと？」

「まあ、そうなるかな」

「サトルの記憶を呼び覚ます、それだけのために？」

「うん」

わたしが辿り着いた途方もない結論を、リンカが事もなげに肯定する。本当にそうだったなんて。

この町は、わたしたちが引っ越してきてから今日まで、サトルの記憶を呼び覚ますためだけに演じられた大規模な再演劇の舞台だったなんて。

……とてもまともではない！

「ハルカの言う通り。五年前、水野教授と常磐サクラは、謝礼をめぐって争った。水野は調査が終わった後も関係を続けることを望んだけど、サクラはそれを跳ねつけたのよ。いつも通りにね。そしてちょっとしたいさかいになって……灯明が倒れて、庚申堂に火がついた。炎が建物を包み込む前にサトルくんが駆けつけてくれた。御両親は不在だったようね。三歳児を家に一人残して……。ま、よそさまの家庭環境はどうでもいいけど。

常磐サクラは、これまでのヒメがみんなそうしたように、死ななければいけなかった。だから火がまわりきる前に、サトルくんに水野報告を託した。これを大事に守って、と。サトルくんは言うことを聞いてくれた。サクラの想像以上に。どこかに隠して、幼児らしい頑なさで隠し場所を誰にも言わなかった。サクラ以外には渡さないって駄々をこねて……。かわいかったわ。彼が素直に大人に渡していれば簡単に片づいたのに、そこで話がおかしくなった。手をこまねいているうちに一家は常井を出て行って、サトルくん自身も火事のことは忘れてしまった」

それが全ての始まりだったのか。

「多少の計算違いもあったけど、サトルくんはこれまでちゃんと思い出してくれた。嬉しかった。気づいてないみたいだけど、ハルカにも役目はあったのよ。三歳のサトルくんは、常磐サクラとよく遊んでいた。お姉ちゃんと慕ってね。そのお姉ちゃん役がいてくれたおかげでスムーズに思い出したことも、あったんじゃないかな。だけど、ごめんねハルカ。もうあんまり、喋ってもいられない。最後の舞台を始めないと」

五年前の庚申の前日、サトルは燃えさかる庚申堂から水野報告を持って逃げ、それを隠した。その日のことを思い出させるために用意した最後の舞台。それは一つしかあり得ない。

「リンカ……。あんた、火事まで再現するつもり？」

歌うような声で、リンカは続けた。

「あたしが、『講』が再現するわけじゃない。常井では何もかもが繰り返す。そういう町なの。さあ、もうずいぶん遅くなった。気をつけて帰りなさい。あたしも庚申堂に入って、五年前と同じように焼かれるのだから、あなたの相手はもう出来ない」

そうはさせない。

わたしは、喉の奥から声を絞り出した。

「勝手に決めないで。聞いてなかったの、取引しようって言ったでしょ！　水野報告は、わたしが持っている！」

暗がりの中、リンカの動きがぴたりと止まった。そして、罠を警戒するように慎重に、ゆっくりと近づいてくる。

いまはリンカの表情がよく見える。

あの異様な声色はなんだったのだろう。わたしの聞き違いだったのだろうか。間近に立つリンカの姿は、学校で会うのと同じだった。

ちょっと首を傾げて、リンカが言う。

「ハルカが？　ほんとに？」

「嘘ついてどうするのよ」

「まあ、ね。そうなんだけど」

じっとわたしを見つめる目にも、さっきまでの言葉にこもっていたような、狂気を帯びた熱はない。肩をすくめるリンカは、まるでいつも通りだ。……こんなことは何度も経験してきた、とでもいうように。

「はったりってこともあるからね」

「いまの話をどう聞いてたの？　わたしを甘く見てたって反省したんでしょ？　この

町が五年探して見つけられなかったなんて信じられない。わたし、この町に来てまだ十日だけど、水野報告がどこにあるかはとっくにわかってた」

「ふうん。じゃあ、見せて」

わたしは、強いてせせら笑うような表情を作った。

「冗談でしょ。サトルに会ってからよ」

リンカは少し考えていたけれど、やがて頷いた。

「もっともね。ついて来て」


一瞬、嫌な考えがよぎった。リンカは取引に応じたふりをして、わたしを足止めしたのではないか。その間にサトルが別の場所に移されたのだとしたら、もう探しようがない。

「……ないない」

リンカに聞こえないような小声で、強いて自分に言い聞かせる。

「だって、それじゃ繰り返しにならない」

火事になるのは、五年前と同じ、庚申堂でなければならない。だから、サトルはここにいるはず。リンカが出迎えてくれると思い込んでいたのが間違いだ。きっと、中にいるに違いない。

庚申堂に近づく。見かけは、ただの安っぽい木造のお堂だ。だけど考えてみれば、それにも理由があったのかもしれない。この庚申堂は最初から、五年前の夜を再現するためのセットとして建てられたのかもしれない。いずれママがサトルを連れてこの町に戻ってきたとき、再演の舞台として燃やすことが決まっていたから、安っぽい作りで妥協した……。そこまでは考えすぎだろうか。

リンカは、まだ新しい木のドアを横開きに開ける。床は板張り。リンカはもちろん靴を脱ぐけれど、わたしは迷うことなく、土足で踏み込む。場合によっては、靴を履く間もなく逃げなければならないかもしれない。不作法だけれど、ひとの弟を連れ去るような連中相手に、礼儀を尽くす気はしない。

向かって左手が、宮地ユウコと対面した部屋。クッキーはまだ残っているだろうか。

そして、正面には襖。何か襖絵が描かれているようだけれど、暗くてよく見えない。ただ、襖の僅かな隙間から光が漏れているのはわかる。その光は弱々しく、橙《だいだい》がかっていて、揺れている。わたしは襖を開ける前から、この部屋の照明は蠟燭だと確信していた。

不意打ちをされるような憶えはないけれど、体が警戒する。

リンカはわたしを振り返り、くすりと笑った。

「ただの広間よ」

引き手に指をかけ、襖を開けていく。

そしてわたしは、息を呑む。

部屋は、外から見るよりもずっと広かった。畳が敷き詰められた空間は、何畳分あるだろうか。黒く背の高い燭台が、炎のゆらめく蠟燭を乗せて、幾本も立っている。

正面には、大きな白いカーテンがかかっている。それとも、緞帳なのだろうか。蠟燭の明かりを受けて、ちらりちらりと輝いている。あの向こうに庚申講の、いやタマナヒメ信仰の秘密が隠されているのだろうか。三浦先生なら昂奮してカーテンを引きちぎるかもしれない。

だけどわたしの興味は、そこにはなかった。

「……ようこそ、ってところかな。ね、普通でしょ」

広間の真ん中、四囲を燭台に囲まれて、リンカは畳に座った。正座ではない。足を体の横に投げ出している。わたしはその座り方を、なぜだか直感的に、いやらしいと思った。

リンカの手が、手近な燭台の柄を握る。三本の脚で安定している燭台をぐらりぐらりと揺らしながら、リンカは冗談めかして言った。

「ハルカがもっとゆっくりして来たら、炎の大脱出になったかもしれないのに」

「はっ」

くだらない。明日からの学校でも、友達づきあいを考えた方がいいかもしれない。

そしてリンカの手前には、サトルが横たわっている。いつもそうしているようにだらしなく、手足を投げ出して。

「何かしたの」

今度は、リンカも真面目に答える。

「何も。寝てるだけよ。八歳の子供には、深夜零時は遅すぎたかな」

「まだ零時じゃない」

「サトルくんに会わせたわよ。取引は」

「わかってる。ほら、これ」

近寄る気にもなれず、わたしはMOを畳に置き、リンカ目がけて滑らせる。もう一度やってくれと言われてもできる気がしないほど、そのMOは狙い通りにリンカの手元に滑っていった。

ちょっと悪戯っぽく笑って、リンカはMOを拾い上げる。目を細め、矯《た》めつ眇《すが》めつした後で、肩をすくめた。

「すごいね。これだ。間違いない。ハルカ、あたし、あんたのこと好きよ」

どこにあったのかとか、どうやって探したのかとか、訊いてくる様子はなかった。もし訊かれたとしても、わたしは答えなかったと思うけれど。それにまあ、そんなことはどうでもよかった。

「サトルを返して」

先に品物を渡したのはまずかった。あれこれ言いはじめたらぶん殴るつもりで、がんばって凄みを利かせる。

だけどリンカは、あっさりと頷いた。

「うん。連れて帰って」

サトルを起こそうか、それとも寝かせておこうか、わたしは迷った。すぐにも近寄ろうとして、ふと立ち止まる。一つだけ訊きたいことがあった。

「ねえ」

「なに？」

「リンカは高速道路が来るなんて思ってないんでしょ？　来ればいいとも思ってない。なのになんで、こんなことしたの」

するとリンカは、小さくぺろっと舌を出した。

「ごめんねハルカ。わたしもこれで、いろいろたいへんなのよ」

終章

風が出てきたのか、雲が吹き払われていた。

もともと葉叢さえ抜け出てしまえば明るい夜だったのが、煌々とした月のおかげで、ずいぶん恥ずかしい思いをすることになった。

庚申堂の畳敷きの部屋で、サトルは縛られることもなく、二つ折りにした座布団を枕代わりに眠っていた。

「サトル。サトル。ほら、帰るよ」

と頬を二度三度とはたいたけれど、八歳児のサトルは起きる気配もなく、「ううん」と太平楽な唸り声を上げるだけだった。

リンカはいつの間にか、いなくなっていた。足音も襖が開く音もしなかった。もっとも、わたしがサトルに気を取られ、聞き逃しただけだろうけど。

サトルは結局起きなかったので、わたしはサトルをおぶって帰っていた。まったく、月明かりのせいで目立って仕方がない。これが何もかも真っ暗な夜だったら、こっそり忍んで帰れたものを。まったく腹立たしいことだ。

寝入っているせいで、わたしの首にまわしたサトルの腕はだんだん外れていく。そのたびに体のばねを使って、ずり落ちかけるサトルをしょい直す。十二時をまわり、夜風は冷たくなっているはずだ。川沿いの道を歩いているから、なおさらのこと。だけど重荷を背負う重労働と、ひとの体温のおかげで、わたしはちっとも寒いと思わずにいた。

明日の朝、ママはどんな顔をして、起きてきたサトルを迎えるのだろう。それを思うと少し悲しい反面、どこか痛快な気分になるかもしれない。目を丸くして、幽霊でも見たような顔で卒倒したりするだろうか。それとも何もなかったように、いつもの優しい笑顔で、「朝ごはんよ。顔を洗っていらっしゃい」と言うだろうか。

もしかしたら、余計なことをしたとわたしを恨むかもしれない。だけどまあ、それはあまり気にしないことにしよう。

……また、サトルが落ちかけている。

「ほんとにこいつは、寝てるときまでバカなんだから」

そう毒づいても、「バカって言う方がバカなんだバカハルカ」と返っては来ない。

まったく、つまらない。立ち止まって上半身を折り、しばらくもつように深く背負う。

自転車は置いてきた。サトルをおぶって乗るわけにもいかないから。邪魔にならない場所に置いてきたつもりだけど、もしかしたら放置自転車ということで偉い人に怒られるかもしれない。それもやっぱり、仕方がないよね。

夜風に誘われて、メロディーを口ずさみたくなる。だけど最初にくちびるから出てきた音楽が「ドナドナ」だったので、なんだかあまりに打ってつけすぎる気がして、やめてしまった。

それで、歌の代わりに考えた。

わたしが見つけたMOを、リンカはよく検分して「間違いない」と言った。だけど、あれには、ラベルこそ貼ってあったものの、何も書いてなかった。どうして、あれが本物の水野報告だと言えたのだろう。

もちろんMOにだって種類はあるだろうし、メーカーによってデザインの違いもあるだろう。「講」は、水野教授がどのメーカーのMOを使うか聞いていたのかもしれない。だけどそれだけで、間違いないと断言できるだろうか。わたしがそのへんのお店で買ってきた、からっぽのMOかもしれないのに。

あのMOに特徴らしいものがあるとすれば、それは火にあぶられた痕跡だけだ。水野報告はＭＯに入っていて、そのプラスティックの一部が溶けていると知っている人はいただろうか。

サトルは除外だ。こいつは常磐サクラから受け取ったものが何なのかすらわからなかっただろうから。さすがにそれをバカとは言わない。なにしろまだ三歳だったのだから。

水野教授はどうだろう。水野教授は自分の調査結果を収めたＭＯが火にさらされるのを見ただろうか。

タイミング的には、見ていてもおかしくない。水野教授は報告を届けるため庚申堂に向かい、その晩に水死している。いまさらなのでリンカには訊かなかったけれど、「講」のひとたちに落とされたのだろう。……これは直感なのだけど、それはマルさんの役目だったのではないかという気がする。八百屋で万引きしても「見逃し」だというマルさん。その特権は、おそろしい仕事への報酬なんじゃないか。まあ、文化会館ではずいぶん怖い目に遭わされたから、腹いせに色眼鏡で見ているだけかもしれないけど。

そして水野教授が死んだ夜に、庚申堂が炎上し水野報告が失われた。だから水野教授はＭＯの一部が溶けるのを見たかもしれない。

だけど、死ぬ前にそれを他人に伝える機会と必要があったかな。ないよね。

するとと、残るのは常磐サクラだけ。タマナヒメである彼女はMOを受け取り、その後の火事を見て駆けつけたサトルにそれを守るように言って託した後、息を引き取った。彼女はMOの中身が水野報告だと知っていたし、それが火に晒されたことも、そして、そのMOはサトルが持ち去ったことも知っていた。

サトルの記憶を引き出すため街ぐるみで状況を再現したというのは、目茶苦茶だけど、不可能なことではない。けれど何故、MOの隠し場所を知っているのはサトルだと確信できたのか。それを知っていたのは……サトル自身と、常磐サクラしかいなかった。

常磐サクラは死んだ。だから、誰にもそれらを伝えることは出来なかった。

でもリンカは知っていた。タマナヒメであるリンカは、先代のタマナヒメしか見ていないはずのものを、見たことがあった。別の言い方をするなら、同じ記憶を持っていた。そうとしか思えない。

不思議なことはまだある。

五年前の火事で常磐サクラが死んでしまったことについて、リンカは「これまでのヒメがみんなそうしたように、死ななければいけなかった」と言った。まるで見てきたような言い方だけど、わたしの心に引っかかっているのはそこではない。

火事の中で、サクラはサトルに水野報告を託した。

——三歳児が脱出できる程度の火事から、なぜ、常磐サクラは逃げ出すことができなかったのか？

あるいは、逃げようとしなかったのだろうか？

三浦先生は、死んだ常磐サクラの肺から煤が出なかったという噂を教えてくれた。真偽は疑わしいけれど、もしそれが真実なら、サクラは焼死する前に死んでいたことになる。順序からいって、出火し水野教授が立ち去り、サトルがMOを託された後のことだ。となれば、サクラは一人だったはずだから、自殺したということになる。

『常井民話考』で読んだ、崖から身を投げたお朝のように……。

どうしてそんなに簡単に死を選ぶのだろう。わたしだって死にたくなることはある。でも、たいへんだなと思いながらも生きている。タマナヒメたちは、どうして死を恐れないのだろう。

まるで、すぐに戻って来られると、すべては繰り返すのだと知っているように。

明日、学校でリンカに会ったら、それとなく訊いてみよう。あの子がいま、何歳なのか。

意外と面白い返事が聞けるかもしれない。

でも、全てはもう済んだことだ。

タマナヒメの正体が何であれ。

ママの思惑が何であれ。

これからのわたしの学校生活がどうなろうと。

お父さんが二度とわたしの前に現われないとしても。

それらはどうでもいいことだ。わたしは生きていかなくてはならないし、何がどうであれ、結局たぶん生きるってたいへんなこと。いずれはわたしも疲れ切って、夢のような最後の希望に惹かれ、それを手にするためには何でもするようになるのかもしれない。だけどいまは、今夜は早く帰って眠りたい。

背中で、サトルが何か呟いている。佐井川の流れにかき消されそうなその声に、耳を澄ます。

「ハルカ」

「なに」

「ハルカ」

「なによ」

「……お姉ちゃん」

寝ぼけた相手に返事をするだけ、無駄か。

こいつもこれから、きっとたいへんだ。サトルを包んでいた愛は、決して無限で無償のものではなかった。ママはそのことにいち早く気づいていたし、わたしは今夜気づいた。サトルもいずれ、知ることになる。

だけどね、サトル。

他に誰もあんたの味方をしてくれないようなら、わたしに言いなさい。あんたがわたしの言いつけを守っていたら、泣くときは一人で泣く男の子になったら。わたしもまた、考えてやらなくもないから。

風に紛らせ、わたしは呟く。

「大丈夫。大丈夫だから。もう心配ないから、ゆっくり眠りなさい、バカ」

明滅する街灯に照らされて、ようやく家が見えてきた。

――穏やかな寝息が聞こえはじめる。

解説

瀧井朝世

舞台は商店街にシャッターがちらほら見える地方都市、探偵役は中学生になったばかりの少女。不穏な気配漂う町の謎《なぞ》に、彼女はたった一人で立ち向かっていく――。オカルティックな題材と地方問題を融合させたミステリであり、少女の成長物語でもある『リカーシブル』。二〇一一年十二月号から二〇一二年八月号にかけて「小説新潮」に連載され、単行本は二〇一三年一月に刊行された。本書はその文庫化作品である。また、二〇〇九年四月に刊行された「小説新潮」五月号別冊「Ｓｔｏｒｙ Ｓｅｌｌｅｒ vol.2」とその文庫化『Ｓｔｏｒｙ Ｓｅｌｌｅｒ ２』（新潮文庫）には本書の第一、二章にあたる部分を短編とした「リカーシブル――リブート」が掲載されているが、登場人物の名前などが若干異なっている。

さまざまなテイストの推理小説を世に送り出している著者だが、その青春ミステリには大きな特徴がある。差し出されるのはいつも思春期の煌《きら》めきというよりも、一〇代ゆえの閉塞感《へいそくかん》や無力感といった、ほの暗さをともなった世界なのである。これまでの著作のなかで最年少の主人公となる越野ハルカも、複雑な家庭事情を抱えているところに、さらなる試練が降りかかっていく。

中学進学と同時に母と弟とともにとある地方にある坂牧市に転居したハルカ。まもなく彼女は三つの謎に遭遇することになる。ひとつは小学三年生の弟のサトルが、予言めいたものを口走るようになったこと。もうひとつはこの町に何度も生まれ変わるタマナヒメという謎めいた存在の伝承があり、現在も姫がいるということ。そして最後に、かつてこの町で高速道路を誘致するための報告書が紛失、それに関わった人が死亡したということ。

実は彼女は母親と弟のサトルとは血が繋《つな》がっていない。両親は再婚同士、子どもたちはそれぞれの連れ子だったのだ。ハルカと血の繋がりのある父親が横領事件で失踪《しっそう》、そのため母親が伝手《つて》を頼って故郷の坂牧市に子供たちを連れて戻ってきたのだ。実の父親が迷惑をかけたのに自分の世話をしてもらっているという意識を持つハルカは、母親に遠慮がちであると同時に、彼女から愛されていないと自覚している。弟のことは邪魔者扱いしながらも、案外きちんと面倒を見ている。学校では浮いた存在にならないよう配慮している様子からも、思慮深く大人びた性格であることがうかがえる。

サトルが予言めいた物言いをする様子に不安を覚えたハルカは、ある日学校の社会教師からこの町に伝わるタマナヒメの伝説を教わり興味を持つ。この土地に危機が訪れるたびに、姫の生まれ変わりとされる女性が人々を救っては、自らの命を落としてきたらしい。未来が分かるというタマナヒメとサトルの共通点に、ハルカの心はざわめく。一方、クラスで親しくなった蕎麦屋《そばや》の娘、リンカからは「水野報告」をめぐる噂《うわさ》を聞かされる。数年前、高速道路の誘致先にこの町を推薦する内容の報告書が紛失すると同時に、執筆者の水野教授が町の橋から落ちて死亡したというのだ。大人たちは今もその書類の行方を探っているという。ちなみに本作の時代設定が二〇〇三年とやや古いのは、高速道路の誘致や町の活性化の問題といった状況に合わせたからだと考えられる。町の不穏な気配、弟の奇妙な言動、母親との微妙な関係、やがて起きる事件。戸惑いながらも、ハルカは伝承や報告書について調べを進め、少しずつ推理を組み立てていく。

タイトルは「ｒｅｃｕｒｓｉｖｅ」に「ａｂｌｅ」をつけ、「繰り返す」という意味を「繰り返すこともできる」と曖昧《あいまい》にさせた造語。断定していないところがなんだか不穏だ。ハルカや読者が次第に抱いてゆく疑念を、そのままタイトルにしたといえるだろう。

どこか怪しげな地方の町という舞台が、本書の出発点だったという。単行本刊行当時の著者インタビューでうかがったところによると、この設定を思いついたのは二〇〇九年（「リカーシブル――リブート」が書かれた年である）だったそうだ。

「土地の人が何かを信じているようだけれども、それが何なのかは外部の人間には見えにくい、というところを書きたかった。伝説の姫にしろ高速道路の誘致にしろ、町を救う絶対的なものなどありません。それでも、それらを信じてしまう人々の心のもの悲しさみたいなものが書けたら、と思いました」「脈々と積み重ねられた人々の思い、というものに惹《ひ》かれるところがあります」

タマナヒメの伝説や、「高速道路がすべてを救う」というスローガンを大切にしている坂牧市の人々。一方ハルカは訳あって今はおみくじを引くことすら嫌がるような、何かを信じる気力を失っている少女だ。つまりこれは、何かを闇雲《やみくも》に信じてすがる人々と、何も信じなくなった少女が対峙《たいじ》する物語でもある。

主人公を少女にしたのは物語の要請上のこと。ハルカの人物造形に関しては、以下のように語ってくれている。

「主人公が冒険好きな男の子だったら、自ら謎を解き明かそうと積極的に行動する展開になっていたはず。今回は少女なので謎に深入りするよりも、自分や自分の大切なものを守ることを優先するだろうと思いました。実際に書くまでは、主人公がここまでクラスの立ち位置や家族との関係について突き詰めて考えるとは思っていませんでした」

周囲を見渡せる子であるからこそ、後半に確かな推理力が発揮できるわけで、著者の人物造形の齟齬《そご》のなさに大いにうなずく。読み進めるうちに心奪われるのは、ハルカの健気《けなげ》さだ。この少女は大人たちが必ずしも正しいとは限らないと、自分を守ってくれるとは限らないと、分かっている。胸が痛むのは、母親の愛情が欠落した言動に傷つきながらも、それを素直に嘆くのでもなく、傷を噛《か》みしめ、虚勢を張るところだ。そうすることでしか立っていられない少女の哀しみと諦念《ていねん》が、じんわりとこちらの心に沁《し》みこんでくる。やがては自分のためではなく、自分の大切なもののために行動を起こす姿も愛《いと》おしい。彼女の感情の描写に関しては著者本人も執筆中に心が動く場面があった模様で、それは珍しいことなのだそうだ。

また、理不尽な世の中と対峙しているのは実はハルカだけではない。終盤には、伝説上の人物であるタマナヒメの諦念もうっすらと浮かび上がってくる。これは拠《よ》り所のない不安定な世界で、諦めを抱きながらも自らの道を進んでいく少女たちの物語でもある。

何も信じなくなった少女が、何かを信じる人々たちの欺瞞《ぎまん》を暴《あば》く過程で、信じられる何かを見つけるという展開なら、ここまでの深みは出ないだろう。本書の美点は、ハルカが最後に誰かを信じられるようになるのではなく、誰かに自分を信じてほしいと強く思うようになるところだ。人に求めるのではなく、人から求められる存在になろうとする。それこそが、真の精神的成長といえるものではないだろうか。まだ中学一年生の少女にとっては荷が重いだろうが、その覚悟を見届けられたことで、読者も彼女の将来に光を感じられるのだ。

最後に、他の著作の本書との共通するエッセンスについて軽く触れておく。地方都市を舞台とした著作には探偵小説『犬はどこだ』（創元推理文庫）があり、こちらは古文書が絡《から》んでくる。文書をめぐる過去の謎を探るという設定は哀切漂う『追想五断章』（集英社文庫）も同じ（個人的に偏愛している長編）。また、二〇一四年に山本周五郎賞を受賞した短篇集『満願』は本書と趣がまったく異なるが、実はどの短篇にも神話や都市伝説、伝承が絡むという裏テーマがあり、タマナヒメ伝説のような設定が好きな方は楽しめるのではないだろうか。

また、先にも述べたが米澤作品の青春ミステリはみなほろ苦く、登場する少年少女たちはみな苦悩している。改めて考えてみると、少年は内的な悩み、少女が外的な悩みを抱えているケースが多い。『氷菓』（角川文庫）に始まる〈古典部シリーズ〉の探偵役、折木《おれき》奉太郎《ほうたろう》は無駄な行動を嫌う省エネ主義、『春期限定いちごタルト事件』（創元推理文庫）に始まる〈小市民シリーズ〉の小鳩《こばと》常悟朗《じょうごろう》は悪目立ちを避ける小市民主義。ダークな青春小説『ボトルネック』（新潮文庫）の少年リョウも、パラレルワールドに行ってしまうという大きな外的変化を体験するが、彼の苦悩の源泉はアイデンティティの問題。一方、『さよなら妖精』（創元推理文庫）のヒロイン、留学生のマーヤは母国に複雑な問題があり、『折れた竜骨』（創元推理文庫）の少女アミーナは領主である父親が殺された事件を自ら追わねばならなくなる。思わず米澤さん、なんで女の子たちをひどい環境ばかりに陥れるの……とは思ったが、考えてみれば、だからこそどの作品でも少女たちの芯《しん》の強さが浮かび上がり、胸を打つのだ。本作もしかり。米澤作品の愛すべきヒロインが、また一人誕生した。

（平成二十七年五月、ライター）

この作品は平成二十五年一月新潮社より刊行された。

米澤穂信著　ボトルネック

自分が「生まれなかった世界」にスリップした僕。そこには死んだはずの「彼女」が生きていた。青春ミステリの新旗手が放つ衝撃作。

米澤穂信著　儚い羊たちの祝宴

優雅な読書サークル「バベルの会」にリンクして起こる、邪悪な5つの事件。恐るべき真相はラストの1行に。衝撃の暗黒ミステリ。

伊坂幸太郎著　砂漠

未熟さに悩み、過剰さを持て余し、それでも何かを求め、手探りで進もうとする青春時代。二度とない季節の光と闇を描く長編小説。

伊坂幸太郎著　オー！ファーザー

一人息子に四人の父親!?　軽快な会話、悪魔的な箴言、鮮やかな伏線。伊坂ワールド第一期を締め括る、面白さ四〇〇％の長篇小説。

泡坂妻夫著　しあわせの書
―迷探偵ヨギ ガンジーの心霊術―

二代目教祖の継承問題で揺れる宗教団体〝惟霊講会〟。布教のための小冊子「しあわせの書」に封じ込められた驚くべき企みとは何か？

泡坂妻夫著　生者と死者
―酩探偵ヨギ ガンジーの透視術―

謎の超能力者とトリックを見破ろうとする奇術師の対決は如何に？「消える短編小説」が仕組まれた、前代未聞驚愕の仕掛け本！

道尾秀介著

向日葵の咲かない夏

終業式の日に自殺したはずのS君の声が聞こえる。「僕は殺されたんだ」。夏の冒険の結末は。最注目の新鋭作家が描く、新たな神話。

道尾秀介著

片眼の猿
—One-eyed monkeys—

盗聴専門の私立探偵。俺の職業だ。今回の仕事は産業スパイを突き止めること、だったはずだが……。道尾マジックから目が離せない！

道尾秀介著

龍神の雨

血のつながらない父を憎む蓮。実母を殺したのは自分だと秘かに苦しむ圭介。降りやまぬ雨、ひとつの死が幾重にも波紋を広げてゆく。

道尾秀介著

月の恋人
—Moon Lovers—

恋も仕事も失った元派遣OLの弥生と非情な若手経営者蓮介が出会ったのは、上海だった。あなたに贈る絆と再生のラブ・ストーリー。

道尾秀介著

ノエル
—a story of stories—

暴力に苦しむ圭介は、級友の弥生と絵本作りを始める。切実に紡ぐ〈物語〉は現実を、世界を変え——。極上の技が輝く長編ミステリー。

辻村深月著

ツナグ
吉川英治文学新人賞受賞

一度だけ、逝った人との再会を叶えてくれるとしたら、何を伝えますか——死者と生者の邂逅がもたらす奇跡。感動の連作長編小説。

G・G＝マルケス
野谷文昭訳
予告された殺人の記録

閉鎖的な田舎町で三十年ほど前に起きた幻想とも見紛う事件。その凝縮された時空に共同体の崩壊過程を重層的に捉えた、熟成の中篇。

E・クイーン
大久保康雄訳
Xの悲劇

満員電車の中で、渡し舟の中で、汽車の中で次々と起る殺人事件。名探偵ドルリー・レーンがサム警部を助けて初登場する本格推理小説。

C・ドイル
延原謙訳
シャーロック・ホームズの冒険

ロンドンにまき起る奇怪な事件を追う名探偵シャーロック・ホームズの推理が冴える第一短編集。「赤髪組合」「唇の捩れた男」等、10編。

バルザック
平岡篤頼訳
ゴリオ爺さん

華やかなパリ社交界に暮す二人の娘に全財産を注ぎこみ屋根裏部屋で窮死するゴリオ爺さん。娘ゆえの自己犠牲に破滅する父親の悲劇。

O・ヘンリー
小川高義訳
賢者の贈りもの
―O・ヘンリー傑作選I―

クリスマスが近いというのに、互いに贈りものを買う余裕のない若い夫婦。それぞれが一大決心をするが……。新訳で甦る傑作短篇集。

ディケンズ
加賀山卓朗訳
二都物語

フランス革命下のパリとロンドン。燃え上がる激動の炎の中で、二つの都に繰り広げられる愛と死のロマン。新訳で贈る永遠の名作。

リカーシブル

新潮文庫　よ-33-3

平成二十七年七月一日発行

著者　米《よね》澤《ざわ》穂《ほ》信《のぶ》

発行者　佐藤隆信

発行所　株式会社　新潮社

郵便番号　一六二―八七一一
東京都新宿区矢来町七一
電話　編集部(〇三)三二六六―五四四〇
読者係(〇三)三二六六―五一一一
http://www.shinchosha.co.jp

価格はカバーに表示してあります。

乱丁・落丁本は、ご面倒ですが小社読者係宛ご送付ください。送料小社負担にてお取替えいたします。

印刷・二光印刷株式会社　製本・加藤製本株式会社

ISBN978-4-10-128783-6 C0193